KB243015

혈리표

血劉豹

혈리표 3
이영석 新무협 판타지 소설

초판 1쇄 찍은 날 § 2003년 11월 15일
초판 1쇄 펴낸 날 § 2003년 11월 25일

지은이 § 이영석
펴낸이 § 서경석

편집장 § 문혜영
편집 § 장상수 · 권민정 · 유경화 · 김민정
마케팅 § 정필 · 강양원 · 이선구 · 김규진 · 홍현경

펴낸곳 § 도서출판 청어람
등록번호 § 제1081-1-89호
등록일자 § 1999. 5. 31
어람번호 § 제2-0282호

주소 § 경기도 부천시 원미구 심곡1동 350-1 남성B/D 3F (우) 420-011
전화 § 032-656-4452   팩스 § 032-656-4453
http://www.chungeoram.com
E-mail § eoram99@chol.com

ⓒ 이영석, 2003

값 8,000원

ISBN 89-5505-853-5 04810
ISBN 89-5505-850-0 (SET)

이영석 신무협 판타지 소설

血劉豹

혈리표

3

귀신 소리

도서출판
청어람

목
차

7장 숭산(嵩山) 소림사(少林寺) / 7

8장 파란(波瀾) / 125

9장 인과(因果)의 시작(始作) / 213

7장 숭산(嵩山) 소림사(少林寺)

숭산(嵩山) 소림사(少林寺) 1

꾸불텅거리는 황하의 물결을 거슬러 오르는 배 안에서 미령은 계속 뱃멀미를 했다. 그 꼴이 안쓰럽고 또 한편 보기 싫었던지 악중산이 옆에서 타박을 주었다. 당연한 결과로 미령은 서럽게 울어댔다. 그리고 숨을 끊어가며 딸꾹질까지 하는 그 모습에 악중산은 무릎 꿇고 빌었다. 모두는 그 모습을 보며 혀를 찼다. 그렇게 이어진 여러 날의 뱃길이 회곽진에 이르러 하선했을 때는 자못 진풍경스럽기까지 했다.

"얼마나 가야 되는 거야, 엄마?"

"응, 반나절 정도만 가면 될 거야."

"그렇게나 멀어?"

"멀지 않아. 금방이야."

웃어 보이는 제 엄마의 얼굴에서 시선을 뗀 미령은 볼과 입술을 내밀었다. 그 모습은 제 나이 또래의 여느 아이와 다를 바가 없었다. 하지만 미령에겐 많은 변화였다. 그리고 그런 변화는 지금처럼 생각없이 수작을 붙이는 악중산의 공로가 제일 크다고 할 수 있었다.

"울보 계집애야! 멀긴 뭐가 멀다 그러냐? 여태껏 울어 젖힌 힘이면 벌써 닿고도 남았겠다! 제기랄꺼!"

휘꺼덕, 미령의 눈매가 악중산에게로 돌아갔다. 하지만 그 눈길은 이전에 보던 두려움과 경계가 아닌 계집아이 특유의 샐쭉한 표독함으로 가득했다.

"할아버진 참견하지 말아요!"

"얼려? 내가 무슨 참견을 했다고 눈을 그렇게 뜨고 쳐다보는 거냐, 요 꼬마 계집애야!"

"이씨, 자꾸 계집애라고 하지 말아요! 내 이름은 미령이라고 했잖아요!"

"아따, 미령이든 지렁이든 네가 불알 달린 사내놈은 아니잖어? 안 그러냐? 게다가 다른 사람 귀찮게 하는 지독한 울보이고 말이야."

옆으로 바라보는 미령의 눈이 파랗게 빛나는 걸 본 악중산은 시선을 다른 곳으로 돌리며 중얼댔다.

"어, 제길. 조그만 계집년이 목청은 또 왜 그렇게 큰지……."

"돼지!"

갑자기 들린 짧은 그 말에 다른 곳을 보던 악중산의 머리가 홀떡 돌아갔다. 옆에서 모른 척 걷던 일행들도 시선을 푸드득 소리나게 모았다. 그중엔 선두를 걷던 소림의 승려들도 함께였다.

"너, 너, 지금 뭐라고 했어?"

얼굴을 벌겋게 물들인 악중산이 말까지 더듬어가며 미령에게 되물었다.

"먹보! 수염괴물!"

허리에 손까지 척, 올린 미령은 명확한 의미의 두 마디를 더 내뱉었다. 그리고 악중산은 콧숨을 내뿜었다.

"이, 이, 쥐방울 같은 계집애가……!"

흥분한 악중산은 말을 채 잇지 못했고 보는 사람들은 입을 떡 벌렸다. 부신의 종 울림 같은 목소리에 제 엄마 품과 구석만 찾아, 끝내는 울어대던 미령의 반격이 시작된 것이다.

오는 도중에도 가끔은 도발적인 언사를 내뱉었지만, 이렇게 직접적으로 정면 대결을 자청한 것은 처음이었다. 그리고 그것은 미령 어미 송연주를 포함한 모두에게 던져진 신선한 충격이었다.

태산에서의 사건 이후로 미령은 말을 잃었었다. 한순간에 삶의 터전을 잃어버린 어린 계집아이는 세상을 두려워했다. 어른이 무섭고 사내가 두려웠다. 칼이 소름 끼치고 무인들은 끔찍했다. 동행하는 중들과 늙은이들도 그렇긴 매한가지였다. 그러나 그중에서도 한 사나이는 미령 자신과 엄마의 목숨을 지켜주었다. 무섭기는 그 아저씨도 마찬가지였지만, 고맙다는 말을 하기도 전에 아저씨는 떠나가 버렸다.

미령은 자신과 엄마를 둘러싸고 벌어졌던 일들이 정확히 무엇인지는 모르지만, 지금 같이 가고 있는 할아버지들은 나쁜 사람들이 아니란 걸 알았다. 특히나 눈앞에서 콧김을 뿜어대는 산 같은 할아버지는 덩치 크고 말만 우락부락할 뿐, 자신의 울음소리 한 방이면 꼼짝 못하는 순둥이였다. 미령은 그런 순둥이 할아버지를 바라보며 야멸차게 눈을 흘겼다.

"미련곰퉁이! 바보탱이!"

또다시 터져 나온 일격에 악중산의 얼굴이 급살 맞은 멧돼지처럼 푸르댕댕해졌다. 숨결은 끓는 물처럼 부글거렸다.

"뭐야! 이노무 여시 같은 계집애가 오냐오냐해 줬더니 감히 할아비 수염을 잡으려 들어! 정말 혼찌검이 나고 싶은 게냐? 요놈의 발칙한 계집애야!"

흥분한 악중산의 범종 같은 목소리는 모두의 귀청을 쥐어 흔들었다. 그 바람에 일행은 물론 하선하던 사람들과 포구의 장사치들을 포함한 행인들까지도 모두가 쳐다보았다. 그리고 그때 미령의 전격적이고도 처량한 울음이 시작되었다.

"히이이이잉…… 으어, 으어…… 으와아앙!"

계집애의 울음소리는 모여든 사람들의 시선을 타고 삽시간에 포구가 떠나가도록 서럽게 울려 나갔다. 그 모습에 호통 치던 얼굴조차 수습하지 못한 악중산이 당황스럽게 주춤거렸다. 그리고 주변의 사람들은 한마디씩을 던져 댔다.

"저, 저, 저런, 빌어먹을 거…… 덩치는 산만해 가지고 어린 계집아일 울리다니, 고기 값도 못하는 위인이로세."

"누가 아니래나? 아이를 달래야지 저리 윽박지르다니, 에잉, *쯔쯔쯔쯔쯧*."

"원, 저런 숭악한 꼬라지 좀 보게나. 저러니 아이가 안 울고 배기겠나."

"뭐 하는 작자길래 저런 몰골인고? 어이구, 세상에 저 도끼 좀 보게나! 가만, 저 스님들과 일행인 모양인데?"

대놓고 말하듯이 쑥덕대던 소리는 소림의 승려들을 발견한 이후 사라져 버렸다. 하지만 그 말들은 모두 악중산을 비롯한 일행의 귓속으로 들어간 후였다.

악중산은 당황스런 얼굴을 더욱 구겨 내렸다. 창피스런 모욕감이 슬쩍 슬쩍 쳐다보는 사람들의 시선들처럼 온몸에 덕지덕지 붙는 것 같았다. 하지만 그런 것들보다도 더욱 난감한 건 눈앞에서 울고 있는 꼬마 계집애였다.

"으왕으왕! 으와아아아아아아앙!"

"애, 애, 계집애야! 아, 아니, 미령아! 우, 울지 마라!"

무릎 꿇고 다가선 다급한 부신의 목소리에 미령은 눈을 부비던 손 사이로 살짝 실눈을 떴다. 그리고 당황해하는 부신의 표정을 확인한 후 더욱 서럽게 울어 젖혔다.

"우애애애애애애앵!"

"미, 미령아, 이 할아비가 잘못했다! 응? 그러니까 제발! 제발, 울지만 마라! 부탁이다, 미령아!"

커다란 두 손을 미령의 얼굴 앞에 모은 악중산은 사뭇 빌기까지 할 기세였다. 그 모습을 울음신공의 틈 사이로 재차 확인한 미령이 차츰 목소리와 숨을 죽여갔다. 그리고 숨을 들이마시는 울음 섞인 목소리로 살며시 물었다.

"흑흑… 그러면 흑흑…… 내 얘기, 흑… 들어줄 거예요? 흑흑!"

"그럼! 그렇고말고! 뭐든지 말만 하면 이 할아비가 다 들어줄 테다! 그러니까 제발 그만 울어라. 응?"

"흑! 흑! 흑!"

"옳지! 옳지! 그래, 착하지!"

터지는 울음을 억지로 참아내는 것처럼 숨을 흐느껴 대는 미령을 보며 악중산은 반색하며 손을 쥐었다. 미령은 그렇게 밝아지는 악중산의 얼굴에다 눈물 가신 가자미 눈길을 들이대며 슬며시 요구 조건을 내놓

있다.

“나, 업어줘요.”

“뭐?”

“절까지 날 업고 가라구요.”

“……”

잡았던 미령의 손을 스르르 떨군 악중산은 눈길을 맞춘 미령을 보던 얼굴에 조금씩 다시 인상을 만들어갔다. 그리고 종내에는 처음의 얼굴로 돌아가며 다시 소리를 질렀다.

“너! 이 불여우 같은 계집애……!”

터지려는 그 말을 끊으며 울었던 흔적조차 찾을 길 없는 미령이 당돌하게 다시 말했다.

“약속 안 지킬 거예요?”

“무슨 약속!”

“내 말은 뭐든지 다 들어준다고 했잖아요!”

“아니, 그거야 네가……”

또다시 소리치려던 악중산은 제 스스로 말을 죽였다. 그리고 뭔가 생각난 듯 다시 입을 열었다.

“제기랄! 그 때문에 지난번 그놈과도 싸우지 않았잖아!”

“그건 그때 한 약속이죠. 조금 전에도 또 그렇게 해준다고 말했잖아요.”

“내가 언제……”

“거짓말쟁이!”

반발하려는 악중산의 얼굴에 던진 미령의 한마디에 위세 높던 부신의 얼굴에 표정이 사라져 갔다. 게다가 못 볼 것을 보고 못 들을 말을 들고서 충격에 빠진 사춘기 소년 같은 그 얼굴에 미령은 결정타를 날렸다.

"흥! 치사해!"

짧고 강한 코웃음 소리를 던져 준 미령은 천하에 가장 비열한 인간의 표상을 보는 것 같은 눈빛을 던지며 몸을 홱 소리나게 돌렸다. 곧바로 멍한 얼굴로 쳐다보고 있는 제 어미 송연주의 손을 잡으며 길을 재촉했다.

"가, 엄마."

하지만 그때, 미령의 발길을 붙잡는 엄숙하고 무거운 목소리가 들려 나왔다.

"서라."

미령은 발길을 멈추고 천천히 되돌아섰다. 그리고 눈앞에서 태산 같은 기세를 뿌리고 있는 부신을 올려다보았다.

"뭐예요?"

돌아선 미령의 기세도 만만치 않았다. 마치 비무를 앞둔 무사들처럼, 크고 작은 두 사람의 눈길이 치열하게 얽혀들었다. 그러나 잠시 후, 악중산은 걸음을 옮겨 미령 앞에 다가와 홀떡 무릎을 꿇었다. 그리곤 곧바로 등을 돌려 세우며 짧게 내뱉었다.

"업혀, 이 악종 계집애야."

커다란 악중산의 뒷등을 바라보던 미령의 얼굴에 조금씩 미소가 배어 나왔다. 종내에는 얼굴 전체로 퍼지며 생글생글 웃음 지었다. 그것은 승자의 미소였고 기쁨의 미소였다. 그리고 매미처럼 착 달라붙은 미령은, 그렇게 악중산의 등에 올라탔다.

미령을 업은 악중산의 얼굴은 썩은 돼지 간 빛이었고 누가 말 붙일 사이도 없이 성큼성큼 앞을 향해서 걸어나갔다.

그 모양을 처음부터 지켜보던 흰머리노인 독고지명은 피식피식 웃으면서 뒤를 따랐다.

"멍청한 자식, 아주 강적을 만났구나. 강적을 만났어. 허허, 참."

두 번째로 걸음을 옮긴 독고지명의 뒤로 미령 어미를 둘러싼 소림의 젊은 승려들이 웃을 듯 말 듯한 이상한 얼굴 표정으로 뒤를 따랐다. 그리고 맨 뒤에 남은 악중산의 의형제들, 도신과 궁신은 서로를 바라보며 한마디씩 했다.

"앞으로는 볼거리가 하나 더 늘겠구나."

도신의 말에 고개를 끄덕이던 궁신은 저만치 앞서 가는 독고지명의 뒷모습을 보며 말을 꺼냈다.

"만만치 않겠어요. 그런데 이번엔 저 꼬마가 독고 선배 가지고 노는 거 한번 봤으면 좋겠네요. 어때요? 재밌을 것 같지 않아요?"

궁신의 시선을 좇던 도신이 동조의 고개를 흔들었다.

"그거… 정말 재밌겠구나."

"그렇지요?"

"그런데 저 꼬마 계집애 말이다."

"왜요?"

"우리도 갖고 놀 것 같지 않으냐?"

"……."

대답없이 자신만을 바라보는 궁신을 마주 쳐다보던 도신은 고개를 다시 돌렸다. 그리고 앞서 가는 일행의 뒤를 좇아 발길을 떼며 한마디를 던졌다.

"고민하지 말고 가자."

엉거주춤 도신의 뒤를 좇아가는 궁신의 얼굴은 한눈에 그냥 보아도 고민이 새록새록 차 오르는 표정이었다. 하지만 멀어져 가는 일행의 발길을 본 궁신은 고민을 떨쳐 버리고 발걸음을 재촉해 나아갔다. 그리고 그렇게 그들의 모습은 숭산을 바라보며 포구에서 사라져 갔다.

그 뒤로도 포구에는 배들이 계속 들이닥쳤고, 배들이 토해놓은 사람들은 점점 더 많아졌다. 하지만 그들의 행색은 한결같이 똑같았다. 도검을 든 무림인들. 무림인들이 포구에 흘러넘쳤다. 그리고 그런 일은, 포구는 물론 소림으로 이르는 모든 뭍길에도 마찬가지였다.

*　　　*　　　*

둥. 둥. 둥.

저녁 예불을 알리는 법고(法鼓) 소리가 산자락을 타면서 흩어져 나갔다. 소리는 법당과 전각들의 처마 밑을 돌면서 풍경을 때리고 절간 마당마다 가득 맴돌이쳐 나갔다.

해가 조금씩 길어진다곤 하지만 아직은 쌀쌀한 봄날의 저녁 바람은 어둠을 뒤로 달고 산사의 지붕을 스쳐 울었다. 지붕은 하늘빛을 닮아 점점 더 짙어져 갔고 그 지붕 아래 한 방에서는 여럿의 사람들이 모여 북적이는 소리가 문밖에까지 들려 나왔다.

"건강하신 모습을 뵈오니 기쁘기 한량없습니다. 실로 오랜만이로군요, 독고 선배님."

늘어진 커다란 귓불에 주먹만한 사자코가 두드러진 늙은 화상이 초승달의 눈 모양을 만들며 푸근하게 미소 지었다. 그 옆에는 외팔이 법진과 비슷한, 마른 얼굴에 검은 수염을 가슴 앞에 드리워 낸 승려 한

명이 같은 얼굴로 미소 짓고 있었다. 하지만 인사말을 받은 독고지명
은 특유의 독설로 이죽거렸다.

"개기름 흐르는 얼굴을 보니 법종(法宗), 법성(法成) 네놈들도 잘 처
먹고 잘 싸면서 잘 지낸 모양이로구나. 요새 절 밥이 많이 좋아진 모양
이지?"

"허허허. 절 밥이라야 산채(山菜) 몇 가지뿐, 별다를 게 있겠습니까?
다만 어릴 적 누군가에게서 얻어먹은 몇몇 짐승들의 육신이 아직도 공
효를 내나보옵니다."

"얼씨구! 나잇살 좀 먹었다고 중놈들이 제법 능구랭이 티를 내는구
나?"

또다시 이죽거리는 독고지명의 얼굴을 보며 소림 장문 법종 방장과
그 사제 법성은 조용히 미소를 그렸다.

눈앞에서 심술난 처녀처럼 입을 삐죽거리고 있는 흰머리 흰 수염의
늙은이는 까까머리 동자승 시절 그들의 기억 속 한구석을 차지하는 헌
앙한 청년이었다.

사조이신 현각 대사의 벗이었던 북천 상무달 어른의 제자로서, 언제
나 절을 찾으면 짓궂은 웃음을 입에 물고 은밀히 자신들을 불러 금기
의 일을 저지르게 종용했던 악동 청년.

청년과 함께 절 숲의 곳곳에서 저질렀던 일은 은밀하고 위험했으며,
금제된 위엄을 깨뜨리는 그 일은 흥분과 긴장 속에서 밤마다 오줌 지
리는 쾌감과 죄의식을 가져다 주었다.

세월은 유수와 같다 했던가? 언제까지나 기억 속 그 모습 그대로일
것 같던 청년의 얼굴에도 세월의 그늘이 끼고, 흑단처럼 검던 머리는
백발이 되어 흔들렸다. 그 세월은 자신의 사형제들 또한 비껴갈 수 없

었으며, 어느새 노구가 되어 마주한 세월의 무정함에 법종은 무상한 심정으로 불호를 외웠다.

"아미타불⋯⋯."

깊이 내뿜는 그 숨소리 같은 불호에서 무엇을 느꼈음인지, 습관처럼 말을 꼬아대던 독고지명도 슬며시 시선을 거두며 흰 수염을 매만졌다. 그리고 그사이 검은 수염의 법성이 삼신에게 인사를 건넸다.

"세 분의 모습은 예나 지금이나 변함이 없소이다그려."

대답은 잔잔한 눈길로 마주 보던 궁신이 해주었다.

"그 말씀은 어째 욕으로 들리오이다. 예전이나 지금이나 반갑지 않다는 소리 말이오."

심드렁한 궁신의 대꾸에 염화시중(拈華示衆)의 미소 같은 웃음을 문 법성이 여유롭게 대답했다.

"괜한 소리를 하시는구랴. 장문 사형도 그렇지만, 우리 사형제가 그대들 형제 분들께 가진 정리(情理)는 각별하다고 할 수 있소. 그렇지 않았다면 예전에 부수어진 석탑처럼 진즉에 갈라진 사이가 되었겠지요."

법성의 이야기에 여지껏 미령과 다과상 위의 다과를 노리고 두 손을 토시락대던 악중산이 고개를 번쩍 들었다.

"아니, 지나간 얘기는 왜 하는 거여? 그때 부서진 석탑은 비무를 하다가 어쩔 수 없이 부서진 거라고! 그래서 내가 물어준다고 하니깐 놔두라고 하고설랑은, 이제 와서 트집을 잡자는 것이여 뭐여?"

제 딴에는 투덜대는 소리였지만 듣는 이들에겐 여전히 커다란 고함 같은 목소리에 독고지명이 인상을 쓸 때, 두 노승은 더욱 인자하게 미소 지었다.

그사이, 다과상 위에 하나만 남은 유과를 잽싸게 집어 든 미령은 숨쉴 틈도 없이 입 안으로 홀딱 집어넣었다.

"어라, 야! 이 불여시 같은 계집애야!"

"헹! 먼저 먹는 게 임자지."

어느새 씹어 삼키고 조그만 혀를 낼름 내미는 미령을 보는 부신의 얼굴이 또다시 달궈진 철판처럼 붉어져 갔다.

"이, 이 치사한 계집애! 그걸 혼자서 먹어?"

"뭐가 혼자서예요? 할아버지는 한 번에 두 개씩 집어 먹었잖아요?"

"야! 내가 언제 그랬어? 네가 봤어?"

"흥! 또 거짓말!"

"이게, 내가 언제 거짓말했다고 그래?"

갑자기 벌어진 크고 작은 두 사람의 실랑이에 소림의 두 승려는 어리벙벙한 얼굴로 바라다보았다. 두 사람의 옆에 앉은 미령 어미 송연주는 한숨을 내쉬었고, 도신과 궁신은 그저 그런 구경거리처럼 심드렁히 쳐다보았다. 그러나 인상 쓰고 혀를 차던 독고지명은 발을 들었다.

"에라이, 병신 같은 자식아! 아예 지랄을 해라, 지랄을!"

포단 위에 앉았던 엉덩이를 떼고 한쪽 발을 들어 얼굴을 밀어대는 시늉에 악중산은 고개를 틀며 급하게 몸을 뒤챘다.

"어, 어, 왜 이래요? 이거!"

"왜 이래요? 정말 왜 이러는지 몰라서 묻냐? 이 천하최강등신황제애비 같은 놈아!"

"어 참, 이러지 말아요! 나도 성질있다구요!"

얼굴 앞에서 어른대는 냄새 가득한 독고지명의 발바닥을 보며 부신이 인상을 썼다. 하지만 독고지명은 두 손으로 바닥을 짚은 채 더욱 가까이 발을 들이대며 엉거대었다.

"성질? 그래, 어디 네놈 성질 한번 보자! 얼마나 대단한 성질을 가졌기에 때마다 그 따위 유치찬란한 짓거리로 놀아나는지!"

"에이, 정말!"

요상스런 좌중의 분위기가 부신과 미령에게서 다시 부신과 독고지명의 드잡이질로 넘어갈 무렵, 새초롬하게 눈길을 흘겨 뜬 미령이가 야무진 목소리로 다시 입을 벌렸다.

"할아버지!"

갑자기 들린 그 목소리에 두 사람의 고개가 동시에 미령에게로 돌았다. 하지만 둘 중 누구를 호칭한 것인지 몰라 의아한 눈빛을 보일 때, 미간을 귀엽게 찡그린 미령이가 야멸차게 얘기했다.

"발 좀 치우세요! 냄새 나잖아요!"

그 한마디에 좌중에 모인 사람들의 얼굴색이 가지각색으로 변해 버렸다. 미령 어미 송연주의 얼굴엔 당황이, 법종과 법성의 눈길엔 황당함이, 도신과 궁신의 입술에는 뒤틀리는 미소가, 악중산의 눈동자엔 아직도 의미를 파악 못한 의아함이, 그리고 신선풍의 얼굴을 노랗게 물들이는 독고지명의 얼굴에는 당황스런 창피함이.

이윽고 폭발을 억누른 듯한 장내의 분위기를 타며 천천히 발을 내린 독고지명이 붉으락한 얼굴로 제자리에 앉을 무렵, 웃음을 터뜨린 것은 악중산이었다.

"크홋! 크홋! 키헤헤헤헤헤헤헤!"

그제야 사태를 파악한 듯 방장실을 쥐어 흔드는 것 같은 커다란 웃음소리를 터뜨린 악중산은 배를 잡고 얼굴이 벌게지도록 웃어 젖혔다. 독고지명은 노랗던 얼굴을 불그죽죽하게 물들이며 소리 질렀다.

"웃지 마! 이 개자식아!"

하지만 그마저도 간단히 끝나고야 말았다.

"어유! 또 상소리!"

소리 지른 그 틈 사이를 끼어들듯, 미령의 목소리가 낭랑하게 울려 퍼졌다. 미령은 또다시 덧붙여 얘기했다.

"도대체 할아버지들이 욕하고 싸우는 거밖에 모른다니까."

독고지명은 잡아먹을 듯이 부신을 노려보던 시선을 거두어 미령을 쳐다보았다. 곧 이어 어쩔 수 없는 긴 한숨과 함께 고개를 젖히고 뒷머리에 손을 올려 주물럭거렸다. 악중산은 웃음을 참지 못해 방바닥에 손을 짚고 흐느적대었다.

법종과 법성은 그런 그들의 꼴과 팔짱을 끼고 고개를 가로젓고 있는 미령의 얼굴을 본 뒤 서로 얼굴을 마주 보았다. 그리고 어색한 헛기침과 함께 다시 말을 꺼냈다.

"허, 허허흠! 에, 아무튼 오시느라고 수고들이 많으셨고… 그리고 에, 또…… 태산에서 법진에게 도움을 주신 일은 다시 한 번 감사를 드리오이다."

어쩐지 허둥대는 듯한 법종 방장의 겸양에 이제까지 남의 일처럼 구경만 하던 도신 최홍결이 불쑥 말을 던졌다.

"독고 선배, 칼을 내놓으시오."

갑작스런 말에 독고지명은 물론 법종과 법성도 시선을 돌렸다. 도신은 한마디를 더 말했다.

"이제 본론을 얘기합시다."

정색한 도신의 말과 표정에 독고지명은 벌건 얼굴을 털어내듯 뒤춤에 밀어놓았던 기다란 뭉치 하나를 앞으로 내밀었다.

법종과 법성의 시선이 그 뭉치로 모여들었다. 법성은 조심스럽게 입을 열었다.

"이것이……."

"그래, 혈룡도다."

말을 끊으며 툭 내뱉듯이 답한 사람은 역시 독고지명이었다.

"한번 볼래?"

청하지도 않은 말을 제멋대로 내뱉으며 독고지명은 뭉치를 풀어냈다. 곧바로 둘둘 말렸던 보자기가 풀어지고 도신(刀身)에 대어진 두 짝의 나무판자가 떨어져 나갔다. 그리고 사람들은 눈을 찡그려야만 했다.

붉은 혈광이 모여 앉은 사람들의 눈을 부시게 하며 방 안 가득 퍼져 나갔다. 은은하게 살랑이는 아지랑이처럼 퍼지는 빛은 한쪽에서 방을 밝히던 굵은 촛불 빛을 귀신처럼 떨게 만들었다.

빛은 아름다웠다. 아니, 그 빛을 전신으로 토해내는 칼이 황홀함을 주었다.

두 자가 넘는 길이에다 직선에 가까운 듯 완만하게 곡선을 그려 나간 미려한 몸통. 그 붉은 몸통에 푸르게 사이한 예리함을 섬뜩하게 두른 한 마리 혈룡. 퍼지는 붉은 빛 속에서 꿈틀대는 환영을 보이는 것 같은 전설의 보병(寶兵).

"허어……!"

누군가 신음과 같은 침음성을 흘려내었다. 그 순간 칼에 홀렸던 정신을 깨워낸 미령 어미 송연주는 문득 둘러앉은 사람들의 얼굴을 차분히 살펴보았다.

승려인 법종과 법성은 혼란한 눈길로 칼을 내려다보았다. 거구의 악중산은 침을 삼키며 칼을 뚫어지게 쳐다보았다. 왜소한 노인 도신과 청수한 인상의 궁신은 무거운 눈길로 칼을 응시하였다. 그리고 가늘게 뜬 눈으로 감탄하고 있는 독고지명의 옆에서는, 자신의 딸 미령이마저도 호기심 가득한 눈을 반짝거렸다.

칼은 진정 아름다웠다. 아니, 단순히 아름답다고만 하기에는 무엇인가 부족했다. 신비롭게 뿜어대는 적청(赤青)의 혈광을 몸통에 머금은 미려한 칼날이, 한갓 아녀자인 자신의 눈에도 소유의 욕망을 품게 만들고 있었다.

이것은 뭐라 할까, 세상을 살아온 연륜이나 학식, 인성의 품과 깊이에 관계없이 사람이라면 본래가 가지고 있는 인식의 표층과 의식의 기저를 지난 저 아래쪽, 검고 어두운 본태의 탐욕과 피를 향한 광증의 욕구가 감추어지고 억눌려졌던 틈을 비집고 올라오는 그런 모양이었다.

칼은 자신의 아름다운 자태로서 보는 사람의 눈을 홀리고, 그 홀린 눈을 통해 그것들을 불러 올리고 있었다.

저것은… 마물(魔物)이었다. 그리고 그 마물은 무인이라는 이름을 가진 사람이면 누구라도 현혹시켰다. 마치 꺼풀을 벗어 내리는 미희(美姫)의 몸뚱이처럼.

송연주는 칼 빛이 비치는 허공의 어느 한곳에 초점없는 눈길을 두며 제 자신과 어린 딸이 처한 처지를 다시 한 번 생각해 보았다. 예전부터도 그랬지만 기댈 곳이라곤 아무 곳에도 없었다. 그저 지금 눈앞에 앉은 노인들과 중들의 손에 자신과 딸의 미래가 달린 것이다.

어쩌면 미래란 것은 자신의 인생이 도륙나던 그 시절에 이미 사라져 버렸는지도 모를 일이다. 아니, 그렇게 사라져 버렸다. 하지만 자신에겐 딸이 있었다. 어떻게 생겨났는지도 모를 불쌍한 목숨이지만, 그 딸을 위해서 자신은 살아야 했다. 이제까지도 그래 왔고 앞으로도 그건 마찬가지다.

자신과 동행했던 노인들과 중들이 따뜻한 사람들이고 자신 모녀의 안돈을 위해 힘써줄 것임은 의심의 여지가 없었다. 이제 뜻하지 않았던 위험은 모두가 사라졌다고 생각해도 되는 것이다. 하지만 언제나 그렇듯이, 인생에 끼어드는 위험한 순간들은 행복하고 안락하다고 여기는 때에 느닷없이 덮쳐들었다.

그것이 지금 이 순간에도 무서운 것이다. 시간이 지나 끔찍했던 순간들은 또다시 기억 속으로 묻혀가고 있지만, 경기 들린 아이처럼 하루 종일을 떨어대며 눈치를 보던 미령이가 웃는 얼굴을 되찾았지만 언제 다시 올지 모를 역병 같은 그 일이 두렵고 무서웠다.

그것은 세상을 오로지 칼의 힘으로 살아가는 자들이 있기 때문이었다. 온유롭고 따뜻한 저들조차도 한순간 칼이 보내는 마력에 취해서 정신을 놓고 있듯이, 칼이라는 마물을 들고 살아가는 자들의 말은 아무것도 믿을 수 없었다. 그것이 바로 무인이라는 이름으로, 남자라는 거죽을 쓰고 살아가는 무리들의 실상인 것이다.

단 하나, 그중에 예외가 있다면…… 누구보다도 냉혹하고 가차없는 살인마 같던 청년. 하지만 그 청년만이 목숨을 걸고 자신 모녀의 생명을 지켜주었다. 그리고 세상의 누구라도 탐을 낸다는 저 칼. 저 칼을 이들에게 넘겨주고 간 것이다. 그 이유가 무엇인지 송연주는 짐작하였다.

그녀는 혼을 뺏긴 사람들의 중심으로 천천히 입을 벌려 말했다.

"그 칼은 장세철이란 함자를 쓰시는 무사 분이 주고 간 것입니다."

느닷없이 들려온 송연주의 가녀리고 맑은 목소리에 술 취한 사람들처럼 칼만을 내려다보고 있던 중인(衆人)들은 푸르르 깨어났다.

시선을 받은 송연주는 다시 처음처럼 말없이 앉아 있기만 했다. 그리고 송연주를 유심하게 바라다보던 법성은 시선을 독고지명에게로 돌려 넌지시 물어보았다.

"법진에게서 대강의 이야기는 들었지만, 철비철각호란 그 청년이 혈룡도를 넘겨주었다구요?"

"그래. 이걸 노리고 몰려드는 놈들을 모조리 깨부수더니, 갈 때는 버리는 것처럼 말없이 놓고서 가버렸다. 참, 대단한 놈이지."

칼을 내려다보며 회상을 더듬는 듯한 독고지명은 습관적으로 턱수염을 쓸어 내렸다. 법종 옆의 법성은 그 얼굴에 대고 다시 물었다.

"보도와 전설에 대한 유혹을 떨치기가 힘들었을 터인데, 젊은 나이에도 불구하고 평상심과 부동심이 대단한 청년이었나 보군요."

힐끔, 눈길만을 들어 법성을 바라다본 독고지명은 퉁명하게 대꾸를 했다.

"그 따위 몇 마디로 설명할 수 있는 놈이 아니야. 들어서 알겠지만 놈은 겸제를 무릎 꿇렸고 저놈을 피똥 싸게 만들었다."

독고지명의 시선은 칼만 내려다보고 있는 악중산에게로 향했다. 그런 좌중의 시선을 느꼈음인지 고개를 든 악중산이 멀뚱하게 입을 벌렸다.

"뭐요? 무슨 일 있어요?"

입맛을 다시며 미간을 찡그린 독고지명은 간단하게 대답했다.

"됐다. 칼이나 봐라."

자신을 보던 모두의 시선이 다시 돌아가자 의아한 눈길로 둘러보던 악중산은 칼로 다시 시선을 내리며 혼자서 중얼거렸다.

"다시 봐도 정말 끝내주는 칼이다……."

"정말, 정말 예뻐요. 그렇지만 칼은 무서운 건데……."

앞뒤 안 맞는 말로 화답해 준 사람은 부신처럼 칼에 정신을 뺏기고 있던 미령이었다. 미령은 홀린 듯, 무서워하는 듯 이상한 눈빛으로 칼을 내려다보았다. 그런 둘에게서 시선을 돌린 독고지명은 다시 입을 열어 말했다.

"그놈은 혈룡마제의 유진 따위는 안중에도 없었어. 칼 같은 건 더더욱이나 관심조차 없었고. 뭔가 다른 목적을 위해 쫓아가는 놈 같았지."

"원한 같았습니다. 잠깐이었지만, 그 친구의 눈 속에서 용암처럼 끓어오르는 증오의 기운을 읽었습니다."

말끝을 잡고 끼어든 자는 궁신 김영주였다. 그리고 또 한 사람이 말했다.

"연관이 있는지는 모르지만, 법진 대사에게 그 청년이 알 수 없는 질문을 했소."

이번엔 도신 최홍결이었다.

법종과 법성은 부신을 제외한 세 늙은 고수의 질문 어린 눈길을 받으며 무안한 기색을 흘렸다. 그 틈을 노린 듯 독고지명은 또다시 이야기했다.

"법진 그놈은 대답하지 않았지. 하지만 그래서 나는 생각했다. 생전 처음 보는 괴물 같은 그놈과 너희 소림 사이에 얽혀진 일이 있다고 말이야."

눈길을 부딪쳐 오는 독고지명의 서늘한 눈빛에 법종 방장은 조금씩 수그러드는 자신의 어깨를 느껴야만 했다. 하지만 그는 입을 열지 않았다.

"무슨 내막인지 말하기 싫다면 그만이고, 소림의 위신과 관계된 일이라면 안 들어도 그만이지만, 그놈은 어쩐지 우리와 얽혀들 것만 같더구나. 그래서 물어보는 거다. 이만한 세월을 살아오면서 가진 늙은이의 예감이지."

거듭되는 독고지명의 은근한 압박에 눈길을 피하던 법종은 차분하게 안색을 바꾸며 불호를 외웠다.

"아미타불……."

그리고 잠시의 사이를 두고 천천히 이야기했다.

"법안이 죽었습니다."

듣는 자들은 잠시 동안 그 말이 무슨 뜻인지 헤아리지 못했다.

"누가… 죽었다고?"

눈썹을 치켜뜨고 되묻는 독고지명의 목소리에 법종은 다시 대답했다.

"벌써 십오 년이나 되었군요."

독고지명은 두 눈을 깜박거리며 법종의 입만을 바라보았다. 그 옆에서 궁신이 다시 입을 열었다.

"탈각(脫却)… 했다는 말씀입니까?"

질문을 받은 법종은 법성의 나직한 불호 소리를 옆으로 들으며 나직하게 대답했다.

"죽임을 당했소이다."

아무 느낌 없이 선선하게 나오는 그 대답에 듣는 그들이 오히려 당황해했다. 하지만 마주 앉은 소림의 당대 장문인이 하는 얘기는 결코 간단한 것이 아니었다.

법종은 자신의 사형제들 중 한 명인 법안이 이 세상 사람이 아님을 말하고 있었고, 그 별세(別世)가 타의에 의한 살인이었음을 거듭 말하고 있는 것이다. 그리고 그 세월은 그들이 각각 태산과 세상 밖에 머물던 시절인 십오 년 전에 일어났다는 이야기였다. 더불어 그 이야기는… 검은 범 같은 그 청년과 관계가 있다는 소리이기도 했다.

"흉수가 따로 있다는 소리냐?"

독고지명은 날이 돋은 목소리로 무겁게 되물었다. 하지만 법종은 마주 바라볼 뿐 대답이 없었고, 독고지명은 조금 더 격앙된 음성으로 재차 물었다.

"잡은 거냐? 아니, 잡으러 다니는 거냐? 아니, 아니, 아니야, 그것이 아니고……."

자신의 물음에 스스로 답을 구하듯 혼자서 수염을 흔들며 고개를 가로젓던 독고지명은 퍼뜩 눈길을 다시 들었다. 때마침 그 눈길은 도신 최홍결의 시선과 맞부딪쳤고, 불꽃처럼 번뜩이는 그 눈길을 보며 독고지명은 확신을 얻어 다시 입을 열었다.

"그래! 법진이 절을 떠나 태산을 어슬렁거린 이유가 그것 때문이었구나! 하지만 왜……?"

법종을 바라보는 독고지명의 눈길에 도신 최홍결의 시린 눈빛과 궁신의 가열된 눈길이 합쳐져 뜨겁게 들이닥쳤다. 법종은 차분하게 그 눈길들이 보내는 의문을 걷어내며 시선을 딴 곳으로 돌렸다. 그 눈길이 향한 곳은 보물에 정신을 빼앗겨 버린 아이들처럼 칼을 보고 있는 부신 옆의 미령이와 한쪽에 정물처럼 앉아 있는 그 어미 송연주였다.

법종의 조용한 목소리는 그렇게 시선을 타고 흘러나왔다.

"밤이 깊어가니 아이는 잠자리에 들게 하는 것이 좋겠군요."

법종의 눈길을 따라 미령과 그 어미를 번갈아 보던 독고지명은 그 말이 무엇을 말하는지 이내 깨달았다. 그리곤 어색한 표정으로 덧붙여 이야기했다.

"그래… 애들은 일찍 자야지."

하지만 그의 말은 문밖에서 들려온 다른 목소리에 묻혀 버리고 말았다.

"장문, 무당에서 손님들이 오셨습니다."

순간 방 안에 모여 앉은 모든 늙은이들의 눈길이 한곳에서 얽혀들었다. 그중의 최고 연장자 독고지명은 가늘어진 눈으로 수염을 만지며 입을 열었다.

"드디어 시작인가? 이제 또 누가누가 오려나? 벽력문 놈들이 대놓고 찾아오지는 않을 테고…… 그런데 무당의 말코 놈들은 예의를 모르는구나. 이 한밤에 들이닥치다니 말이야."

대꾸하는 사람은 아무도 없었다. 그리고 법종과 법성은 자리를 옮겨 손님을 맞아야만 했다. 하지만 그 밤에 그들이 맞아야 할 손님들은 무당의 도사들만이 아니었다.

소림의 산문은 밤늦게 방문을 알리는 소리로 연신 부산스러웠다.

숭산(嵩山) 소림사(少林寺) 2

벽로가의 한쪽 구석에서 불이 올랐다. 색주가와 재인거리가 맞닿는 곳. 빈민가 옆으로 빠지는 늘어진 삼각의 공터에 붉고 뜨거운 불길이 훨훨 타올랐다.

허기진 배 때문에 밤새 잠을 설치던 아이들은 해 뜰 녘의 기척에 문밖을 나섰다가 불을 보고 모여들었다. 날품을 팔기 위해 장거리로 나갔다가 허탕 치고 돌아오는 어미 아비들도 난데없는 불길을 보며 힘없는 걸음을 좁혀왔다. 잠이 없는 생명 다한 몸뚱이로 아침을 서성대던 노인들도 불 앞에 다가와 섰다.

생기없는 자들의 시선이 모여 타오르는 불. 요동 치는 이무기의 헛바닥처럼 넘실대는 불. 인간이 가진 심화(心火)를 모양으로 그려내며 솟구치는 불. 그렇게 타오르는 불길이 바라보는 자들의 얼굴에 붉은 명암을 만들며 너울거렸다.

그 한가운데에 이른의 키만큼이나 숫아오르는 불길을 앞으로 두고 나무를 던지는 정곽의 얼굴엔 표정이 없었다. 상처를 여미기가 무섭게 몸을 움직인 그가 제일 먼저 한 일은 지금처럼 노인의 시신을 태우는 일이었다.

불길을 바라보며 정곽이 던져 대는 것은 노인이 깎던 목각 가면과 그 재료들이다. 그것들이 타며 붉은 피 같은 불길을 허공으로 피워 올렸고, 그 뜨거운 중심 안에서 노인의 식은 육신이 불길에 몸을 실어 하늘로 하늘로 피어올라 갔다.

말을 꺼내거나 아는 척 애도를 보이는 자는 아무도 없었다. 모여 선 힘없는 사람들의 얼굴에 떠오른 표정은 늘상 보아오는 또 하나의 죽음에 대한 조의(弔意)보다는 세상의 짐을 털어내고 영면으로 드는 자에 대한 허탈하고 홀가분한 부러움이었다.

무겁게 가라앉은 정곽의 등을 바라보고 선 세철은 저 사내의 억눌리고 분노한 심정이 가슴에 와 닿았다. 말없이 표정을 지우고 선 얼굴에 숨어 있는 치 떨리는 울분이 읽혀졌다. 알기 때문이다. 친족을 잃은 자의 슬픔을, 하나뿐인 가족이 살해당한 원통을.

그것이 얼마나 고통스러운지, 그리고 어떤 무게로 가슴에 남는 것인지, 세상의 그 누구보다도 세철 자신이 잘 알고 있는 일이었다. 저 사내는 이제 복수를 꿈꿀 것이다. 자신과 똑같이. 또한 그것이 살아가는 이유가 될 것이고 생의 마지막까지 가져가는 유일한 목표가 될 것이다.

설령 부딪쳐 깨어진다 할지라도 멈추지 않을 것이며, 제 목숨이 바수어지는 것조차도 개의치 않을 것이다. 아내를 잃은 그가, 그 복수를 위해 세상을 속이며 숨죽여 살던 그가 목표가 사라졌음을 안 순간 세상에 하나뿐이던 가족을 또다시 잃은 것이다.

그런 정곽에겐 때를 놓친 자신에 대한 분노와 더불어 또 다른 원한을 불러온 대상에 대한 주체할 수 없는 분노, 그리고 이런 일이 벌어지기만 하는, 아니, 벌어질 수밖에 없는 세상의 구조적인 모순에 대한 노여움이 중첩되어 불길로 타오르는 것이다. 그리고 그 불길은 이제 꺼지지 않을 것이다. 정곽이 가슴속에 품은 목표가 사라지는 그날까지.

정곽은 노인이 깎아놓은 목각 가면들을 하나씩 불 속에 집어 던졌다. 노인이 세상에 존재했던 모든 흔적을 지우듯이 남김없이 불태워버렸다. 그 사이사이로 넝마 같은 노인의 헌 옷가지들도 불길에 타올랐다.

불길이 늦봄 아침 녘의 서늘한 한기를 공터에서 몰아내며 한낮의 태양처럼 훈훈함을 가져다 주었다. 불 쬐는 사람들처럼 둘러선 벽로가 사람들의 얼굴엔 실혼(失魂)한 자들의 표정만이 남아 있었다. 그런 그들의 등 뒤로부터 사이를 비집고 한 여인이 불가로 다가왔다.

여인은 젊었다. 그리고 아름다웠다. 비단 아름다울 뿐만 아니라 한 송이 흑장미처럼 도발적인 화사함이 전신에 가득했다. 눈에 띄는 여인이었다. 여인이 풍겨내는 기운이나 차림새는 이 거리와 전혀 어울리지 않았고, 가지런한 걸음새와 몸가짐은 명가의 기품이 흘러넘쳤다.

생기없던 사람들의 눈이 그렇게 나비처럼 화사하게 다가서는 여인에게 모여들었다. 여인은 자주색 단삼과 치마를 받쳐 입었다. 그 발길이 불길 속에 가면을 집어 던지고 있는 정곽의 옆으로 와 멈춰 선 뒤 상큼 아미를 찌푸렸다.

"저, 실례합니다."

여인의 목소리는 맑고 청아했다. 그 목소리가 부른, 가면과 나뭇조각을 번갈아 던져 넣던 정곽은 반응을 보이지 않았다. 하지만 여인은 또다시 삭고 붉은 입술을 벌려 말을 꺼냈다.

"그 가면…… 재인거리 앉은뱅이 노인의 물건이 아닙니까?"

새를 쫓듯이 불길로 던져지던 정곽의 손이 동작을 멈췄다. 천천히 돌아간 감정없는 눈길이 여인을 바라보았다.

보통의 여인들보다 머리 반 정도는 더 큰 키에 늘씬하게 뻗은 체형. 쉬 볼 수 없는 자주색 비단 옷에 외줄로 늘여 땋아 내린 검고 긴 머리. 뚜렷한 이목구비에 상대를 정면으로 응시하는 맑고 깊은 두 눈.

정곽은 직감적으로 깨달았다. 눈앞에 마주 선 젊은 여인은 무가(武家)의 여자였다. 그것도 지체 높은 가문에서 오랜 시간을 훈도받고 수련해 온 명가의 여식이었다.

흔들림없이 외간 사내의 눈길을 담담히 받아내는 부동의 눈길이 그걸 말해 주었고, 처음 다가올 때부터 땅 끝이 없는 듯 밟아대던 안정된 걸음 소리가 그러했다. 그리고 다른 무엇보다도, 옷 속에 감추어진 여인의 골격과 작은 대바구니를 쥔 굳은살 박힌 손가락이 모든 걸 말해 주었다.

"제 말이 맞나요?"

바라만 보고 있는 정곽에게 여인이 다시 물었다.

정곽은 감정없는 눈길로 천천히 입을 열었다.

"무슨 일이오?"

정곽의 대꾸에 여인의 눈이 초롱한 이채를 띄워냈다.

"역시 맞군요. 그런데 왜 노인의 가면을 태우고 있는 거죠? 노인은 어디 계신가요?"

여인의 되물음에 지그시 바라보던 정곽의 시선이 대바구니로 향했다. 그 안에 생전 노인의 솜씨가 분명한 목각 가면이 삐죽이 곁을 보였

다. 바구니에서 시선을 들어 올린 정곽은 불길로 다시 고개를 돌리며
차갑게 대답했다.

"그는 죽었소."

너무도 간단한 소리에 담긴 뜻이 예상치 못했던 대답이었던지 아!
하며 작은 신음처럼 탄식을 내뱉은 여인은 황급하게 불길로 시선을 돌
렸다. 불길은 여전히 붉은 짐승의 혓바닥처럼 키 높이로 너울거렸고,
그 안에서 열을 뿜는 검은 형체는 점점이 사그라져 가는 중이었다.

"어, 어떻게……!"

불 속에서 무너지는 잿더미가 시신임을 확인한 여인은 당황한 얼굴
로 목소리를 떨었다. 곱고 화사한 미간이 이내 슬픈 빛으로 물들고, 불
길을 바라보는 눈가에 영롱한 물기가 조금씩 고여들었다. 슬픔 가득한
목소리는 애처롭기 그지없었다.

"초패왕(楚覇王)과 우희(虞姬)의… 새 가면을 만들어주기로 하셨는
데……."

애달픈 목소리가 정곽의 귓가를 맴돌았다. 아마도 고객이었으리라.
그것도 저리 슬픈 얼굴을 보일 만큼 정리를 나눈 각별한 손님이었을
것이다. 바구니 속에 들어 있는 손봐야 할 목각 가면이 그걸 말해 주었
고, 약속을 얘기하는 슬픈 음성이 더욱 그러하였다. 하지만 이제는 그
러한 모든 일들이 기억 속에만 남을 뿐이다.

정곽은 여인의 존재를 떨쳐 내며 천천히 크기와 기세를 줄여가는 불
앞으로 다가와 앉았다. 불은 더 이상 태울 것이 없었던지 몸통이 줄어
듦을 아쉬워하며 마지막 몸짓으로 재를 날렸다. 그 모양을 바라보고
앉은 정곽은 한순간의 요동도 없이 불만을 바라보았다. 또한 그 모습
을 슬픈 얼굴의 젊은 여인이 말없이 내려다보았다.

허기진 아이들이 때늦은 졸음 가득한 눈으로 바라볼 무렵, 불은 완전히 사그라졌다. 둘러섰던 사람들은 허망한 눈길만을 섰던 자리에 남기고 뿔뿔이 흩어져 돌아가고, 정곽은 몸을 일으켰다. 그 손에 반쯤 타버린 길쭘한 나뭇조각이 들렸다.

천천히 숨죽인 재를 뒤적이는 부지깽이 끝에서 하얀 뼛조각들이 모습을 드러내었다. 작고 조각진 그것들은 붉은 열기 가득한 잿더미 속에서 한 조각 두 조각 한곳으로 모였다. 그것들을 긁어모으는 부지깽이가 재를 뒤집을 때마다 검고 미세한 재의 끌탕들이 공중으로 날아올랐다.

죽은 자의 마지막 숨결 같은 끌탕을 들이마시며, 준비했던 유골 단지에 뼛조각들을 다스려 담는 정곽의 손이 유난히 조심스러웠다. 생전의 체온처럼 따스한 기운이 아직도 가득한 유골 조각들이 마음을 뒤흔들었다. 하지만 여전히 뼈를 주워 담는 정곽의 겉모습은 아무런 변화가 없었다. 그저 손끝에 닿는 뼛조각들이 전해주던 온기가 급격하게 식어감이 가슴을 헤집어놓을 뿐이었다.

세심하게 마지막 한 조각의 유골까지도 모두 단지에 주워 담은 정곽은 단지의 뚜껑을 덮고 광목으로 동여매었다. 곧 이어 이제껏 바라보던 재 앞에서 물러 나와 세철에게로 다가왔다. 그 뒷모습을 좇아 아직도 가지 않은 젊은 여인이 시선을 주었다.

자신에게 다가오는 정곽의 굳은 얼굴 뒤쪽으로, 눈길을 좇아온 여인의 얼굴이 놀람으로 물드는 것을 본 세철은 잠깐 동안 의아함을 느꼈다. 하지만 눈앞에서 말을 건네는 정곽의 목소리는 그런 의아함을 멀리 보내 버렸다.

"혼자 떠날 텐가?"

이후의 행로를 묻는 질문에 세철은 가만히 고개를 끄덕였다.

"떠나더라도 우선은 세 사람이 있는 의원에 가서 기다리게."

세철의 눈이 질문의 눈길을 보이자 정곽은 다시 얘기했다.

"자세한 얘기는 나중에 하기로 하지."

그 말을 남겨두고 정곽은 유골 단지를 들고 걸음을 옮겨갔다. 매음굴(賣淫窟) 같은 골목길로 사라져 간 정곽의 뒷모습을 보던 세철은 자신의 시선 사이로 섞여 들어오는 다른 눈길을 붙잡았다.

여인은 당황하고 놀라는 눈길로 바라다보았다. 하지만 그럼에도 불구하고 눈길을 돌리진 않았으며, 마주쳐 오는 세철의 시선 속에 자신의 의지를 담아냈다. 그것은 면식이 있는 자에 대한 뜻밖의 인사였다.

여러 가지 감정과 색깔로 뒤섞인 여인의 시선을 바라보던 세철은 기억 속을 뒤집었다. 그리고 빛 바랜 그림처럼 박혀 있는 여인의 영상을 끄집어낼 수 있었다. 하지만 그사이 대담하게 다가온 여인의 붉은 입은 세철에게 말을 던져 냈다. 또렷한 목소리는 맑은 기운으로 울려 나왔다.

"다시 뵙게 되었군요. 이런 곳에서 다시 보게 될 줄은 몰랐는데……
기억하실지 모르겠지만 금사촌에서……."

"알고 있소."

갑자기 튀어나온 세철의 굵고 짧은 대답에 여인이 흠칫 눈썹을 떨었다. 하지만 말이 전해주는 뜻을 새겨들은 여인의 얼굴에 가벼운 홍조가 생겨나고, 눈빛에는 알지 못할 색깔들이 조금씩 일렁거렸다.

"잠깐이었는데… 기억하시는군요."

하얀 얼굴을 발그레하게 물들이는 여인을 보던 세철이 갑자기 등을 돌렸다. 그리곤 뚜벅뚜벅 걸어가기 시작했다.

갑작스런 세철의 행동에 당황과 무안이 겹친 여인은 황급하게 입을 벌려 소리 질렀다.

"이, 이것 보세요!"

커다랗게 검은 뒷등을 보이고 걸어가던 세철의 몸이 우뚝 멈춰 서버렸다. 연이어 몸을 돌려 세우고 여인을 응시하며 입을 벌렸다.

"나에게 볼일이 있소?"

여인은 무뚝뚝하고 너무도 직접적인 세철의 질문에 당황을 금치 못했다. 홍조가 옅게 올랐던 얼굴은 붉은 칠을 한 것처럼 더욱 불타올랐고, 막상 불러놓고 보니 사내의 말처럼 무슨 볼일로 불러 세운 것인지 자신조차 떠오르지 않았다.

"아니, 저, 그게……."

더듬으며 우물쭈물하는 사이, 감정없이 무거운 눈길만을 던져 대던 사내가 다시 등을 돌렸다. 찬바람을 일으키는 것처럼 돌아가는 사내의 어깨로부터 알 수 없는 다급함이 가슴에 차 올랐다. 저대로 그냥 보내서는 안 될 것만 같은 생각이 머리 속에서 아우성쳤다. 그리고 그런 생각과 감정이 한데 엉켜 입으로 터져 나왔다.

"이봐요! 내 이름은 황보숙정이에요!"

자신조차 놀라 버린 커다란 소리에, 걸음을 옮겨가던 사내의 발걸음이 한순간 멈춰 섰다. 그러나 이내 다시 발걸음은 움직였고, 검은 잔상만을 남긴 커다란 사내의 뒷모습은 시야에서 사라져 가버렸다.

황보숙정은 사내가 사라진 골목길에 시선을 주며 뛰는 가슴의 고동 소리에 휩싸인 채로 흥분에 잠겼다. 때 아닌 반가움과 아쉬움이 가슴에 가득 흘러넘쳤다. 그리고 그 속에서 꿈틀대는 생소한 감정이 전신에 소름처럼 덮쳐 내렸다.

알 수 없는 일이었다. 그날, 늦은 눈이 무섭게 땅을 내리 덮던 날, 이름조차 모르던 촌락에서 저 사내를 처음 보았었다. 그 눈 속에서 사내는 귀신 들린 범처럼 천지를 희롱했다. 팽가의 장자 팔비도 팽수가 조롱당하고 무림칠대도객의 일 인이던 무영도 팽귀호 어른이 아이처럼 두들겨 맞았다.

감히 생각조차, 아니, 상상조차 할 수 없는 일이었다. 꿈같은 일이 벌어졌다고 여겼었다. 하지만 꿈은 거기서 끝나지 않았다. 기다리던 마적들이 나타난 것이다. 그러나 진정 끔찍하게도, 그 수괴는 무림의 악몽 신풍도 조철련이었던 것이다.

칠 년 만에 다시 나타난 악몽은 그날 그 자리에 얼음처럼 부서지고 깨져 버렸다. 바로 검은 범처럼 천지사방을 두들겨 부수던 사내의 손에 짐승처럼 맞아 죽은 것이다. 그날 사내는 지옥을 연출했었다.

집으로 돌아오는 길에 오빠는 열병에 걸린 환자처럼 중얼거렸었다. 자신은 상상조차 할 수 없는 경지를 사내가 보여주었다고. 그것도 자신보다도 어려 보이는 청년의 몸에서 그것을 보았다고. 오빠는 몸을 떨었다. 그리고 계속해서 중얼거렸다. 무림의 역사는 어쩌면 저 사내에 의해서 거친 풍랑을 겪게 될지도 모른다고.

자신조차도 열병에 걸려 버린 것을 두근대던 그날의 유별난 심장 소리에도 알지 못했었다. 하지만 여러 날이 지난 후에 들려온 파도와 같은 소문들에 실린 사내의 이야기에 황보숙정은 깨달았다. 자신도 오빠처럼 사내가 준 열병에 걸려 버렸음을. 그리고 그 열병은 오빠가 앓는 것과는 차이가 있다는 것을.

다시 본 사내의 모습은 변함이 없었다. 언젠가는 다시 보게 될 거라고 생각했었지만, 느닷없이 맞닥뜨린 사내의 검고 우묵한 눈동자는 여

전히 차갑고 서늘하기만 했다. 아니, 오늘 본 그 눈 안에는 깊은 슬픔
이 침잠해 있는 것 같았다. 그리고 그것을 훔쳐본 자신의 마음에도 이
유없는 슬픈 기운이 파도처럼 밀려들었다.

황보숙정은 세철이 사라져 간 미로 같은 골목길을 하염없이 바라보
며 혼자서 중얼거렸다.

"나는… 당신의 이름을 알아요……."

느닷없는 바람이 한줄기 불어와 붉은 입술과 뺨을 쓰다듬었다. 그
바람 소리에 실어 황보숙정은 낮은 소리를 냈다.

"장… 세… 철……."

흐릿한 그녀의 눈길 아래 두 손은 바구니 속의 가면을 꼬옥 쥐고 있
었다.

성치 않은 몸으로 유골 단지 하나만을 들고 사라졌던 정곽이 다시
나타난 것은 밤이 이슥해서였다. 정곽의 얼굴을 보자 절대 안정을 취
해야 한다는 의원의 말을 무시하고 언두수가 몸을 일으켰다.

약 냄새가 싫다는 그 고집을 따라서 나머지 사람들은 노인의 죽음이
있었던 공방으로 돌아왔다. 그곳에서 정곽이 처음으로 끄집어낸 이야
기는 세철에 관한 것이었다.

"놈들은 자네를 노렸어."

세철은 말없이 보기만 했고 부춘호 등은 차분히 듣기만 했다.

"나같이 잊혀진 자를 건드릴 이유도 없을 뿐더러, 나에겐 그럴 만한
가치가 없지."

"그럼……?"

언두수다. 그 얼굴을 보고 정곽은 다시 말을 이었다.

"놈들은 흔적을 남기지 않았다. 이미 겪어보아서 알겠지만, 놈들에게서 유추해 낼 근거가 될 만한 것이 전무하다."

바라보는 사람들의 시선을 이끌며 정곽은 계속 얘기했다.

"떠나오기에 급급했던 것이 실수였다. 현장에 다시 가보았지만, 남아 있는 것이 아무것도 없었다. 사방에 흩어진 핏자국과 뒤집어진 무덤만 보일 뿐, 놈들은 철저하게 흔적을 은폐하고 사라진 거야."

"그럼 그자들이 어떤 무리인지 알 수 없다는 이야기요?"

꿰매고 동여맨 상처가 쑤시는지 얼굴을 찡그린 언두수가 다시 질문을 던졌다. 정곽은 그 얼굴을 보지 않고 세철을 바라보며 대답을 했다.

"놈들의 사체(死體)가 있었다고 해도 그 의복이나 지니고 있던 왜도 따위의 물건으로 출처를 쫓는 일은 부질없을 것이야. 이미 그만한 대비쯤은 철저할 것으로 보이는 집단이었으니까 말이야. 그리고 그들의 합격술은 인자 무예와 중원의 무예가 섞여 있었어. 오랜 시간을 준비했다는 이야기지."

자신을 바라보는 정곽의 시선에 세철은 짤막하게 물었다.

"왜 나요?"

정곽은 여전히 변함없는 검은 범 같은 세철을 가만히 응시하다 천천히 입을 다시 열었다.

"상처 때문에 조금 어지럽긴 했지만, 하루 동안 눈과 귀를 열고 다녔더니 많은 것을 알 수 있었지. 특히 자네에 관한 이야기들 말이야."

"무슨 이야긴데요? 설마 하니 우리가 싸운 얘기가 벌써 퍼진 겁니까?"

또다시 끼어든 언두수였다. 온몸을 친친 동여맨 것은 하남과 부춘호를 비롯한 그 역시도 마찬가지였지만, 몸속에 꿈틀대는 기운은 그만이

유별난 것 같았다.

　정곽은 힐끔 돌렸던 시선을 다시 세철에게 맞추며 이야기했다.

　"이미 혈룡도가 수중에 없는데도 그자들이 습격한 이유가 무엇일까? 사람이나 집단 간에 분쟁이 벌어지는 경우는 오직 두 가지지. 이익이 배치되거나 원한이 있거나."

　세철의 굵은 눈길이 꿈틀거렸다. 정곽은 그 눈길 속에다 다시 새 말을 집어넣었다.

　"칼이 이미 없는데 자네가 죽는다고 이익을 얻을 것으로 생각하는 사람은 현재 아무도 없을 거야. 반면에 자네의 행적을 보면 여러 세력의 인물들과 갈등을 빚었더군."

　그 말에 세철의 눈 속에서 희끔한 빛이 일어났다. 그리고 이번엔 부춘호가 끼어들었다.

　"확실히 그렇구려. 그리고 그럴 만한 세력을 꼽으라면……."

　"사자철기맹! 무극도문! 그리고 벽력문 무리들!"

　언두수가 커진 목소리로 나열을 했다. 그리고 그 뒤를 하남의 담담한 음성이 덧붙이며 뒤따라 나왔다.

　"팽씨 세가."

　정곽은 차례로 사람들의 얼굴을 둘러본 뒤에 차분하게 다시 말을 꺼냈다.

　"그중의 누구라도 될 수 있겠지. 하지만 한 가지 추측할 수 있는 사실은, 습격이 있기 전 이곳 개봉에는 그중의 두 세력이 한자리에 모여 있었다는 것이지. 바로 황보세가의 장원 안에."

　"황보가요? 그들이 누굽니까?"

　습관처럼 물어오는 언두수의 질문에 정곽은 또렷하고 나직하게 읊조렸다.

"팽가. 무극도문."

말이 끝남과 동시에 눈썹을 치킨 언두수와 하남, 부춘호는 서로를 돌아보며 얼굴을 돌처럼 굳혔다. 정곽은 쉬었던 얘기를 다시 끄집어냈다.

"세 집단은 오래전부터 교분이 있어왔지. 특히 황보가의 장자와 팽가의 장녀는 혼인으로 맺어진 사이이기도 하고. 그런 그들이 한자리에 모였던 거야. 그리고 일이 있기 직전에 팽가주와 무극도문주는 소림으로 길을 떠났다."

"그럼 이번 일의 배후가 그들 세 집안의 합작품이란 말씀입니까?"

언제나 조용한 하남이 물어왔다. 그리고 언두수는 상처도 잊은 채 목소리를 높여 제 말을 꺼냈다.

"아니, 명문정파인 그들이 뭣 때문에 뒷구녕으로 그런 흉악한 무리들을 거느린단 말입니까? 그것도 연수해서 말이오?"

"그럴 수도 있지. 청부일 수도 있고. 어쨌든 두 집단은 이미 씻을 수 없는 치욕과 상처를 받았으니까 말이야. 그리고 드러내 놓고 일을 처리하기엔 장 형제가 가진 위상이 이미 너무 크고 실력은 감당하기 힘들었을 테지."

부춘호가 짐작한 의견이었다. 그 말에 눈을 끔쩍이던 언두수는 가만히 고개를 주억거렸다.

정곽은 그들에게서 시선을 돌려 차분한 눈길로 세철을 응시하며 조용히 말을 이었다.

"그들이 무슨 생각을 가지고 있는지는 그들만이 알고 있겠지. 아직 확실한 것도 없고. 그러나 한 가지, 그들이 이 친구를 노렸을 수도 있다는 사실이야. 그리고 그것은 앞으로도 그럴 수 있다는 이야기지."

세철은 차분하게 이야기하는 정곽의 눈을 마주 보며 처음으로 감정의 틈을 보였다. 그것은 말로써 전할 수 없는 죄스러움이었다. 아마도 자신이 아니었다면 노인은 남은 인생을 스스로가 정한 계율 속에서 편안하게 보낼 수 있었을 것이다. 더불어 눈앞의 정곽 또한 세월의 부침 속에서, 어쩌면 모든 것을 잊어버리고 남은 삶을 살 수 있었을는지도 모른다.

자신의 방문은 그들 삶의 균형을 깨뜨리고 목숨마저도 빼앗은 꼴이 되었다. 그리고 비껴 섰던 정곽의 삶을 다시금 무림이라는 소용돌이의 한복판으로 밀어 넣은 것이다. 그런 복잡한 심사와 간단치 않은 정회를 세철은 무거운 납덩이처럼 가슴에 달아맬 수밖에 없었다.

"자네 때문이라고 생각하지 말게."

세철의 눈길에서 심정을 짐작한 정곽의 말은 더욱더 세철의 가슴을 무겁게만 했다. 하지만 정곽은 그러지 말라고 거듭 이야기하고 있다.

"한번 발을 들여놓으면 어떻게든 다시 휩쓸릴 수밖에 없는 곳이 바로 강호일세. 그 속에서 칼끝에 매달린 이슬을 받아 먹어본 자라면…… 더 더욱 빠져나갈 길이란 없지."

어찌 보면 회한이 섞인 독백 같고 넋두리 같은 그 소리에 모두는 무겁고 착잡한 눈길을 아래로 늘어뜨렸다. 하지만 정곽은 말을 끝내자마자 다시 세철에게 질문을 던졌다.

"자네가 찾는 자가 누구인가?"

그 순간 정곽은 세철의 눈 속에서 피어오르는 새파란 불꽃을 보며 몸을 움츠려야만 했다. 한순간 전율처럼 온몸을 스치고 간 서릿발 같은 기운은 심장의 고동을 높여놓고 흔적없이 사라져 버렸다. 그리고 빛을 뿌린 당사자인 세철은 묵직하고 굵직한 음성을 끄집어내었다.

"말해도 모를 거요."

말하고 싶지 않다는 얘기였다. 자신의 일이니 자신이 해결하겠다는 의지의 표현이었다.

정곽은 종전처럼 세철의 눈길 속에 자신의 시선을 심으며 나직하게 이야기했다.

"그러면 애초에 왜 나를 찾았지?"

사뭇 도전적인 정곽의 기세에 세철은 묵묵히 입을 다문 채 바라만 보았다.

"짧은 시간 지켜본 자네의 성품과 나에게 가지는 미안한 감정 따위를 짐작 못하는 바는 아니지만, 사람이 하는 일이란 때론 남의 손을 빌려야 할 경우가 있는 법이네. 다급하고 힘겨울수록 더욱 그러하지."

여전히 말없이 바라만 보는 세철에게 정곽은 짧은 이야기로 말을 끝맺었다.

"난 자네가 나를 도와줬으면 하네."

세철의 얼굴을 같이 바라보고 있던 언두수와 하남, 부춘호의 시선이 정곽의 얼굴로 돌아갔다. 그리고 그들은 알아냈다, 정곽의 말이 무엇을 말하는가를.

세철 역시도 저 사내가 하는 말의 진의를 알았다. 그는 애초에 찾았던 목적을 상기시키며 자신에게 도움을 주마고 말하고 있는 것이다. 그리고 설령 말을 곧이곧대로 해석하여 자신이 저 사내에게 도움이 된다 하여도, 그것은 이미 협력의 관계이지 도움을 주는 관계가 아닌 것이다. 그리고 어쩌면 그것이 서로에게 필요한 당면의 일일는지도 몰랐다.

구릿빛 무표정한 세철의 얼굴에 말을 다시 넣은 것은 언두수였다.

"장 형, 굳이 감춰야 할 비밀이 아니라면 털어놔 보시오. 아무리 세상의 인심이 조석변개하는 시절이라고는 하나 이 자리에 모인 사람들 만큼은 절개와 신의를 안다고 말할 수 있소이다."

"듣지 말아야 할 일이라면 모르되, 이미 생사지경을 함께 넘은 사이이니 도움이 된들 어떨까 싶소이다."

부춘호도 거들고 나섰다. 그리고 하남도 한마디를 더 보탰다.

"억지로 맺은 인연이라 말할 수 있고 도움이 된다는 장담도 할 수는 없지만, 세상의 인연은 알 수 없는 법이니 어느 구름에 비가 들는지는 아무도 모르는 법이오."

세철은 마주 앉은 사내들의 진정을 느낄 수 있었다. 흉악했던 한순간을 같이 보내며 서로에게 등을 내맡긴 동료애가 사내들의 사이로부터 진한 냄새처럼 맡아졌다. 하지만 혼란스러웠다. 어차피 저들은 남일 뿐이다. 피로 얼룩진 자신의 과거 속에 저들을 끌어들일 이유는 아무 곳에도, 어떤 필요성이나 당위도 없었다.

그저 저들이 짧은 기간의 교우로 느낀 정리를 말한다고 해서, 오로지 자신의 힘으로 헤쳐야 할 짐을 저들에게 나눠 지울 일이 아닌 것이다. 저들은 자신과는 하등의 상관이 없고, 이대로 떠나가면 서로의 기억 속에서 잊혀질 사람들이었다. 하지만 자신을 바라보는 저들의 눈빛은 그렇지 않은 것도 같았다.

"장 형, 옛부터 친구나 형제의 일은 내 일처럼 여기라 했소이다! 무엇을 걱정하는지는 내 알 수 없지만, 설마 구더기 무서워 장 못 담그겠소!"

흥분된 얼굴의 언두수는 특유의 호기로 말하였다. 그리고 그 눈빛과

말소리에 보태진 하남과 부춘호의 시선이 세철에게 몰려들었다. 그 옆
에서 담담히 입을 다문 정곽의 눈길마저도.

한참 동안을 그들의 시선을 헤집고 허공의 한곳에서 부유하던 세철
의 시선에 초점이 생겼을 때, 무겁고 굵직한 음성이 강철 입술을 벌리
며 천천히 새어 나왔다.

흡사 청동 인형이 말하는 것처럼, 무뚝뚝하게 요점만을 이야기하는
세철의 말소리는 밤이 깊도록 계속 이어졌고, 그 이야기를 듣는 언두수
의 입은 다물어질 줄을 몰랐다. 그리고 정곽이 내린 결론은 소림행이
었다.

시작이 있었던 근원부터 찾아봐야 한다는 그의 이론은 칼과 멀어졌
던 세철의 발걸음을 다시 돌려 세웠다. 그리고 그가 지목한 곳인 소림
에는, 자신의 원수가 거의 분명한 팽가와 무극도문의 무리들도 가 있는
것이다.

그들은 모두 제지하는 세철의 말을 무시하며 해가 뜨기 무섭게 상처
입은 몸으로 길을 나섰다.

*　　　　*　　　　*

야유귀의 행적을 쫓던 진삼(秦三)이 퍼질러 앉은 곳은 등봉현의 작
은 국수집이었다. 중심가에서 벗어난 작고 허름한 국수집의 모양새도
그러했지만, 그 안에 앉아 식은 국수 국물을 들이마시고 있는 농사꾼
같은 평범한 용모의 진삼은 더욱 모양이 초라해 보였다.

천천히 국물을 들이마시던 진삼이 입구의 바깥쪽을 내어다보며 작
게 중얼거렸다.

"국물 좀 더 줘라."

그 소리가 끝나기 무섭게 안쪽의 주방에서 머리를 내민 사십 대의 사나이는 걸걸한 목소리로 대답했다.

"차라리 면을 드쇼. 국물만 홀짝이지 말고."

주방장과 주인을 겸한 것으로 보이는 사내의 말에 고개도 돌리지 않은 진삼은 병든 닭처럼 중얼거렸다.

"싫어. 소화가 안 돼."

"제기럴, 그까짓 면발 나부랭이가 소화 안 될 게 무어 있다고."

궁시렁댄 사내가 새 그릇에 따끈한 김이 오르는 국물을 채워 넣고 주방을 나섰다. 황의를 입은 진삼의 앞에 다가선 사내는 그릇을 성의 없이 내려놓으며 넌지시 퉁을 넣었다.

"체! 얼굴을 보니 노인네 성화가 대단한 모양이구려."

밖을 보던 진삼이 표정없는 얼굴을 들어 사내를 바라보며 힘없이 얘기했다.

"너는 네 일이나 잘해라, 이 자식아."

고저없고 억양없는 말은 욕설이었다. 그 욕설 같지도 않고 힘없는 지저귐 같은 말소리에 주인사내는 맞서 비아냥댔다.

"흥! 빌빌대는 꼬라지를 보니 샛계집한테 정(精)이라도 쏟아 붓는 모양인데, 그러단 오래 못살 거요. 아니, 형수한테 알리면 바로 끝장나겠군."

빈 국수 그릇을 들고 돌아서는 주인사내에게 진삼은 미간을 찌푸리며 인상을 썼다. 하지만 목소리는 여전히 힘이 없었다.

"너, 죽을래?"

뒤돌아 주방으로 들어가는 사내는 개의치 않는 듯 따로 지껄였다.

“죽이던가 말던가. 잡으라는 놈도 못 잡으면서 엉뚱한 데다 큰소리 치기는. 젠장할 거.”

사내는 주방으로 사라지고 진삼은 무표정한 얼굴로 돌아오며 다시 문밖을 내다보았다.

며칠 사이에 부쩍이나 늘어난 사람들의 발걸음이 거리에 넘쳐 났다. 그들의 행색은 모두가 비슷해 보이는 무림인들이었고, 그들의 발걸음이 한결같이 향하는 곳은 소림사였다.

놈은 그 흐름 속에 몸을 숨기려 했다. 영악하게도 세인들의 이목이 집중되고 무림인들로 넘쳐 나는 소림의 그늘 아래로 숨어든 것이다. 그리고 소림의 의가분원(醫家分院)이라고도 말할 수 있는 제민원의 제 인척에게 몸을 의탁하려는 것이다.

하지만 놈은 우리를 너무나 얕봤다. 아니, 제가 몸담았던 조직인 흑상련(黑商聯)이 어떠한 단체인가를 알지 못한 것이다. 하기는 색주가의 소두령 따위가 헤아릴 수 있는 집단이 아니긴 하지만서도, 세상 어디로 숨든지 제놈의 행적을 손바닥처럼 헤아려 본다는 사실을 알았다면 결코 살인하고 도주하는 일 따위는 저지르지도 않았을 것이다.

거기에다 신풍도 조철련의 비급이라니. 진삼은 어이없는 생각을 털어내듯이 고개를 흔들었다. 송충이가 솔잎을 먹고 살아야지 제까짓 놈이 언감생심 희대의 비급이라니 가당치도 않은 일이었다. 혹여 운이 닿고 재주가 미쳐 몸에 지녀 익힌다 해도 귀물(貴物)은 지켜낼 힘이 있어야 가진 자에게 공이 되는 것이다. 바로 혈룡도를 지녔던 검은 범 같은 그놈처럼.

진삼은 생각이 검은 범 청년에게까지 미치자 머리가 갑자기 무거워졌다. 노야의 명에 따라 청년의 행적을 조사하고 주시하고는 있었지만,

보통의 사람들이 가지는 상식으로 가늠할 수 없는 게 바로 그 청년이었다. 그놈은 말 그대로, 괴물이었다.

거듭해서 머리를 좌우로 털어낸 진삼은 새로 가져온 국수 그릇을 들어 입에 가져다 댔다. 따뜻한 온기가 입술에 느껴지고 맛있는 냄새와 함께 구수하고 뜨근한 국물이 입 안에 가득 퍼졌다. 행복한 표정이 절로 지어졌다. 하지만 그 얼굴은 앞으로 들려진 시선 안으로 들어오는 한 인물의 모습에 돌처럼 딱딱하게 굳어들었다.

가게 앞에서 갈라지는 삼거리의 맞은편 길은 등봉현의 중심대로로 통하는 길이다. 그 거리가 열려진 가게의 입구와 정면으로 마주 보는 형국이다. 그런 거리의 중앙에 굳은 얼굴로 바쁜 걸음을 떼어놓는 한 사내가 눈에 들어왔다.

빠른 걸음걸이를 보이는 사내는 허리에 칼을 찼다. 내리깐 시선으로 사위를 연신 훑어보는 불안한 눈매만 아니라면, 이 거리를 거쳐 가는 다른 무인들처럼 특별할 게 하나도 없어 보였다. 하지만 진삼은 사내를 보는 눈길에 새하얀 광채를 뿜었다.

손에 든 그릇을 홀쩍대며 얼굴을 가린 그의 눈은 사내의 일거수일투족을 빠짐없이 살펴보았다. 그리고 사내의 뒤쪽에서 걸어오는 두 명의 등짐장수도 함께 살펴보았다.

방물이나 피물이 분명한 등짐을 진 두 명의 장사치는 오랜 걸음을 걸어온 듯한 피로와 목적지가 가까워졌음을 떠올리는 안도감이 동시에 얼굴에 떠올라 있었다.

진삼은 점점 가까워지는 칼 찬 사내의 모습을 보며 천천히 마시던 국수 그릇을 내려놓았다. 연이어 거하게 트림을 내뱉은 후 동전 몇 닢을 탁자 위에 떨구고는 자리에서 몸을 일으켰다. 하지만 자연스럽게 배를 만지며 탁자를 돌아 나오던 진삼은 잠깐 걸음을 지체해야만 했다.

예리한 눈길로 사방을 주시하며 걷던 칼 찬 사내의 맞은편에서 허리가 굽은 웬 노인 하나가 지팡이를 헛짚으며 몸을 앞으로 쓰러뜨렸다. 노인의 몸은 앞으로 기울며 사내의 몸과 부딪쳤고, 사내는 미간을 찌푸리며 노인을 사정없이 밀쳐 냈다.

"이런, 썅!"

"아이고!"

죽어가는 목청으로 아이고 데이고 소리를 내며 뒤로 자빠진 노인은 바닥에서 허우적거렸다. 그 모양을 바라보던 칼 찬 사내는 당황한 얼굴로 사방을 바라보다 신속하게 걸음을 옮겨 자리를 피했다.

보다 못한 노인의 노구를 뒤따르던 등짐장수 중 한 명이 일으켜 세워주며 지팡이를 쥐어주었다. 노인은 연신 고맙다고 치하하며 등짐장수의 손을 붙잡고 쥐어 흔들었다. 그리고 지팡이에 의지한 채 다시 길을 재촉해 힘겹게 걸어갔다.

국수 가게의 입구를 나서며 그런 일련의 모습들을 눈 속에 담은 진삼은 정면으로 황급히 걸어오는 칼 찬 사내에게로 마주 걸어갔다. 주위를 살피며 급하게 걷던 사내가 마주 다가오는 진삼을 발견하고 걸음을 멈춰 세웠다.

사내는 핏기가 가시는 듯 하얗게 얼굴이 탈색되고 앞으로 내딛던 걸음은 주춤거리며 뒤로 물러났다. 흔들리던 몸은 번개처럼 뒤로 돌았다. 하지만 다음 행동을 취할 수가 없었다. 사내의 눈이 진삼을 발견하고 걸음을 멈췄을 때, 어느새 그의 뒤에는 두 명의 등짐장수들이 길을 막아서 버린 것이다.

사내는 악귀같이 일그러진 얼굴로 큰 숨을 들이쉬며 천천히 다시 뒤로 돌았다. 진삼의 표정없는 얼굴이 사내를 바라보며 희게 웃었다. 그리고 그 순간에, 칼 찬 사내 야유귀는 이를 악물며 칼을 뽑았다.

챙!

시퍼런 칼 빛이 허리에서 터져 나왔다. 하지만 칼날이 제 이빨의 예리함을 보이기도 전에 악물었던 야유귀의 입이 뒤틀어지며 허연 거품이 부글부글 뿜어져 나왔다.

연이어 검은 눈동자가 흰자위로 홀떡 뒤집어지고, 사지가 뒤틀려 꺾이며 땅바닥으로 무너져 내렸다.

"구어어억!"

전간(癲癎)병 환자처럼 온몸을 꼬아대고 경련하며 거품질 하는 야유귀를 보는 진삼의 눈에 번쩍 하고 광채가 튀었다. 그는 두 명의 등짐장수에게 황급하게 소리쳤다.

"노인이다!"

등짐을 벗어 던진 두 명의 사내는 비호처럼 왔던 길을 거슬러 뛰며 인적 속으로 사라져 갔다.

거리를 오가던 사람들은 때 아닌 사건에 놀라고 호기심 어려 하며 모여들었고, 잔경련만을 보이며 뻣뻣이 굳어가는 야유귀를 내려다보는 진삼의 눈에는 퍼런 불이 일렁거렸다.

소림으로 향하는 사람들의 발걸음은, 흔치 않은 구경거릴 보고 난 후에도 계속해서 끊이지 않았다.

숭산(嵩山) 소림사(少林寺) 3

소림사 일주문(一柱門)이 바라다보이는 절간 앞은 때 아닌 사람들의 물결로 인산인해를 이루었다. 절이 생긴 이래 이렇게 많은 인파가 몰려든 것도 처음이려니와 몰려든 사람들의 거의 전부가 무림인인 것 또한 처음이었다.

마치 난전(亂廛)이 벌어진 듯한 그 위로 봄의 절정을 알리는 햇살이 따갑게 내리비쳤다. 절간의 담벼락을 끼고 도는 수목들의 몸통에는 파릇한 생명의 기운들이 푸른 불처럼 번져 나갔다.

푸른 기운은 거뭇하던 지난 계절의 산 기운을 바꿔놓으며 생명의 기운을 뿌렸다. 하지만 그 기운을 받고 사는 절의 산문 앞엔 평소와 다르게 목봉(木棒)과 계도(戒刀)를 손에 쥔 젊은 승인들이 엄중한 기세로 사위를 둘러보았다.

사람들은 산문을 가로막은 소림승들의 바로 앞에서부터, 절 앞의 너

른 공터를 가득 메우고도 모자라 양 옆의 우거진 숲과 산 아래쪽으로
이르는 길목에까지 쥐 떼들처럼 우글거렸다.

완만하고 아스라이 산 아래의 사하촌으로 이어지는 길 옆에는 각종
의 노점 장사치들이 실제로 난전을 이루었다. 큰 바위 밑이나 고목 곁
에는 어김없이 좌판이 들어섰고, 그 앞에 둘러앉은 칼 찬 사내들은 입
에 맞는 음식을 먹어가며 두런두런 수군거렸다.

바람에 흔들리는 갈대잎처럼 무리지어 술렁대는 사람들은 산문 앞
을 가로막은 철나한 같은 소림승들의 얼굴과 그 뒤로 푸른 지붕만을
보이는 소림의 절 안마당을 넘겨다보며 조심조심 눈길을 밝혔다. 하지
만 그런 그들의 눈길은 느닷없이 터지는 고함 소리에 삽시간에 반대쪽
으로 돌아갔다.

"사자철기맹이다!"

아래쪽으로부터 터진 그 소리에 앉았던 자들은 몸을 일으키고 등을
보였던 사람들은 황급히 몸을 돌려 세웠다. 흡사 죽은 제 부모 형제가
살아 돌아온 것을 보기라도 하는 것처럼 눈을 치켜뜬 그들의 시선 안
으로 들어오는 것은 한 무리의 무인들이었다. 하지만 그들은 보통의
무리들이 아니었다.

사자 같은 위세를 뿌리는 건장한 몸태의 무사들이 성큼성큼 올라오
고 있었다. 모두는 한결같이 황적색의 무복을 받쳐 입었고 거검을 등
에 둘렀으며 오른쪽 가슴에서 포효하는 사자의 위세는 자색의 수(繡)로
써 사위를 억눌렀다.

전체의 숫자가 백여 명을 웃도는 듯, 선두의 세 무사 중 가운데 한
명은 무복과 같은 빛깔의 황적의 깃발로써 자신들의 존재를 알렸고, 그
뒤를 따르는 수뇌인 듯한 또 다른 세 사나이는 절도가 밴 여유로운 몸

짓으로 주변의 이목을 집중시켰다.

그렇게 산문 앞에까지 다다른 그들의 무리가 소림승들에게 배첩을 내밀 적에, 양쪽으로 갈라진 군중의 무리 뒤편에서 누군가 소리를 질렀다.

"저자는 무중신안(霧中神眼) 심학수(沈鶴秀)다!"

발원을 알 수 없는 외침이 파도처럼 사람들의 머리 위로 파동 쳐 나갔다. 반향은 곧바로 나왔다.

"맞다! 사자철기맹의 군사 무중신안이야!"

누군가 호응하며 소리쳤다. 그리고 그것은 계속되었다.

"저자는 태산에서 봤던 용악검 이백이다!"

"저 늙은이는 철혈수 조강이야!"

보이는 자들의 실체를 말로써 다시 파악하는 군중들은 끓는 물처럼 술렁거렸다.

그렇다. 지금 그들이 말하고 있는 자들은 무림의 최정상에서 움직이는 신룡 같은 자들이었다. 비단 눈앞에 있는 자들만이 아닌, 이미 많은 수의 강호명숙들과 각대문파의 영수들이 자취를 보이고 소림의 담 안으로 사라져 갔지만, 지금 이들은 묵시적으로, 또는 실질적으로 강북무림을 일통한 전무후무한 강성 무림 집단인 사자철기맹인 것이다.

비록 얼마 전에 있었던 태산의 대혈전에서 불패와 무적의 신화를 자랑하던 사자철기대의 전설이 이름 모를 청년에게 깨어지는 수모를 당했지만, 그들이 전하는 사자의 위용과 거검의 위력은 결코 무시할 수 있는 것이 아니었다.

그런 그들이 오늘의 행차엔 맹의 이인자인 무중신안 심학수를 앞세우고 나타난 것이다.

무중신안 심학수.

곰의 어깨와 사자 허리를 가진 용악검 이백과 시커먼 쇠 빛깔의 얼굴을 드러낸 철혈수 조강의 사이로 보이는 그는 사람들의 눈에 비치는 것처럼 사십을 겨우 넘긴 듯한 용모에 입고 있는 유삼이 너무나도 잘 어울리는 전형적인 학자와도 같은 사나이다. 손에 들린 평범한 쥘부채 한 자루에 편안한 미소를 입가에 머금은 그의 얼굴은 군더더기없는 깔끔한 용모와 더불어 글선생 같은 풍모로 사람들에게 기억되었다.

하지만 아는 사람들은 누구라도 안다, 그의 별호가 어째서 무중신안인지를. 그리고 안개 끼어 어두운 앞을 꿰뚫어 살펴본다는 그의 신안이 사자신군 정천휘와 만나서 어떤 결과를 빚었는지를. 그의 눈과 머리는 불과 십 년 만에 강북무림을 일통하는 신화를 창조해 낸 것이다.

사자의 무리들은 몸통을 떼어놓은 머리만이 들어가듯이 무중신안 심학수, 철혈수 조강과 용악검 이백을 비롯한 십여 명의 무사들만이 산문 안으로 사라져 갔다. 그 모습을 지켜보는 사람들은 막혔던 가슴을 쓸어 내리듯이 숨을 내쉬며 경직됐던 어깨를 풀어 내렸다. 하지만 한 번 찾았던 긴장은 수면 위에 던져진 돌덩이처럼 다시 한 번 그들의 전신을 출렁이며 휘어 감았다.

"묵호련이다!"

"뭐, 뭐, 뭐?"

"뭐라고? 누구라고?"

"뭣이여?"

처음 소리친 자가 길 한가운데 서서 손가락으로 앞을 가리켰다. 입은 또 소리를 질렀다.

"묵호련 호경대(虎警隊)다!"

그가 가리키는 곳은 내리막길의 아래쪽이었고, 군중들의 시선은 물을 들이키다 체한 사람들처럼 그곳으로 쏠려 내려갔다.

소리치며 손가락으로 지칭하던 사내가 주춤주춤 뒤로, 그리고 옆으로 물러났다. 사내가 물러난 그 자리를 검은 물결이 채우며 올라왔다.

말 그대로 검은 물결이었다. 정연하게 오와 열을 맞춘 백여 명의 무사들은 묵직하게 굵은 눈빛을 뿌리며 흡사 진군하는 군사들처럼 산문 앞까지 다다랐다. 입고 있는 무복의 검은색은 그제야 사람들의 눈에 개별의 존재로서 확인되었다.

절 주변에 모여 선 군웅들은 침을 삼키며 그들을 바라보았다. 검정색 일색의 흑색 무복. 허리춤에 걸려 있는 석 자 길이의 작은 곤봉 같은 무기인 동파. 그리고 그들의 등에 하얀색의 수실로 그려진 천공을 향해 울부짖는 성난 호랑이.

묵호련. 강남무림의 지배자이며 삼제오신 중의 투신, 흑호왕 이한동이 이끄는 성난 호랑이들의 무리. 바로 그들이 눈앞에 나타난 것이다.

사람들은 엄중한 그들의 기세에 저절로 손에 땀이 배이고 오금이 저리는 것만 같았다. 하지만 곧 이어 쏟아지기 시작한 소리는 그들의 혼을 골 빼먹는 여우의 혓바닥처럼 산산이 헤집어놓았다.

"세상에……! 저 사람은 권신 혁창해야!"

앞쪽에서 들려온 식은 숨 같은 그 소리에 사람들은 뜨거운 불덩이를 꼬리에 매단 것처럼 앞사람의 등을 떠밀었다.

"맞다! 권신이다!"

"팔황무적권(八荒無敵拳) 권신(拳神) 혁창해(赫昌海) 대협이다!"

사람들이 가리키며 뜨거운 소리로 호칭하는 자는 깡마른 체구에 기다란 팔과 다리를 가진 서늘한 눈매의 노인이었다. 그는 차분히 미소 지으며 앞만을 바라보았고, 그 옆에 서 있던 검은 철곤을 든 사내는 산문을 지키는 승려에게 배첩을 내밀었다.

동행한 젊은이와 수하무사들을 제치고 손수 배첩을 건네는 그를 보며 누군가 또 발악처럼 소리 질렀다.

"저 사람은 곤제 이태다!"

"무슨 소리야? 누구라고?"

"제왕철곤(帝王鐵棍) 곤제(棍帝) 이태(李泰)다!"

"뭐? 곤제라고?"

"세상에! 도대체 이게 무슨 일이야?"

거듭된 놀람과 충격 속에서 사람들은 말을 잇지 못하고 목젖만 꿀꺽거릴 뿐이었다. 이미 소림의 담 안으로 들어가 버린 삼제의 이야기는 논외로 치부한다 하더라도, 닿을 수 없는 전설로만 여겨지던 무림의 신들을 그들은 눈앞에 마주하고 있는 것이다.

벌써 많은 수의 사람들이 산문 안으로 사라져 갔다. 그중엔 구대문파의 명숙과 영도자들을 비롯한 힘있는 가문이나 문파의 수장들이 위세를 뿌리며 들어갔었다. 하지만 그런 것들을 주변으로 치부할 만큼 놀라운 일은 바로 저들이었다. 소림의 문 안으로 들어가 있는 삼신과 이제 들어가기 위해 서 있는 두 명의 거인.

권신 혁창해. 오직 친구인 투신 이한동에게만 반수를 양보한다는 구주팔황 최고로 불리는 권법의 신이다.

곤제 이태. 한 자루 철곤으로 강줄기를 거슬러 보내고 불어오는 태풍마저 잠재운다는 곤의 제왕.

사람들이 눈을 비벼댔다. 신화가 눈앞에 현신한 것이다. 저들이…… 몇십 년 세월을 전설 속에서 인구에 회자되었던 그들이…… 이제 다시 세상 속에 모습을 드러낸 것이다. 그리고 그런 전설의 주인공들은 이미 셋이나 저 안쪽에 들어가 있는 것이다.

군웅들은 사자철기맹의 일원들처럼 수뇌들만이 들어가 버리는 그들의 뒷모습을 보며 불현듯 한기를 느꼈다.

이백 년간 잠들었던 희대의 보도가 세상에 나오고, 그 뒤를 이어서 잠들었던 전설들이 줄줄이 일어섬이 예사롭지 않은 까닭이다. 벌써 그 일로 바람을 탄 계집처럼 휘둘린 무림에는 피바람이 한차례 몰아쳤고, 방향을 알 수 없는 그 바람을 제 손에 잡기 위해 무림은 천년소림의 안마당에서 담판을 지으려는 것이다. 불안하고도 기다려지는 바람은 그렇게 사람들의 머리 안쪽에서부터 서서히 꿈틀거렸다.

소림의 산문은 처음처럼 무승들의 몸으로 다시 가로막히고, 양쪽으로 나뉘어진 검은 묵호련과 황적의 사자철기맹은 서로를 의도적으로 무시하며 절 앞에 대치해 있었다.

사람들은 절 안의 동정과 절 밖의 상황을 주시하며 다시 끼리끼리 무리 짓는 난장판의 장거리로 돌아갔다. 그들이 여기기에 더 이상 소림에 들 인물들도 없었고, 들 만한 자들과 무리들은 이미 다 들어간 후이기 때문이다. 이제는 칼과 관련한 일련의 일들이 어떻게 결론되어지는가만이 그들이 가진 초미의 관심사였다.

하지만 절 앞에 모인 모든 사람들. 그 자리에 하늘로 머리를 두고 있는 모든 생명들은 또 한 차례 홍역 같은 난리를 치러야만 했다. 그것은 사하촌을 지나 산길을 오르는 다섯 명의 사내들 때문이었다.

그중의 한 사내는 육 척이 넘는 건장한 체구에 검은 무복을 걸친, 등에는 회색의 바랑을 질끈 걸머멘 구릿빛 무쇠 얼굴이 두드러진 검은 범 같은 청년이었다.

임시로 마련된 회의청(會議廳)은 원래가 예전에 대중법요를 치르는 중료(衆寮)로 활용되던 요사채였다. 그러나 세월이 흐르면서 대중을 모아 설법을 하는 집회는 점차로 줄어들고 승방과 요사의 구분 또한 애매해지면서 그 활용이 낮아져 방치되어 있던 곳이다. 하나, 당호(堂號)를 적묵당(寂默堂)이라 했던 이곳은, 지금 모여 앉은 사람들이 내뿜는 숨결로 창문을 일일이 열어두어야 할 만큼 뜨겁고 열기 가득한 지경이었다.

상좌에 나란히 앉은 소림 방장 법종과 그 사형제들인 법성과 법향, 그리고 외팔이 법진의 신색은 깎아놓은 목불처럼 동요없는 얼굴로 담담하기만 했다. 반면에 그들을 중심으로 왼편에 앉은 삼신 일행의 얼굴은 밥 먹다 돌을 씹은 사람들처럼 잔뜩 찌푸려, 마치 속앓이 중인 것처럼 보였다.

특히나 그중의 한 명, 부신의 커다란 수염 얼굴은 심통난 아이처럼 부어서 뒤틀린 것이 심상치 않아 보였다. 거기에 그들의 뒤로 한발을 물러앉아 구경 나온 사람처럼 넘겨다보는 흰머리노인 독고지명의 얼굴은 똥통 푸다 발을 빠뜨린 사람처럼 울그락불그락했다.

삼신과 마주 보고 앉은 오른편 자리엔 무당의 도사들이 눈을 지그시 감고서 수염을 흔들어댔다. 무당 장문인 고문자(孤文子)의 사제들인 그들은 각기 제 명자(名字)들이 고운자(孤雲子)와 고학자(孤鶴子)인 것처럼 중인들의 논쟁에 끼어들지 않으며 홀로 떠도는 구름과 학처럼 주변만 겉돌았다.

그 다음에 앉은 사람은 신경질적인 눈매를 보이고 있는 청성(靑城)의 공진자(쏜眞子)였다. 시종일관 불 같은 음성을 토해내던 그도 지금은 소강 상태였다. 그리고 그의 다음으로 종남, 공동, 점창의 대표로 찾아온 늙은이들이 차례로 굳은 얼굴을 보였다. 웬일인지 화산(華山)의 사람들은 참석하지 않았고, 지리적으로 워낙에 먼 곳인 곤륜과 아미는 소식을 알 수 없었다.

구대문파 쪽과 마주 앉은 삼신의 다음 자리에는 싸늘하고 무표정한 안색을 보이는 무극도문주 이선경이 자리를 했다. 그 다음을 팽가주 팽진성이 앉았고, 모두가 예상하지 못했던 사천(四川) 당문주(唐門主) 당대영(唐大英)의 동생 천수비천(千手飛天) 당무호(唐武虎)가 그 뒤로 앉아 있었다. 세상과 교류가 많지 않은 그들 가문의 출현도 예상 밖이었지만, 나머지 이름있다는 가문들이 참석치 않은 것도 모인 이들에겐 뜻밖이었다.

제일 마지막 출입구의 바로 앞으로는 등장과 함께 한동안 좌중의 이목과 숨결을 흩뜨려 놓았던 묵호련의 권신 혁창해와 곤제 이태가 돌처럼 좌정해 있었다. 그들이 마주 보는 앞 자리에는, 역시나 같은 비중의 무게를 흘려내는 사자철기맹의 심학수를 비롯한 일행이 조용히 자리를 잡았다.

뜨거운 감자를 입술에 베어 문 사람들처럼 논쟁으로 불을 튀듯이 달아올랐다가 식어 내린 좌중을 돌아보며 법종은 조용한 어조로 입을 열었다.

"쉽사리 결론날 일이 아니니 잠시 목이라도 축이도록 하십시다."

힐끔 돌아본 청성의 공진자가 무어라 말을 하려다가 다시 삼키는 모습이 보였다. 그 표정을 웃는 낯으로 살피는 법종의 옆에서 볼 살 늘어진 법향이 밖을 향해 일렀다.

"차를 내오너라."

흔치 않은 미닫이문이 조용히 열리며 사미계(沙彌戒)를 받기 전인 소년 행자들이 소반을 받쳐 들고 들어왔다. 천 년 전통의 엄격한 절도와 가르침이 느껴지는 몸가짐으로 일일이 다구(茶具)를 내려놓고 다완(茶碗)을 데워 찻물을 따라내는 모습은 엄격하기 그지없었다.

소년승들이 물러나자 중인들은 찻잔을 집어 들고 향기를 음미하며 고개를 끄덕였다. 그 모습은 마치 멀리 달리던 말이 숨을 돌리며 물을 들이키는 짬과도 같았다. 하지만 차를 마시며 심정을 가다듬는 와중에도 중인들의 눈 안에는 각자가 가지고 있는 생각들로 무겁기는 매한가지였다.

서로가 드러내 놓고 말은 안 하고 있지만 목적은 오로지 한 가지다. 그것은 이 자리에 들지 못한 접객당의 중소문파 수장들이나 강호명숙들의 생각처럼 단순했다. 오로지 혈룡도의 존재를 내게는 가깝게, 그리고 남에게서는 멀리하는 것.

말이야 바른말이지 이 자리에 있는 누구도 소림의 부름을 받고서 온 무리는 아무도 없다. 칼을 가지고 온 삼신 일행을 제외하곤 모두가 하나같이 뻔뻔한 얼굴을 들이민 것이다. 그러나 그 이면에 깔린 칼의 존재가 너무나도 중차대했던 까닭에 분초를 아끼고 밤을 새워가며 소림의 문을 두드린 것이다.

신새벽에 눈을 뜨고 일어나 아침 공양을 드리기가 무섭게 시작된 이야기가 벌써 반나절을 잡아먹었다. 이제까지 그랬던 것처럼 결론없는 밀고 당김이, 아니, 결론은 있으나 서로의 의견을 부정하는 지루한 공방이 얼마나 더 갈는지는 아무도 알 수 없었다. 하지만 포기란 있을 수 없는 일이다. 그 일 한 가지 때문에 이 자리에 모인 것이고, 칼의 향배에 대한 결론이 나지 않는 한 이 자리를 떠날 수조차도 없는 것이다.

　그렇게 오가는 말도 없는 가운데 찻잔의 찻물이 바닥나고 찻주전자의 온기가 식어갈 무렵, 세 줄기 늘어진 수염을 빠르게 쓸어 내리던 공진자가 급한 성격을 드러내듯이 칼칼한 목청을 다시 터뜨렸다.

　"법종 방장, 어디 한번 들어나 봅시다! 소림에선 혈룡도에 대한 의중이, 아니, 칼의 처분을 대체 어찌하려 하시오?"

　음성만큼이나 칼칼하게 느껴지는 시선을 가벼운 미소로 받으며 법종은 입을 열었다.

　"소림은 그러한 일에 대한 대비는 없소이다. 다만 굳이 칼의 처분에 대한 소유를 논하자면 그 귀소에 대한 권한은 태산삼신 여러분에게 있다고 여겨지오이다."

　"그 무슨 말씀이시오?"

　흰색 도복의 늙은이 청성의 공진자는 악을 써댔다. 그의 입을 기다랗게 내려앉은 각대문파의 사람들이 쳐다보며 미간을 찌푸렸다.

　"불가(不可)하오이다! 애초에 그 물건은 철비철각호란 괴청년이 취한 것으로 알고 있소이다! 그 와중에 막대하고도 많은 인명의 살상이 있었고, 명확한 이유는 모르나 삼신과 동행한 법진 대사에게 함께 양도한 것으로 들었소이다! 이런 중차대한 일을 소림에서 나 몰라라 하고 칼의 소유에 대한 권한을 의도적으로 편중시킴은 납득할 수 없소이다!"

　공진자의 말이 끝나자 삼신이 앉은 자리 주위에는 싸늘한 냉기가 흘렀고, 말을 받는 법종은 사자코에 커다란 귓불을 흔들며 담담히 응대하였다.

　"그러하면, 청성에서는 따로이 무슨 복안이라도 있으신 겁니까? 허허허! 있다면 말씀을 해주시지요. 어찌 모였든 간에 이 자리는 바로 그러한 이야기를 나누자고 모인 자리가 아니겠습니까? 그 때문에 이 먼 곳까지 소식도 없이 찾아주신 것이기도 하고 말입니다. 허허허허!"

공진자는 법종의 말과 너털웃음에서 가시를 느끼며 스스로 말을 꺼내놓고도 답답한 듯 다시 찻물을 들이마셨다.

"빈도의 생각으론 삼신께서 칼을 가지고 소림에 오신 뜻을 헤아려야 한다고 보오이다. 오로지 사심을 버리고 칼을 의탁하신 뜻과 또 마땅히 소림은 그 뜻을 받아 원만하고도 평화로운 중재를 통해 모두가 수긍할 만한 결론을 이끌어내야 한다고 사료되오이다."

이제껏 말이 없던 무당의 두 늙은이 중 고운자의 말이었다. 모두의 귀를 잔잔하게 자극한 그 말은 매우 두루뭉실하면서도 교묘했다. 말인 즉슨 삼신의 행동을 칼을 헌납한 것으로 치부하여 그 소유에 대한 논란을 불식, 차단시키고, 소림조차도 중재인에 불과하니 그 역할에만 충실하라는 이야기였다.

뻔히 속이 들여다보이는, 그러나 소림과 삼신을 제외하면 누구라도 공감하는 그런 말이었다. 거기에 찻물을 마저 들이킨 공진자는 한 수를 더 거들고 나섰다. 말을 하는 그의 눈은 입구 쪽에 자리한 묵호련과 사자철기맹의 침묵을 살피며 입을 열었다.

"커흠! 말이야 바른말이지 이 자리에 배석한, 그리고 그렇지 못한 모든 문파의 사람들이 다 똑같은 심정일 겁니다. 굳이 이야기 좋아하는 세상 사람들의 입을 빌리지 않더라도 강북사자(江北獅子)와 강남흑호(江南黑虎)의 무림패권을 향한 일은 주지의 사실이외다."

느닷없는 이야기에 이백과 조강의 시선이 공진자에게로 꽂혀들었다.

"우리네와 같이 세속을 등지고 산야(山野)에 묻혀 사는 도사들의 집단 나부랭이가 아닌 다음에야 그들이 세(勢) 확장을 위해 호시탐탐 서로를 넘보고 있다는 것은 거리의 아이들조차 어제의 이야기로 아는 실정이오. 그런데……."

특유의 카랑한 어조와 성품으로 거칠 것이 없이 이야기를 풀어 나가던 공진자는 들어오는 따가운 시선을 무시하고 말을 쉬었다. 곧 이어 법당 같은 마룻바닥에 배석해 서로를 마주 대하고 있는 사자철기맹과 묵호련의 인물들에게 차례로 시선을 주더니, 중인(衆人)들의 시선이 쫓아올 무렵 끊어지는 듯하던 말을 다시 이어 나갔다.

"그런데 그들의 세력이 서로 간에 백중세라 오히려 어느 면에서는 피바람이 끊이지 않는 강호의 현실에서 볼 때, 저울의 추처럼 균형을 잡아주는 바람직한 면도 상존하는 게 사실이었소."

공진자의 말은 때 아니게 두 개의 거대 세력을 거론하며 화살을 돌리는 중이었다. 그리고 그가 하고 있는 말은 사실이기도 했다.

"이는 여러분들 모두가 인정하는 일일 것이오. 한데 그것이 어느 날 나타난 전대의 보도로 인해 팽팽하던 추의 한쪽이 기울어질 수도 있는 일이 생긴 것이오!"

강조하듯 튀어나온 어조에 점창과 공동, 종남의 대표들이 고개를 끄덕거렸다. 하지만 맞은편에 앉은 이선경과 팽진성, 그리고 당무호는 무슨 생각들을 하는지 말이 없었다.

"만에 하나 그리되면 강호는 걷잡을 수 없는 혼란에 빠지게 되고 애꿎은 목숨들은 희생을 당할 것이오! 그 때문에 나는, 아니, 우리 청성은 칼의 처분에 관한 권한을 제한하자고 제안하는 바이오!"

공진자의 이야기에 묵호련과 사자철기맹은 물론 나머지 중인들의 눈도 반짝 하는 빛을 보였다. 끝나는 듯하던 그의 말은 또 이어졌다.

“만일 지금과 같이 제안이나 협의가 무시되고 혹여라도 묵호련이나 사자철기맹의 주도 하에 혈룡도에 관한 일이 진행된다면, 또 그로 인해 혈룡비처의 비밀이 밝혀지고 말처럼 혈룡마제의 유진과 재보가 그들 중 하나의 소유가 되고 만다면……!”

말을 끊은 공진자의 눈은 차례로 중인들의 눈을 스치며 빛을 발했다. 그 눈에 담긴 힘을 쏟아내듯이 끊었던 말을 다시 토해냈다.

“설사 투신 흑호왕 이한동이나 사자신군 정천휘가 사심이 없다 하여도 세상에 드러난 물건들이 몰고 오는 바람이 무림에 파란을 일으킬 것은 불문가지요! 이는 불을 바라보듯 뻔한 이치라! 재차로 거듭해서 말씀드리거니와 칼의 처분에 관한 협의를 함에 있어 구분과 차별이 있어야 할 것이외다!”

긴 이야기를 선고처럼 힘주어 마친 공진자는 날카로운 눈빛으로 장내를 쓸어보았다. 그의 눈은 아직도 말없이 팔짱을 지르고 앉아 있는 맨 끝쪽의 권신을 바라보다가 다시 상좌의 옆에서 포단 앞의 찻잔을 건들대고 있던 도신의 두 눈과 마주쳐 버렸다.

이제껏 무심한 눈길을 흘러대던 최홍결이 처음으로 입을 열었다.

“그래서? 대체 어찌하자는 말이오? 칼을 청성에라도 기증하라는 말이오?”

처음 나온 도신의 어조는 사뭇 시비조에 적의마저도 엿보였다.

“내 보다보다 답답해서 한마디 해야겠소! 애초에 칼의 소유와도 상관없고 투신 이한동이나 사자철기맹 따위가 잘되는 꼴도 보고 싶진 않지만, 벌써 반나절을 지껄인 소득없는 논쟁에 울화가 치밀어 오르오!”

말없던 도신 최홍결의 음성은 힘이 깃든 분노가 보였다. 그는 지금 진짜로 성내고 있는 것이다.

"모두의 얘기를 들어보면 결국은 모두가 갖고 싶고 다른 누군가가 가져서는 안 된다는 말인데, 그 따위 객쩍은 소리나 듣자고 이곳에 머문 것이 아니오! 칼은 이미 우리가 넘겨받았을 당시부터 누구의 것도 아니었소!"

최홍결의 싸늘하고 거센 눈은 차례로 중인들의 얼굴을 훑어보았다. 다하지 않은 숨결처럼 뜨거운 음성도 다시 이어져 나왔다.

"하나! 굳이 따지고 들자면 내 것이라 말할 수도 있소이다! 고래로부터의 관례로 볼 때 주인없는 보물은 줍는 자가 임자이고 인연이 닿는 자에게 돌아가는 것이오! 그것을 줍지 못했다 해서 징징거리기만 한다면 더 이상 그대들의 이야기를 듣고 있을 필요가 없소이다!"

도신의 거친 독설(毒舌)이 튀어나오자 마주 보던 공진자를 비롯한 제 문파의 사람들 얼굴엔 붉은 구름이 뭉게뭉게 피어올랐다. 그리고 그렇게 사람들의 얼굴이 부끄러움과 분노로 달아오를 때, 이제까지 아무 말 없이 정물처럼 지켜만 보던 사자철기맹의 심학수가 입을 열었다.

"소림의 진의가 어떤 것인지 묻고 싶군요. 그리고 삼신께서 가지고 계신 생각을 들려주시면 저희 사자철기맹으로선 입장을 정리할 좋은 계기가 될 듯싶습니다. 청컨대 중론을 이끌 수 있는 고견을 부탁드립니다."

속내를 알기 힘들게 담담하고 여유로운 심학수의 눈길이 도신의 눈을 거쳐 법종 방장의 시선을 좇아가 붙잡아 버렸다. 문득 온화한 미소와 함께 불호가 흘러나오더니 대답은 그가 아닌 옆에 앉은 법성의 입에서 들려져 나왔다.

"아미타불…… 앞서도 말했듯이 따로 가진 진의란 없소이다. 소림은 어느 누구의 손을 들어줄 이유도 없고 필요도 없소이다. 다만 찾아온 객을 내몰지 않으며 그 청을 들어 시비를 가리는 공론을 정중히 귀담아들을 뿐, 그것은 소림의 본래 의지와 하등의 상관이 없소이다."

엄숙한 목소리로 법성의 말이 끝난 뒤 서로 눈길을 보내며 미적대는 공동과 종남, 그리고 점창의 대표들이 불편한 기색을 보일 때, 아무 말도 안 하고 입을 꿰맨 이들처럼 앉아 있던 권신과 곤제의 얼굴을 넘겨다보던 독고지명이 드디어 심통 가득한 입을 열었다. 그의 시선은 심학수에게로 꽂혔다.

"빌어먹을 놈들! 예상은 했지만 정말 구려서 못 봐주겠구나! 네놈들을 이 자리에 끼워준 이유가 칼에 대해서 이러쿵저러쿵 씨부리라고 자리 깔아준 건 줄 아느냐? 천만에다, 이 개잡놈들아!"

처음부터 존재를 미심쩍어했지만 갑자기 욕설과 함께 끼어드는 독고지명의 존재에, 권신 혁창해와 곤제 이태만을 제외한 모든 사람들이 의문 가득한 눈길로 쳐다보았다. 하지만 곧바로 욕설을 깨달은 그들은 수치와 분노로 궁둥이를 들썩거렸다.

"무슨 소리요? 그대는 대관절 누구관데 그런 상소리를 말하는 것이오?"

참지 못하고 나선 자는 공동의 장로 정양 진인(正陽眞人)이었다. 그러나 그의 말소리는 바늘처럼 수염을 세운 악중산의 고함 소리에 무참히 묻혀 버렸다.

"시끄러워! 어른이 말씀하시면 그냥 듣는 거야! 쌍!"

역시 상소리였다. 하지만 정양 진인은 벌겋다 못해 시퍼레지는 얼굴로 분노를 나타낼 뿐 더 이상 입을 벌리진 못했다. 상대가 이미 몇십 년 전부터 무식하고 포악하기로 소문난 부신 악중산이었기 때문이다. 그는 그저 뜨거운 숨이 뿜어지는 입을 다물지 못한 채, 부들거리는 옷

소매만 제 손으로 잡아댈 뿐이었다.

천천히 장내를 돌아보는 독고지명은 부신의 등 뒤쪽에 앉아서 다시 입을 벌렸다. 그의 시선은 여전히 심학수에게로 고정되어 있었다.

"네놈들 중에 누구도 태산에서 출몰했던 벽력문의 무리에 대해서 이야기하는 놈은 없구나! 오로지 눈앞의 보도에만 관심이 가 있을 뿐, 명색이 무림을 영도해 나간다는 위치에 있는 자들의 생각이란 것이, 고작 저희들의 이익과 영달에만 가 있고 다가올 불안한 정세에 대해 이야기하는 놈은 단 하나도 없으니 참으로 볼 만한 광경이로구나!"

독고지명의 강한 질타에 장내는 잠시 말없는 침묵으로 잠겨들었다. 흰머리 독고지명은 그런 장내를 무겁게 둘러보다가 맨 끝자리에 묵묵히 앉아 있는 권신과 곤제를 보며 다시 말했다.

"싸가지없는 놈들! 너희들까지 칼을 갖겠다고 나설 줄은 정말 몰랐구나! 기껏 그런 꼬라지나 보려고 여태 살았나 생각하니 정말 울화통이 터진다, 이 빌어먹을 자식들아!"

무림에 회자되는 전설 중 권법의 신, 권신 혁창해가 고개를 수그렸다. 그 옆의 곤제 이태는 애꿎은 허공만 바라보며 한숨을 내쉬었다.

의문을 가졌던 중인들은 이제 알아차렸다, 들어설 때부터 꺼림칙하던 괴노인의 정체가 권신과 곤제마저도 야단치는 존재라는 것을. 그리고 어째서 그들이 말 한마디 없이 앉아만 있었는지를.

"우리, 이제 대충 하고 밥 먹읍시다!"

분위기를 깨고 악중산이 뒤를 돌아보며 독고지명에게 말을 걸었다. 뜨악한 눈길의 독고지명이 입을 벌리기도 전에, 부신은 제 옆으로 앉은 이선경과 팽진성에게 몸을 돌려 다시 지껄였다.

"이봐! 배들 안 고프냐? 고프지? 그렇지?"

단 한 차례도 입을 벌린 적이 없는 이선경과 팽진성은 어색하고 당황한 얼굴로 우물쭈물했다. 그때 악중산의 뒤통수에 독고지명의 손이 경쾌하게 작렬했다.

짝!

"어여! 이거 뭐야?"

흉악한 기세로 돌아선 악중산은 더 흉흉한 기세로 노려보고 있는 독고지명의 얼굴을 보고 슬며시 꼬리를 말았다.

"왜요? 왜 또 그래요?"

독고지명은 하늘로 치솟은 눈썹 끝을 꿈틀거려 가며 나직하게 말했다.

"왜요? 이 거지 밥통 같은 자식아! 어른이 말씀하시는데 끼어들어서 분위기 뭉개고 초를 치냐?"

"아니, 난 그게 아니라 배가 고파서……."

"이 상황에서 왜 너만 배가 고픈데? 엉?"

"그야, 배가 말하는 걸 내가 어찌 알우?"

"에라이, 쌍통머리없는 자식아!"

독고지명은 악중산의 멱살을 쥐었다.

"어어, 이러지 말아요, 이거!"

악중산은 그 손을 잡고 앞뒤로 고개를 흔들었다.

장내의 분위기는 종전과 달리 희화적인 기류로 붕 뜨는 것만 같았다. 그런 모두의 시선과 두 사람의 때없이 벌어지는 드잡이질을 무시로 자르며 궁신 김영주가 말을 꺼냈다.

"이쯤에서 쉬는 것이 좋을 듯하군요. 그리고 다시 의논하기 전에 한마디 한다면, 칼의 소유는 우리 중의 누구도 아닌, 엄밀히 따지자면 철비 철각호의 것이라는 점입니다. 모두들 이 점을 명심해야 할 것입니다."

궁신의 말에 다른 의견을 꺼내려던 사람들은 주위의 분위기에 밀리며 입을 다물었다. 이제는 소강으로 버려두고 오후를 준비할 때였다. 그렇게 마음먹은 모두의 얼굴이 다소 편안함으로 내려앉을 때였다.

입구를 조용히 들어온 정 자 배의 중년 승려 한 명이 자리를 거슬러 상좌의 법진에게로 다가섰다.

나직한 귓속말이 전해진 후 중년 승려는 처음 왔던 그대로 물러 나갔다. 법진은 법종을 비롯한 제 사형들에게 귓속말이 아닌 평조로 말을 꺼냈다.

"칼을 넘겨준 본래 임자가 찾아왔답니다."

말의 의미를 해석한 사람들의 얼굴이 제각각으로 변해 버렸다. 결론 없는 회의는 자동적으로 오후를 기약하며 파하고 말았다.

일주문 뒤로 보이는 무림인들의 아우성과 소란함에 정명은 두드러진 광대뼈가 홀쭉해지도록 두통을 느꼈다. 조용하던 산사에 몰아친 난데없는 세속의 바람은 자신들의 귀환과 함께 시작되었다. 그리고 그것은 지금 눈앞에 보이는 흑범 같은 사내에 의해서 끓는 물처럼 부글거리는 절정이 되어 있는 것이다.

"아미타불. 다시 뵙게 되었소이다."

정중하게 합장을 하며 읍을 보이는 정명에게 세철은 고개를 미미하게 꾸벅였다.

"신세를 져야겠소."

역시나 간단하고 굵은 그 목소리에 정명은 빙긋이 웃어 보이며 대답했다.

"언제라도 환영입니다."

정명의 미소에 조금은 경계스러웠던 마음을 풀어낸 언두수는 정곽 등을 등지고 한 발을 나서며 활기 차게 얘기했다.

"부탁드리오! 대소림의 방문은 태어나서 처음이오이다!"

낯색은 부상의 여파로 창백해 보였지만, 밝게 빛을 내는 두 눈엔 아이 같은 설레임이 엿보였다. 그는 미소 짓는 정명에게 포권을 보이며 다시 말했다

"십보권 언두수라 하오이다."

언두수가 자신을 밝히자 하남이 뒤를 이었다.

"비격진검 하남이오."

"절수불이곤 부춘호외다."

부춘호까지 나서는 인사에 정명은 일일이 합장으로 인사를 보냈다. 그리고 마지막 한 사내, 속 깊은 슬픔이 눈 안에 보이는 사십 줄의 사내를 보며 정명은 불현듯 저도 모르게 불호를 외웠다.

"아미… 타불."

"정곽이라 하오."

느닷없는 사내의 인사에 정명은 황급히 읍을 보였다. 그리곤 바로 깨달았다.

"아! 그, 천리추……!"

"잊혀진 이름이오."

말을 막듯이 사내가 입을 열었다. 정명은 무심히 벌어지던 입을 다물며 사내를 바라보았다.

천리추 오기병사 정곽. 의도적으로 별호를 말하지 않은 사내를 산속의 중인 자신조차도 알고 있다. 잊혀진 이름이라 말하지만 무림삼기의 명성을 뉘라서 흘러간 이름자라 말하겠는가.

다섯 개의 병기를 몸에 지니고 다닌다는 사나이. 이제껏 한 번도 다 펼쳐 보인 적이 없다는 다섯의 병기. 그걸 지니고 목표물을 쫓아 지옥의 불구덩이까지 뒤져 낸다는 철혈의 사나이. 그가 바로 정곽인 것이다.

정명은 절을 찾아온 다섯의 사나이들을 다시 차례로 돌아보았다. 누군가 산문에서 법진 사숙을 찾는다는 말을 전해 듣고, 또 인상착의가 미심쩍어 나와보았더니 뜻밖에도 폭풍 같은 저 사내가 찾아온 것이다. 그런데 이번에 사내는 혼자가 아니었다. 무리 짓는 것과는 천상 물과 불일 것 같은 사내가 일행을 달고 온 것이다. 그리고 그중에는 정곽도 함께였다.

"안내를 부탁하오."

정곽의 단조로운 음성에 흠칫 생각을 털어낸 정명은 표정을 수습하며 다시 합장해 보였다. 그리고 천천히 뒤로 돌며 그들을 이끌었다.

"소승을 따라오십시오."

그러나 돌아선 그의 걸음은 더 이상 이어지지 않았다.

걸음을 떼어놓으려던 그들의 앞으로 흐트러진 갈지자의 걸음을 보이는 승려 한 명이 휘적이며 다가왔다. 손에는 술병이 잡혀 흔들렸다. 매무새가 엉망인 회색 승포는 앞섶이 젖고 때에 절었다. 얼굴은 정곽과 비슷한 연배로 보였고 이목구비는 드물게 뚜렷했다. 그렇게 지척으로 다가온 중년 승려에게 정명이 당황스럽게 입을 열었다.

"정범(正範) 사형!"

다가온 중년 승려는 헤벌쭉 웃어 보였다. 몸에서 풍기는 술 냄새가 몇 걸음을 떨어진 세철 등의 코에도 진하게 맡아졌다. 술 냄새에 섞인 오래된 누룩 뜨는 듯한 악취는 몸 전체에서 고약스럽게 퍼져 나왔다.

중년 승려는 세철 일행의 뒤로 보이는 산문 바깥쪽을 넘겨다보며 흐릿한 눈으로 정명에게 물었다.

"왜들 저 지랄들이라냐? 어디 벌거벗은 계집이 뜀박질이라도 한다더냐?"

말과 함께 그의 손에 들린 술병이 입술에 부딪쳤다. 주둥이 옆으로 흘러 떨어지는 맑은 액체를 보며 정명은 세철 등을 의식한 채 안절부절못했다.

"크아아! 조오타!"

때에 전 승포 소매로 입술을 쓰윽 문질러 낸 승려는 다시 무림인들의 소란스러움으로 시선을 주며 냉소적으로 지껄였다.

"흥! 무도 못 자를 칼 한 자루에 매달리는 불쌍한 버러지들!"

"사형… 경내에서, 그것도 아직 날이 밝은데……."

승려의 눈이 정명에게로 돌아갔다. 입은 여전히 술병을 들이키며였다.

"크윽! 그래서 뭐냐? 네놈이 나한테 훈계라도 하겠다는 거냐? 오호라! 손이 계시다 이 말이로구나! 그래서? 나 때문에 대소림의 위신이 떨어진다 이 말이냐?"

세철 등을 돌아보는 승려의 눈엔 조롱기가 다분했다. 이해할 수 없는 행동과 광경에 입을 다물고 있는 세철 등에게 승려는 다시 비아냥거렸다.

"칼 손잡이라도 만져 보고 싶어서 허겁지겁 온 모양이로구만! 그렇다면 잘못 왔어! 벌써 강호에서 이름을 날리는 대단한 도둑놈들이 가득 모여 있으니까 말이야! 키헤헤헤헤헤!"

뭐가 그리 좋은지 승려는 재미 붙인 아이처럼 웃어 젖혔다. 그 웃음

소리 뒤로 세철의 굵은 목소리가 울려 나왔다.

"법진 대사에게 안내해 주시오."

정명이 세철의 눈길을 받았다. 하지만 그 얼굴을 본 승려는 다시 세철에게 시선을 고정시키며 의아한 눈빛으로 물었다.

"이봐, 젊은 시주. 그대가 누구인데 법진 사숙을 만나려 하지?"

세철은 대답하지 않았다. 승려는 정명에게 눈길을 돌렸다.

"저, 이분 시주는… 칼을 넘겨주신 바로 그분입니다."

대답을 들은 승려의 고개가 번개처럼 세철에게 돌아왔다. 그 입이 벌어지며 낮고 조용한 음성이 새는 물처럼 흘러나왔다.

"그대가… 철비철각호인가……?"

승려의 눈은 반짝거리는 유리알처럼 빛을 냈다. 그 빛이 점점 거세어지며 세철의 눈 속으로 파고들었다.

세철은 다시 이야기했다.

"안내해 주시오."

세철의 눈길을 받은 정명이 다급하게 정범이라 부른 승려를 바라보았다. 하지만 그 순간 승려 정범은 세철에게 조용하고 간곡하게 말을 건넸다.

"나랑 한번 붙어보자."

언두수와 하남, 부춘호는 놀란 눈으로 승려를 바라보았다. 정명은 입을 벌린 채로 주춤 한 발을 물러섰다. 하지만 마주 선 세철은 파랗게 빛나는 승려의 눈빛과 전신을 감싸고 퍼지는 강력한 투기에 몸이 스스로 반응하며 어깨를 떨었다.

곧바로 세철의 눈에서도 흉포한 흑범의 기운이 서리서리 뻗쳐 나왔다. 두 기운은 서로 부딪치며 곁에 선 사람들의 몸을 주춤주춤 뒤로 몰아냈다.

불을 앞에 둔 화포의 심지 같은 그 상황에 정곽의 목소리가 결을 베는 칼날처럼 둘 사이로 비어져 들어왔다.

"장소를 옮기시오."

이번엔 물러선 사람들만이 아닌 세철과 승려 정범까지도 정곽을 바라다보았다.

절 밖에선 여전히 사람들이 웅성거렸다.

숭산(嵩山) 소림사(少林寺) 4

"한때…… 소림의 자랑이었던 무치광승(武痴狂僧)이 주치광승(酒痴狂僧)으로 변했다 하더니 그 말이 사실이었군."

정곽이 여전히 술병을 입에 무는 붉은 얼굴의 정범을 보며 낮은 목소리로 중얼거렸다.

옆에 선 부춘호가 확연하게 놀란 얼굴로 정곽을 돌아보았다. 언두수와 하남은 무슨 소리인가 하는 표정으로 정곽과 주정뱅이 정범을 번갈아 바라보았다. 하지만 그런 눈길에도 여전히 아랑곳하지 않는 표정인 정범은 세철의 얼굴만 바라보고 있을 뿐 변화가 없었다.

만류하는 정명의 손길을 느릿하게 비웃는 얼굴로 뿌리친 정범이 일행을 이끌어온 곳은 절 밥을 짓는 식당 요사채의 뒤편이었다. 이곳이 세철과의 비무를 위해 선택한 장소였다.

세철과 마주 선 정범의 뒤로 보이는 식당 요사채에서는 밥 짓는 연기가 무럭무럭 하늘로 솟구쳐 올라갔다. 일자형의 목조로 지어진 기다란 건물은 역사만큼 오래된 갈빛의 기둥을 중간중간 보이며 그 양 옆으로 조화롭게 들어선 버드나무의 커다란 군락으로 더 한층 고풍스러웠다.

바닥은 허여스름한 회색 빛으로 보이는 사각의 화강암들이 식당의 전면으로부터 빠짐없이 돌아 땅을 가득 메웠다. 빼곡하고 견고하게 보이는 그것들은 지금 세철 등이 서 있는 식당의 뒷마당에도 가득히 깔려 있었다. 그렇게 정성 들여 깔아놓은 돌마당의 곳곳에 둥그렇고 우묵하게 눌러놓은 듯한 옅은 웅덩이들이 시선을 사로잡았다.

진각(震脚)의 흔적이었다. 오랜 세월을 내리 밟고 또 밟아 더해진 발구름의 자취가 벽돌 같은 돌바닥의 균형을 내리눌러 작은 웅덩이의 형상처럼 만든 것이다. 정해진 연무장이 따로 있으련만, 밥을 먹고 나온 식당의 뒷마당에마저도 이런 흔적이란 것은 천년소림의 숨결을 흐릿하게나마 느끼게 해주는 단편이었다.

불쑥 정범이 제 주둥이에서 떼낸 술병을 세철에게 내밀어 보였다. 승부를 앞에 둔, 눈에 흐르는 초조한 희열 같은 열기는 여전했고 때에 전 승포 자락은 산자락을 타고 내리는 바람결에 펄럭였다.

"생각없소."

권주(勸酒)를 마다하는 세철의 대답이 짧고 굵직하게 나왔다. 정범의 얼굴이 살풋 찡그리듯 미소를 지었다.

"이런, 이런, 이 좋은 걸 마다하다니 아쉽군 그래. 자네 나이라면 열 말의 술이라 해도 날을 가리지 않고 마셔댈 시절일 텐데 말이야."

눈가에 감도는 열기와 달리 무척이나 안타깝다는 듯 아쉬운 얼굴을 만들며 팔을 거둬들인 정범의 손은 또다시 제 입으로 술병을 기울였다.

꿀꺽대며 입가로 흐르는 맑은 액체는 진한 주향(酒香)으로 사람들의 코를 자극했다. 그 모양을 가만히 지켜보던 언두수가 의아스러운 눈길을 보이며 혼잣말로 중얼댔다.

"저 승려가 대체 누구야?"

크지 않은 중얼거림에 대한 대답 아닌 대답은 식당 건물의 늘어진 처마 옆을 돌아 나오는 한 인물의 입에서 흘러나왔다.

"정범, 네 이게 무슨 일이냐?"

외팔이 법진이었다. 싸늘한 눈매를 부라리며 나타난 마른 체구의 법진은 뒷모습을 보이고 선 정범에게 거듭 소리를 질렀다.

"내방한 객을 네 멋대로 이런 곳으로 데려오다니! 대체 무엇을 어찌할 심산이었던 것이냐?"

등 뒤의 호통에도 정범은 돌아보지 않았다. 대답도 하지 않았다. 다만 손에 들린 술병만이 또 한 번 입가를 오르내렸다.

놀라고 당황한 건 오히려 정명이었다. 그 옆에 선 언두수 등도 주눅든 몸을 움찔거렸다. 하지만 그들을 더욱 놀라게 한 건 호통 치는 법진의 뒤로 꼬리처럼 등장하는 일련의 인물들이었다.

흰 수염을 손가락으로 꼬아 내리는 독고지명이 느릿한 팔자걸음으로 나타났다. 왜소한 도신과 훤칠한 궁신, 철탑 같은 부신도 역시 함께였다. 그 뒤로 껑충한 키에 기다란 팔다리를 가진 권신 혁창해와 시커먼 철곤을 든 곤제 이태가 걸음을 옮겨왔다.

언두수와 부춘호, 하남은 느닷없이 나타난 늙은이들의 정체를 파악하고 입을 벌렸다. 그들의 인생에 있어 오늘 같은 날은 처음이며, 어쩌면 다시 오지 않을 그런 날일는지도 몰랐다.

놀라고 긴장할 수밖에 없었다. 다른 사람도 아닌 삼제오신 중의 다섯 명을 한자리에서 보게 된 것이다. 이것은 정녕 일생일대의 사건이었다.

"다시 보게 될 줄은 알았지만, 생각보다 빨리 보는구나?"

긴장을 깨는 목소리로 독고지명이 제일 먼저 말을 걸었다. 웃음 섞인 그 말은 정범의 등을 지나 마주 보이는 세철에게 한 말이 틀림없었다. 하지만 세철은 반응을 보이지 않았다. 두 눈은 정범에게 향한 채로 움직이지 않았다.

"쯔쯧! 여전히 쇳덩이 같은 놈이로세."

독고지명이 혀를 찼다. 그리고 부신은 당연하다는 듯 불뚝거렸다.

"그럼 저놈이 반갑다 할 줄 알았소? 행여 주먹 쥐고 안 달려들면 다행이지!"

"이런, 쓰!"

얼굴을 돌린 독고지명이 사납게 눈길을 흘리며 주먹을 쥐어 보였다. 그 사이로 권신 혁창해가 파릇한 눈빛을 보이며 입을 열었다.

"저 친구가 그 유명한 철비철각호인가?"

찔끔해서 시선을 돌렸던 악중산이 재빠르게 대꾸하며 발을 뺐다.

"체! 유명하긴 뭐가 유명해? 그저 주먹질 조금 하는 놈일 뿐이지."

하지만 물기로 작정한 독고지명의 이빨은 부신의 발목을 덥석 물어 버렸다.

"맞다. 암! 맞고말고! 게다가 그 주먹질에 처맞고 피똥 싼 놈이 바로 이놈이다!"

슬그머니 물러나다 똥 밟은 악중산의 얼굴이 시뻘겋게 달아올랐다.

"우이씨! 이 노친네가 중말루 노망났나! 내가 언제 맞았다는 거요?"

또다시 물고 뜯는 드잡이질에 도신과 궁신은 고개를 외면해 버렸다.

하지만 권신과 곤제는 뜻밖에 듣게 된 이야기에 미심쩍은 얼굴을 하며, 세철의 모습과 삼신 등의 얼굴을 번갈아 쳐다보았다.

"그런데… 저 친구는 누구인가?"

세철과 마주 대치한 정범에게로 관심을 돌린 혁창해는 일탈스러운 외양에 눈길을 주며 물었다. 대상이 불분명한 그 물음에 모두의 시선이 법진에게로 돌아갔다.

법진은 정범 등을 바라보던 창노한 눈길을 돌려 어색한 얼굴로 우물거렸다.

"그것이… 방장 사형의…… 제자오이다."

의아한 눈길로 헤아리던 사람들 중 반짝 눈빛을 빛낸 이는 궁신 김영주였다.

"그럼, 저 친구가 무치광승이라 불렸던 예전의 그 아이란 말씀이오?"

궁신의 입에서 나온 한마디에 깨달음을 얻은 사람들은 저마다 입을 벌렸다.

"뭐? 저놈이 그놈이라고?"

"가만, 그럼 백 년내 소림제일의 기재라던 그 무치광승?"

악중산이 되물었고 혁창해는 거듭 물었다. 그리고 매서운 눈빛으로 둘을 바라다보는 도신의 옆에서 독고지명이 다시 또 물었다.

"소림제일기재라고? 그런 놈이 왜 저런 꼴인 거냐?"

"그러게? 꼬라지를 보니 그런 얘기 들을 놈이 아닌 것 같은데?"

말을 이어받은 자는 역시 악중산이다. 옆에서 나직하게 불호를 외고 있던 법진은 아랑곳도 하지 않은 채, 그들의 험악한 대화는 다시 이어졌다. 그 첫마디는 악중산이 먼저였다.

“어랍쇼? 저 자식 술병도 들었네? 뭐야? 중놈이 저런 거 처먹어도 되는 거야?”

“자식아! 가르친 놈이 있는데 배운 놈이 뭘 못하겠냐?”

“어? 그 얘기가 무슨 얘기요? 그럼 법종 방장한테 저 짓거리를 배웠단 말요?”

“너는 거름인지 춘장인지 찍어봐야 맛을 아냐? 뻔한 거 아니냐? 근묵자흑(近墨者黑)이고, 윗물이 퀴퀴한데 아랫물이 향기롭겠냐?”

“듣고 보니 그도 그렇네? 한데 방장 사형제를 그렇게 만든 장본인이 독고 선배라면서요?”

“뭐, 이 자식아? 누가 그래? 언놈이 그 따우 소리를 해? 엉?”

“허, 참! 아, 지난밤에 그렇게 얘기를 주고받았잖우?”

“웃기는 소리! 증거를 대라고 해, 증거를! 과거는 흘러갔다 이거야!”

“제길! 안 봐도 경극인데, 진짜로 뻔한 얘기에 증거는 무슨 얼어죽을!”

“뭐? 야 이, 산돼지 같은 자식아! 너, 지금 죽으려고 차곡차곡 계단 밟냐?”

뻔히 예측되는 순서대로 티격대며 객소리까지 지껄이는 두 사람의 시끄러움에 법진은 붉은 얼굴로 나직하게 한숨을 내뿜었다. 혁창해와 이태는 옛 생각이 떠오르는지 불그죽죽한 얼굴로 야릇한 표정을 지었고, 관심조차 두지 않는 도신과 궁신은 시선도 주지 않았다. 그리고 그런 늙은이들의 모습을 멍한 얼굴로 언두수 등이 쳐다보았다.

“정말 시끄럽군. 이렇게 어수선해서야 이 친구하고 어디 한판 붙어보겠습니까?”

침묵하던 정범이 드디어 입을 열었다. 반쯤 몸을 돌린 그의 얼굴은 불쾌한 술기운이 가득했다. 냉소적이고 불량스런 눈길은 벌려 선 늙은 이들에게로 도전스럽게 뻗어갔다. 그 눈길을 직시하며 법진은 또다시 호통을 질렀다.

"정범, 이노옴! 그게 무슨 망발이냐! 본 사를 찾은 손님과 경내에서 사사로이 비무를 하겠다니! 게다가 엄중한 일이 있는 이때에 그 꼴이 무엇이냐? 네놈이 기어이 장문의 인내를 시험하겠다는 것이냐?"

추상같은 호통에도 정범은 설핏 웃음을 물었다. 다시 올라간 술병이 자욱을 남기고 내려왔을 때, 정범은 진하게 미소 지으며 입을 벌렸다.

"죽이든 살리든 마음대로 하십시오. 하지만 그전에… 저 친구하고는 하려던 일을 해야겠습니다."

법진은 급기야 미간을 뒤틀며 한 발을 내밀었다.

"무어라? 네놈이 정녕 사숙의 말을 거역할 셈이냐?"

하지만 그 발길은 도신의 한마디로 제지되었다.

"가만!"

한마디 말도 없이 서 있기만 하던 도신의 강한 음성에 모두의 시선이 모여들었다. 서늘하게 빛나는 두 눈으로 세철과 정범을 바라보는 도신은 차분하고 또렷하게 뒷말을 이었다.

"놔둬봅시다."

그 한마디를 내뱉은 최홍결은 뒤로 물러나며 충지게 기초를 쌓은 식당 건물의 기반석에 엉덩이를 붙이고 앉았다. 무릎 높이로 바닥에서 솟아올라 식당 요사채의 넓은 기초를 이루는 돌 기반은 하얗게 빛나는 도신의 눈만큼이나 희름한 빛깔을 뿌렸다.

"그럽시다. 때마침 좋은 구경을 할 수 있겠구려."

동조의 말을 하며 도신의 옆으로 앉은 사람은 권신 혁창해였다. 그렇게 웃음 지으며 곁에 앉는 권신을 흘깃 비껴본 도신의 얼굴은 탐탁지 않아 보였다. 두 사람의 그런 모습을 지켜보던 독고지명이 풀썩 웃는 것처럼 말을 던졌다.

"헤에, 참나! 저 자식들은 몇십 년이 지나고서 만나도 여전히 그 꼴이구나. 죽을 날도 다 된 자식들이 옛날 싸울 때처럼 냉냉한 꼴이라니…… 이그, 등신들."

그러고 그 둘의 사이로 끼어 앉은 독고지명은 서 있는 나머지를 향해 다시 얘기했다.

"니들도 전부 앉아. 돈 주고도 못 볼 구경거리다, 이게. 저놈들, 그 옛날 어떤 놈들보다 더하면 더했지 못하진 않을 거야. 야, 그렇게 생각 안 하냐?"

좌측의 도신과 우측의 권신을 번갈아 돌아보며 말을 거는 독고지명의 표정은 꼭 약 올리는 것 같았다. 권신과 도신은 자신들을 빗댄 질문에 팔짱을 끼고 세철과 정범을 바라볼 뿐 대꾸하지 않았다.

독고지명은 심술궂은 아이처럼 웃음을 물고 두 사람을 보다 엉거주춤 서 있는 다른 이들에게 다시 말했다.

"뭐 해? 어서들 앉아!"

주춤주춤 법진의 얼굴을 살피던 곤제가 옆으로 슬그머니 앉았다. 그 뒤로 궁신 김영주가 '에라, 모르겠다' 하는 얼굴로 앉아버렸다. 홀로 서 있는 부신 악중산은 본 체도 않은 채 떨떠름한 얼굴로 서 있는 법진에게 독고지명은 웃는 낯으로 거듭 말했다.

"야, 야! 괜찮아! 괜찮아! 어서 앉아!"

거듭되는 권유와 통제할 수 없는 상황에 찌그러진 미간으로 정범을 돌아다본 법진은 긴 한숨과 함께 불호를 내뱉었다.

"아미타불……."

법진의 무릎도 결국은 굽어졌다. 오직 한 사람, 부아가 뒤틀려 콧김을 내뿜는 악중산의 얼굴은 나란히 앉은 가운데의 독고지명을 내려다보며 포악스럽게 변해갔다.

"이런, 제길! 나는 사람도 아닌가? 자기들끼리만 주르륵 앉아서 엿치기라도 하겠다는 거여, 뭐여? 치사하게 나한텐 앉으란 소리도 안 하고 지덜끼리만……. 야! 곤제! 너는 위아래도 없냐, 짜식아!"

갑자기 지목당한 곤제 이태가 얼떨떨한 얼굴로 부신을 올려다보았다.

"왜 그러십니까, 악 선배?"

"야, 임마! 싸가지없는 활잡이 저 자식은 그렇다 쳐도, 명색이 너보다 내가 낫살이나 더 먹었는데 내가 앉기도 전에 폴랑 주저앉아 버려? 엉?"

시비 거는 악중산을 보는 이태가 멍한 표정으로 입을 열었다.

"아니, 그게……."

그때 독고지명이 또 끼어들었다.

"야, 놔둬라. 저 자식 신경 쓰면 일생이 골치 아프다. 말 같지도 않은 거 갖고 괜한 시비 거는 거니까 개 짖는 소리로 치부해 버려."

얄밉게 끼어든 독고지명을 보는 악중산의 눈이 더 한층 험악하게 변했다. 약 올라 터질 듯한 그 심화에 기름을 부은 것은 이제껏 바라만 보던 정범이었다.

"돈도 안 내는 구경에 언제까지 떠들면서 방해할 겁니까?"

불경스런 그 언사에 홀로 서 있던 악중산이 눈을 부릅뜨고 정범에게 뒤돌아섰다. 그 모양에 입 벌리던 법진이 입을 닫았다.

도끼를 잡고 부르르 수염을 떠는 악중산의 커다란 두 눈이 습관처럼 올려진 술병에서 정범의 입가로 방울져 흩어지는 술 방울을 바라보았다. 치미는 울화에도 불구하고 그 모양이, 떨어지는 술 방울이 안타까웠다. 그렇게 생각하니 마음으로 울화가 겹쳐 정범의 모습이 더욱더 미워 보였다. 입으로는 불이 튀어나왔다.

"야, 이누무시키야! 아까부터 보자 보자 하니까 정말 보이는데! 너, 이 싸가지없는 자식! 내 손에 한번 죽어볼 테냐? 엉? 어디 어른들한테고 따우 말투를 착착 내뱉는 거여? 이 빌어먹을 돌중 놈의 자식아!"

성큼 하고 발걸음을 크게 내딛는 악중산의 모습은 심히 위협스러웠다. 게다가 손에서 검푸른 빛을 내는 부신의 거대한 애병(愛兵) 단월부(斷月斧)는 정말로 휘둘러질 듯 시리게 변해갔다.

"개쌍노무거! 옛날처럼 한번 뒤집어봐? 그래, 날 한번 잡자! 잡아! 너 이 자식, 그렇게 싸우고 싶으면 어디 나한테 한번 덤벼봐라! 나 악중산이 버릇없는 네놈 뼈마디를 자근자근 부숴내 주마! 한번 덤벼봐, 얼른!"

거듭된 호통에 술병을 떼어내고 승포 자락으로 입가를 닦아낸 정범은 미간을 찌푸렸다. 쓴 환약을 입에 문 것 같은 표정은 점점 웃음을 지었다. 그리고 마주 보던 악중산의 눈썹이 더 이상 솟구칠 수 없을 만큼 올라갔을 때, 짐짓 과장스레 당황된 모습과 웃음으로 두 손을 모으며 악중산에게로 다가섰다.

"왜 이러십니까, 악 대협. 고정하십시오. 제가 하늘 같으신 악 어르신에게 대들 일이 뭐가 있겠습니까? 저는 좀 전에도 말씀드렸듯이 그저 저 청년에게 볼일이 있을 뿐입니다. 그런데 악 대협과 싸움이라니요. 당치도 않습니다!"

종전과 달리 정색하며 손사래를 치는 정범을 보는 악중산의 눈길이 곤두서던 눈썹 끝을 내려뜨리며 '어라?' 하는 의문의 표정을 만들었다.

그 표정 변화를 감지해 낸 정범의 술독 오른 얼굴은 가늘게 눈꼬리를 말아 내리고 어울리지 않는 눈웃음을 비굴하게 치며 말을 이었다.

"저는 일찍 죽고 싶지도 않고, 게다가 손에 든 술도 아직 많이 남았는데 말씀입니다. 이건 죽엽청(竹葉靑)이거든요…… 어떻습니까? 한번 드셔보실랍니까?"

사실 내놓고 표는 안 냈지만, 종전부터 군침을 흘리며 간간이 훔쳐보던 참인 부신은 눈앞에 들이밀어지는 술병을 보며 눈을 끔벅거렸다. 향긋한 술 내음은 바람을 타고 콧구멍을 간질였다.

"맛이 아주 괜찮습니다."

종년 꼬여내는 마름 놈처럼 은근한 정범의 목소리가 악중산의 귓구멍을 살랑였다. 끔벅이던 눈 밑으로는 꿀꺽 소리가 나게 침이 넘어갔다. 솥뚜껑 같은 손은 이미 취해 버린 사람처럼 저도 모르게 내밀어 술병을 붙잡고 있었다.

악중산의 흐리벙해진 눈엔 어느새 호통 치던 노여움이 자취를 감추었다. 대신 환희에 찬 기대감으로 몽롱하게 부풀며 젖어 들어갔다. 참지 못한 손은 건네받은 술병의 주둥이를 급하게 가시수염 한가운데로 처박았다. 주위에 둘러선 사람들의 입에서는 혀를 차는 소리가 이어져 나왔다.

"캬아! 좋구나, 좋아! 이거 진짜 죽엽청인데? 아주 잘 익었어! 맛이 아주 기가 막히다구!"

감탄사를 연발하며 입 안의 화끈한 여운을 쩝쩝거리며 즐기는 부신에게 정범은 이야기 속의 간신 모리배처럼 눈꼬리를 휘어뜨리고 두 손을 모아 비비며 상냥하게 지껄였다.

"그렇지요? 쓸 만하지요? 한데 안타깝게도 좋은 술의 진미를 더해줄 좋은 안주가 없으니 참으로 애석하군요. 보다시피 고리타분하고 가난한 절에서는 좀체로 그런 것들을 구경하기가 힘이 들지요. 헤헤헤헤!"

"에헤! 그렇구나. 닭다리 하나라도 있었으면 죽였을 텐데. 아무튼 예전부터 이 빌어먹을 절간은 마음에 드는 구석이 하나도 없다니깐두루. 하지만 뭐, 이거라도 있으니…… 크헤헤헤헤헤! 좋구만! 좋아!"

어울리지 않고 때 아니게 튀어나온 간사한 웃음소리까지 비슷하게, 어쩐지 처음과 달리 죽이 맞아 돌아가는 듯한 두 사람의 꼬락서닐 보며 혀를 차던 독고지명의 옆쪽에서 법진은 아예 눈을 감았다. 멀뚱히 쳐다보던 권신과 곤제의 옆에서 궁신이 한숨을 내쉴 때 시종일관 표정의 변화가 없던 도신 최홍결이 맥을 끊고 입을 열었다.

"정범이라고 했나? 자네 이야기는 예전에 많이 들어보았지."

부신과 히히덕대고 맞장구질치던 정범의 눈이 슬쩍 돌아왔지만, 엄하게 노려보는 최홍결의 시선 앞에선 이내 헤실거리던 얼굴을 바로 하며 눈길을 마주 받았다. 다시 변한 그의 얼굴은 정색을 한 또 다른 표정이었다.

서늘한 눈매로 바라보던 도신의 입은 또다시 이야기했다.

"한때 장차 소림의 미래를 이끌 거라던 희대의 천재 승려 정범. 그 이야기를 들었던 것이 어느덧 이십 년도 더 전의 일이니, 이제 와 그런 꼴이라고 해도 이상할 건 없겠지만, 자네 행동은 어쩐지 어설퍼 보이는군."

"큭큭큭큭큭! 웃기는 소립니다. 천재 승려라구요? 미래를 이끈다구

요? 이야말로 개가 웃을 일이 아니고 무엇이겠습니까? 그러니 어설퍼
보이겠지요."

갑작스레 웃음을 터뜨린 정범은 격하게 다시 말을 내뱉었다.

"그렇지 않습니까? 이 골골 어디에 그런 것이 숨어 있겠습니까? 있
다면 절 밥을 너무 오래 자신 늙은 중들의 농간에 놀아난 썩은 육신뿐
입니다!"

고개를 쳐들고 시퍼런 눈빛을 뿌려대는 정범의 눈길은 도신의 얼굴
을 떠나 눈 감은 법진에게로 박혔다. 하지만 빈 팔소매를 가늘게 떨어
대는 법진은 웬일인지 호통도, 눈길도 마주치지 않았다. 그리고 그 말
을 듣고 있던 혁창해의 입이 거칠게 벌어지며 불을 뿜어냈다.

"이노옴! 언사가 과하구나! 감히 사문의 존장들을 능멸하려 하다
니!"

몸을 일으킨 권신이 돌바닥을 거칠게 내리 밟았다. 피부를 간질이는
진동 뒤에 뒤늦은 소리로 쿵! 하는 발 구름이 마당 전역을 울리며 썰물
처럼 흩어져 갔다. 그러나 굳어진 정범의 표정에는 변화가 없었다.

처음처럼 앉아서 정범의 변화를 살피던 도신이 다시 이야기했다.

"나이 이십이 넘기 전에 칠십이종절예(七十二種絶藝)의 여덟 가지를
터득했다면, 그 한 가지만으로도 천재라 불리기에 손색이 없겠지. 그런
성취는 선대의 방장이자 무림오천(武林五天) 중 일 인이었던 중천(中天)
현각 대사조차도 이루지 못한 경지이니까 말이야."

담담한 도신의 목소리는 말하고자 하는 의도를 알 길이 없었다.

"네가 무엇 때문에 그런 꼴인지 속사정을 알 길도 없고 알 바 또한
아니지만, 네 꼬라지를 보니 무엇엔가 단단히 뒤틀린 모양인데 네놈 스
스로 너를 망치는 짓은 이제 그만두어라."

도신을 마주 보는 정범의 눈가에 문득 잔경련이 이는 것처럼 보였다. 그 틈을 기다린 듯, 끝마친 도신의 말끝을 받아 이번엔 곤제 이태가 나섰다.

"그렇습니다. 안타까운 일입니다. 전도를 촉망받으며 앞으로의 성취가 끝을 헤아리기 힘들다던 젊은 천재 승려는 어느 날부터인가 광태(狂態)를 보이기 시작했지요."

검은 무복에 인상 좋은 중년 사내 같은 얼굴의 이태는 검은 철곤을 땅에 짚고 천천히 말하였다.

"불가(佛家)에서 금하는 술과 비린 음식을 입에 대기 시작했고, 때로는 동문(同門)의 사형제들과 다툼을 벌이며 몸담고 있는 사문(師門)에 대한 갖은 욕설과 비하(卑下)로 세인들의 이목을 집중시켰습니다."

이어지는 이야기에 권신 혁창해는 의아한 눈길로 이태를 바라보았다. 이태가 살풋 웃으며 그 눈길을 받았다.

"련 내(聯內)에서도 아는 사람은 다 아는 이야기입니다. 저 친구는 그만큼 관심의 대상이었으니까요."

붉은 얼굴에 날 선 눈빛으로 바라보는 정범과 궁금함에 물든 다른 이들의 눈길을 순서대로 받아낸 이태는 다시 말을 이었다.

"그러다가 어느 날인가는 신도들이 기증한 금불상을 팔아치워 마련한 돈으로 개봉성의 기녀원에서 주야장천 놀고 마셨지요. 결국엔 돈이 떨어져 쫓겨날 처지에 이르자 갖은 패악을 부리다가, 뒤늦게 나타난 법종 방장의 손에 끌려 참회동에 유폐되었다던 친구가 바로 저 친구입니다."

정범의 눈이 이태를 보며 번득, 빛을 냈다.

"젊은 중의 치기라 보기에는 과한 일이었고 알 수 없었던 그런 일이었습니다. 오늘의 모습도 그 연장으로 보이는군요. 하지만 이제 보니 도신 선배의 말씀처럼 뭔가 제 마음을 숨기려고 억지를 부리는 것처럼 여겨집니다."

이야기를 들은 사람들은 고개를 끄덕이며 정범에게로 시선을 돌렸다. 그 와중에도 법진은 아무것도 듣고 보지 못하는 사람처럼 눈을 뜨지 않았다.

모두의 시선을 다시 받은 정범은 굳었던 표정을 풀며 맥없이 피실피실 웃기 시작했다.

"흐흐흐흐. 세상에 비밀은 없다지만 나 같은 땡중의 소문이 그리 상세하게 떠돌았을 줄은 생각도 못해보았습니다. 확실히 그러한 일이 있긴 있었지요. 그리고 그 기녀원에서의 일은…… 정말이지 두고두고 생각할수록 재미가 있었습니다. 또다시 겪어보고 싶을 만큼 말입니다."

무엇을 되새겨 생각하는지 짐작케 하는 정범의 벙긋대는 얼굴은 바라보는 사람들의 얼굴에 기묘한 표정들을 만들었다. 그러나 묘한 기운을 깨치고 도신은 여전히 기복없는 목소리로 다시 말을 꺼냈다.

"궁금한 게 있다."

한마디로 좌중의 이목을 집중시킨 최홍결은 언제나처럼 예리한 눈을 들어 정범을 직시하였다.

"왜 저놈과 싸우려는 거냐? 호승심이냐, 호기심이냐? 그도 저도 아니면 그런 척하고 지내는 게 지친 거냐?"

숨은 마음을 들추는 것 같은 도신의 말에 정범은 의외로 담담히 시선을 맞추었다. 그리고 고개를 돌려 다시 세철을 바라다보았다.

이제까지 단 한 차례의 움직임도 없이, 처음처럼 말없이 지켜보기만 할 뿐인 세철은 정범의 시선을 받고서도 무쇠 같은 표정을 풀지 않았다.

천천히 도신을 향해 다시 고개를 돌린 정범이 입을 열었다. 그 목소리는 크지 않았지만 숨겨진 격정이 새어 나왔다.

"그중의 어떤 것일 수도 있고 전부 다일 수도 있습니다. 난 소림의 패륜아(悖倫兒)고 이단자(異端者)이지요. 나에겐 당최 이 절의 모든 것이 마음에 들지 않습니다. 처마에 달린 풍경부터 저 중놈들이 처먹고 싸질러 댄 똥무더기까지 말입니다!"

목이 메이는 듯 침을 힘겹게 넘긴 정범은 다시 입을 열었다.

"그러나 단 한 가지… 이제껏 배우고 익힌 조사(祖師)로부터 이어 내려온 소림의 무예만큼은 욕됨이 없다는 것이 일관된 생각입니다! 그 천 년의 무예가 몸속에 식었던 피를 끓게 만들었습니다! 이야기로 들었던 저자를 보는 순간 말입니다!"

정범의 손이 벌떡 들려 뒤쪽의 세철을 가리켰다. 빛을 내는 눈은 세철의 눈에 못을 박듯이 거친 투기를 쑤셔 박았다.

"소림의 무예로 그냥, 그냥 한번 싸워보고 싶을 뿐입니다!"

혼잣소리 같은 정범의 뒷말에 도신은 처음으로 웃는 듯한 표정을 만들며 조용하게 이야기했다.

"싫다곤 하지만 결국은 제 사부를 꼭 빼닮았구나."

정범의 눈길이 꿈틀하며 되돌아왔다. 반발하는 그 눈길에 옆에서 보던 궁신은 코웃음 치며 염장을 질렀다.

"흐흥! 하긴 무치광승이니 어쩌니 하는 말들도 결국은 저희들의 입에서 시작된 말이니, 거기에 저 나이가 되도록 기행(奇行)을 보인다지만 내가 보기에는 철들 줄 모르는 나이 든 중놈의 골질에 불과하구나."

도신을 노려보던 정범의 눈이 궁신에게로 무섭게 돌았다. 김영주는 아랑곳 않고 또 얘기했다.

"대관절 너희 절의 무엇이 너를 그토록 토라지게 만들었는지는 모르지만 우리 눈에 네놈의 모습은 뼈까지 검은 골수의 소림 제자임에 틀림이 없다. 골질이 지쳤으면 그만두면 될 일이야! 돼먹지 못하게 이런저런 핑계대지 말고 말이다!"

정범의 붉은 얼굴이 벌겋게 달아올랐다. 주독이 올라 원래부터 붉었던 얼굴이었지만, 새로 더한 수치와 모멸의 기운이 겹쳐 터질 것처럼 보이고 있었다. 잠시간 그렇게 앞만을 바라보던 정범이 부신을 향해 손을 내밀었다.

"악 대협, 술 좀 주십시오!"

휙, 바람이 일며 대답할 사이도 없이 악중산의 손에서 술병이 사라졌다. 곧바로 정범의 입 언저리에서 벌컥거리는 소릴 들은 악중산이 스스로 소외됐던 대화에 다시 끼어들었다. 특유의 커다랗고 종 울림 같은 소리로.

"어? 야! 이 치사한 자식아! 먹으라고 줄 때는 언제고 그걸 다시 뺏어가? 이런 드런 누무새끼!"

제 몫의 먹을 걸 빼앗긴 짐승처럼 거칠고 포악하게 부르짖는 부신의 얼굴 앞에 다시금 정범의 손이 쭉 하고 뻗어 들어왔다. 손은 사라졌던 술병을 다시 내밀고 있었다.

술병을 되잡고 어리벙하고 있는 부신에게서 고개를 돌린 정범의 충혈된 눈이 세철을 바라보며 입을 열었다.

"내 속이 어떤지는 모르겠지만 이제 떠들 만큼 떠들었으니 자네와의 볼일을 봐야 되겠군!"

흥분이 사라진 대신 열기가 자리 잡은 정범의 얼굴은 세철의 눈을 보며 뒤늦은 재촉을 했다. 그 눈을 보며 대답 대신 세철은 목을 좌우로 꺾었다.

두둑. 두두둑.

근육의 긴장을 풀어주고 새로운 긴장을 몸 전체에 불러일으키는 관절음이 기분 좋게 귓속을 지나 머리 속을 울렸다.

싸울 시간이 되었다. 적지 않은 시간을 기다렸다. 저자가 왜 싸우자고 하는지도 모른다. 알 필요도 느끼지 않는다. 그저 싸움을 걸어오니 맞서면 그만이다.

싸우자고 한 저자가 누구인지도 이제 대략 알았다. 소림제일의 기재로 불렸다는 승려 정범. 그 따위 건 상관없었다. 상대가 누구라 할지라도 여태껏 회피해 본 적 없고, 또한 꺼려해 본 적도 없다.

싸움에 임하는 것은 언제나 나 혼자. 그것은 맞서는 상대가 일 인이 아닌 다수라 해도 마찬가지다. 언제나 최후에 제 몸과 생명을 지키는 것은 다른 누구도 아닌 자기 자신이니까.

등 뒤로 수습되지 않는 혼란함을 보이고 있는 언두수 등을 두고서 세철은 돌바닥을 디디며 걸음을 앞으로 옮겼다. 그때 정곽이 차분한 음성으로 말을 던졌다.

"소림엔 숨겨진 비기가 무수하다. 특히나 저러한 자라면 상당한 것들을 체득하고 있을 거야. 그러나 무엇보다도 무서운 건 소림의 기본공(基本功)이다."

정범과 마주 보며 다가서는 세철이 듣든지 말든지 정곽은 혼잣소리처럼 얘기했다. 그리고 세철 또한 듣는 시늉을 보이지 않았다.

바야흐로 사람들은 이제 곧 벌어질 싸움에 눈들을 밝혔다. 공교롭게도 호랑이를 신표로 삼는 묵호련처럼, 검은 범의 악령이 쓰인 것처럼 싸운다는 청년이 손을 쓰려 하는 것이다. 그 모습에 말로만 듣던 권신과 곤제가 눈을 크게 뜨는 것은 너무도 당연했다. 거기다 이번에 그의 상대는 소림의 자랑이었던 무공광, 무치광승이었다.

돌바닥을 밟고 선 세철은 마주 선 중년의 승려 정범을 바라보며 두 주먹을 들어 올려 가슴 앞에서 쥐었다. 종전처럼 가볍게 두둑대는 소리가 기분 좋게 귀를 울릴 때 상대는 그냥 멀거니 자신을 보고 서 있기만 했다.

세철은 두 발을 평서기로 세우고 왼발을 반 족장 정도 앞으로 내밀었다. 시선은 정범의 눈에 고정시켰으며, 고개를 바로 세우고 주먹을 말아 쥔 두 팔을 옆구리에 붙였다.

항상 그랬던 것처럼 튀어 나갈 준비로 근육의 결들이 곤두섰다. 몸 속의 피들이 요동 치며 맴돌이질 했다. 짜릿한 경련 같은 것이 전신 가득히 일었다. 곧 이어 아찔한 현기증처럼 눈앞의 모든 정경이 눈동자 안으로 빨려 들어오는 그 순간, 휘청! 하고 쓰러지는 것처럼 흔들린 정범의 몸이 세철보다 먼저 움직였다.

몽롱한 눈빛에 만취한 사람의 비틀거림처럼 어지럽게 휘적대며 세철을 향해 다가드는 정범의 모습은 이상했다. 아무리 살펴봐도 술 취한 취객의 모습이었다. 그 모습을 보는 세철의 눈에 의아함이 어렸다.

세철은 정범의 흐릿한 눈을 직시했다. 정범의 눈은 몽롱함으로 뒤덮여 어디를 보는지 알 수 없었다. 하지만 세철이 그 눈 속에서 작은 빛을 발견한 순간, 어느새 앞에 다가온 정범의 발걸음은 기묘한 법식으로 사방을 휘청이며 땅을 밟았다. 세철의 눈이 그 발길을 쫓았다. 그 순간, 정범은 세철의 앞에서 등을 보이며 훌렁 넘어져 버렸다.

그것은 흡사 제 발에 제가 얽혀 넘어지는 취한 자의 모습이었다. 그리고 그 모습을 보는 세철의 눈이 번쩍 빛을 뿜었다. 바로 그때였다.

세철의 얼굴 앞에 희뿌연 전광이 솟구치며 모로 제긴 귀 옆의 공간을 사정없이 때려 갈겼다.

파팡!

엄청난 기폭음(氣爆音)이 귀 옆을 찢어발겼다. 손으로 땅을 짚어 올리고 물구나무서듯 두 발을 연속해서 차올리는 당랑이연각(螳螂二連脚)의 공격이었다. 안면이 화끈거리는 엄청난 충격파의 공기 파장에, 마치 공간이 함몰되어 이지러지는 듯한 환상을 세철에게 안겨주었다.

기파에 부딪친 세철의 몸은 오른발을 축으로 빙글 돌며 전권을 벗어나왔다. 그때 거꾸로 솟구치는 잉어처럼 튀어 오른 정범의 몸이 꺾어지며 땅을 밟았다. 그리고 또다시 상체를 휘청 돌리며 세철을 바라보았다.

두 팔을 둥그렇게 가슴 앞에 벌리고 술독을 안고 흐느적대는 듯한 몸은 이리저리 흔들렸다. 술기운 가득한 붉은 얼굴에 흐릿한 눈은 여전히 취객의 얼굴이었다. 저 얼굴과 몸이 방금 전 등골을 시리게 하는 벼락같은 공격을 퍼부은 것이다.

촌음과 같았던 종전의 순간을 떠올리는 세철은 천천히 그 모습을 보았다. 누구나 할 수 있고 누구라도 알고 있는 평범한 한 수였지만, 중년의 승려가 술 취한 듯한 몸을 통해 펼치는 그것은 감당키 어려운 힘을 일순간에 빛살처럼 뿜어냈다.

얼얼한 볼의 감각을 새기던 세철이 지그시 어금니를 물었다. 바라보던 두 눈에는 시퍼런 불이 켜지고 느슨해진 두 팔을 십자로 들어 올렸다. 그리고 그 순간, 왼 발목을 튀기며 앞으로 터져 나갔다. 그렇게 터져 나가는 찰나에 옆쪽에서 궁신의 목소리가 들려 나왔다.

"저건 취선보(醉仙步), 취권(醉拳)이 아닙니까?"

"아니야, 당랑각(蟷螂脚)인데?"

대꾸하는 부신의 목소리도 크게 귓전을 때렸다.

소름 같은 전의를 온몸에 품은 세철은 무시하고 정범을 향해 달려들었다.

낮은 자세로 짧은 거리를 달려가던 그 기세 그대로 땅을 차 솟구치며 도약했다. 붉은 정범의 얼굴에 양 무릎을 번갈아 차올렸다.

피펑! 하며 공기 터지는 소리가 흩어지기도 전에 바람에 떠밀리듯 정범의 몸이 슬쩍 뒤로 밀려나 버렸다. 얼굴을 쫓아간 두 다리가 펴지고 발끝이 폭사해 들어갔다.

콰쾅! 하고 여전히 빈 허공만이 터져 나갔다. 정범의 몸이 뒤로 자빠지는 것처럼 허리를 꺾고 두 팔을 휘젓더니, 소맷자락을 휘둘리며 세철의 두 발을 흘러 버렸다.

흡사 뒤로 휘어진 궁신(弓身)의 모습이 된 정범을 타 넘은 세철의 발이 땅을 밟고 다시 튀어 올랐다. 무섭게 다시 솟구친 그 발이 돌며 섬전 같은 회륜각(回輪脚)을 거세게 뒤로 꽂아 넣었다.

파쾅!

뒤로부터 원을 그리듯 솟구쳐 찍어 내린 왼발의 뒤로, 같은 궤적을 그리며 연속해 내리찍힌 오른발의 타격점엔 있어야 할 정범의 머리가 없었다. 대신 함몰된 바닥의 돌 조각들이 튀며 모래처럼 날아올랐다. 그러나 세철의 몸은 그 짧은 순간, 허리를 옆으로 뒤집어 돌리며 이동한 정범의 오금에 이 격을 퍼부었다.

세철은 주저앉듯이 쫓아가며 깊숙이 횡으로 족도(足刀)를 후려 넣었다. 연이어 두 손으로 바닥을 짚고 뒤돌린 하단 회축을 원을 그어 때려 넣었다.

피잉! 휘잉!

폭풍의 소용돌이가 바닥을 스치는 것 같은 먼지바람 속에 정범의 신형이 훌쩍 도약을 하며 떠올랐다. 그리곤 몸을 일으키는 세철을 향해 다시 떨어져 내렸다. 산을 울리는 무서운 기합이 터지고 엄청난 압력과 함께 주먹이 내리꽂혔다.

"타아아!"

세철은 그 순간 위로부터 떨어져 내리는 정범의 눈을 볼 수 있었다. 여전히 붉었지만 흐릿한 빛이 가셔 버린 시퍼런 두 눈. 그 속에서 꿈틀거리며 튀어나오는 엄청난 기운과 의지. 온몸을 감싸고 돌아 주먹 끝으로 몰리는 뭉클한 기운.

피부에 쓰릿한 통증이 일었다. 이제까지 희롱하듯 비틀대며 피하고 보여주던 취권이 아닌 소림이 자랑으로 여기는, 감추어두었던 그들만의 비기가 머리 위에서 떨어져 내리는 것이다.

울컥하는 기운이 세철의 가슴에서 치받혔다. 저 중은 조금 전까지 자신을 시험한 것이다. 싸늘한 분노가 온몸을 휘감았다. 과연 저들에게 그럴 만한 힘이 있는지 몸으로 알아보고 싶었다. 아니, 깨부숴 버리고 싶었다.

세철은 몸속과 머리 속을 치달리는 모든 기운을 주먹 속으로 몰아넣었다. 그리고 떨어져 내리는 정범의 정권을 향해서 왼 주먹을 아래쪽으로 쳐 내리며 오른 주먹을 하늘로 쳐 올렸다.

뒤꿈치가 들어 올려지고 종골근이 수축하며 장딴지에 힘이 모였다. 그 힘이 무릎을 거쳐 대퇴부를 지나 뒤틀리는 허리의 근육결을 타고 어깨로 팽창해 나갔다. 그렇게 몰린 힘이 옆구리에 붙어 오르는 세철의 오른 주먹 끝에서 폭죽처럼 폭발해 나갔다.

위와 아래로 흐르는 두 주먹은 그렇게 허공의 한 점에서 충돌해 버렸다.

파아앙!

엄청난 소리와 함께 뿌연 돌먼지가 두 사람의 중심으로부터 요란하게 흩어져 나갔다. 그 먼지바람들 사이로 내려치던 정범의 몸이 거꾸로 솟구쳤다. 연이어 뒤를 향해 맹렬히 회전하며 바닥에 착지를 했다.

먼지가 힘을 잃고 가라앉았다. 그 속에서 산 원숭이처럼 팔까지 땅을 짚으며 내려선 정범의 눈은 핏발이 서 있었다. 그 눈으로 세철을 바라보았다. 그리고 부들대는 오른팔을 붙잡으며 나직이 중얼거렸다.

"역시… 허투루 전해지는 소문이란 없는 거야…… 대력금강권(大力金剛拳)을 막아낼 정도라면 말이야……."

벌어진 입에는 붉은 핏물이 치아를 덮고 입술에 묻어 나왔다.

반면에 세철은 중얼대는 정범을 바라보며 천천히 발을 빼냈다. 바닥 돌을 뚫고 발목까지 박힌 왼발과 역시 같은 깊이로 땅을 파고든 오른발을 들어내며 정범을 마주 보았다.

충돌한 오른 주먹을 타고 내부를 진탕시킨 힘은 아직도 기혈을 들끓게 했다. 팔은 물론이려니와 어깨와 허리에 둔기로 맞은 듯한 느낌의 통증도 몰려들었다. 하지만 세철은 쉬지 않았다. 더욱 거칠어진 눈빛으로 팔을 털어낸 세철의 발은 다시 땅을 차고 미친 범처럼 튀어 나갔다.

흠칫하는 정범의 눈이 마주 보였다. 뒤로 튀겨낸 돌먼지들이 허공에 다시 떠올랐다. 그 순간 검은 유령처럼 주욱 늘어난 세철의 몸이 정범의 몸 앞에서 겹쳐져 버렸다.

일순간, 너무 근접해 섞여 버린 것 같은 두 사람의 신형이 서로의 등

밖에까지 공수의 팔을 내뻗었다. 그 안에서 소리를 잃은 격돌음이 공기의 파동으로 위험을 사방에 퍼뜨렸다. 그리고 세철의 몸이 돌아가기 시작했다.

보이지 않는 장막처럼 뿌옇게 주고받던 공방 속을 뚫고서 직선으로 뻗던 주먹을 오므리며 팔꿈치를 후려 넣었다. 그 팔꿈치가 돌아가자 어깨를 들이밀고, 몸통을 빙글 돌려 반대 팔꿈치를 찔러 넣었다. 연이어 팔꿈치를 펴 등주먹을 후려쳐 넣고, 돌아오는 왼 다리로 안면을 돌려차 버렸다. 그리곤 또 오른발 뒤후리기.

세철 특유의 회전 연속 공격이 시작된 것이다. 마치 오지사막의 미친 모래바람처럼 정신없이 휘돌리고 몰아쳐, 뒷걸음질하는 정범의 온몸을 사정없이 후려치고 전진해 나갔다. 그렇게 전세는 결정나는 듯 보였다. 그러나 당황한 눈빛에 연신 뒷걸음을 하던 정범의 눈에 모종의 결의가 엿보였다. 그것은 보기 드문 현상으로 눈앞에 나타났다.

정신없이 막아내기에 급급하던 정범의 두 팔이 노랗게 빛을 덮어쓰기 시작했다. 그것은 마치 개똥벌레의 꼬리 빛을 씌워놓은 것 같은 밝은 광채였다. 정범은 후퇴하며 계속해서 팔을 휘둘렀다. 그 속에서 빛은 정범의 두 팔을 감싸며 급격하게 그 수를 늘려 나갔다.

정범은 마치 노란 불을 덮어쓴 팔을 천 개나 휘두르고 있는 것 같았다. 그렇게 노랗고 밝은 빛으로 물들여진 손들에 세철의 온몸이 휘돌며 격랑처럼 부딪쳐 버렸다.

투타타타타파파파파팡!

소리는 쉬지 않고 터져 나왔고 세철의 몸은 형체를 분간 못하게 몰아치는 폭풍 같았다. 그러다가 일순간, 하나씩 흩어지는 듯하던 노란 팔의 빛이 급격하게 하나로 모여들었다.

격전의 와중에 흩어진 것들을 겹치는 것처럼 정확하게 한 가지로 모인 그 찰나, 노란 기둥처럼 정범의 가슴 앞에서 합쳐진 두 팔의 빛이 쏘아져 나왔다. 그것은 무겁고 날카로운 소리를 내며 세철의 몸을 뚫고서 지나갔다.

슈학!

세철은 검은 안개처럼 손발을 회오리치며 노란 광주(光柱)를 온몸으로 받았다. 그 속에서 세철의 두 다리에 채워진 강철 각반과 두 팔에 둘러진 무쇠 비구가 천둥처럼 휘둘러지며 영겁의 세월 속에 던져진 자의 몸부림처럼 쉬지 않고 빛 기둥과 맞부딪쳤다.

소리도 들리지 않았다. 명확한 움직임도 판별할 수 없었다. 다만 몽혼한 검은 안개가 출렁이며 귀신의 흐느낌처럼 팽창할 뿐이었다. 그리고 그 속에서, 범의 발톱에 찢어진 화등(花燈)처럼 노란 빛의 파편들이 찬연하게 터져 나갔다.

파아아아앙!

빙산의 울음 같은 소리가 터져 나왔다. 눈이 멀 듯한 그 광경에 사람들은 고개를 돌려야만 했다.

"크억!"

누구의 입에선지 신음이 터져 나오고 두 사람의 몸이 멀어져 갔다. 아니, 떼어서 집어 던진 것처럼 양쪽으로 날아가 버렸다.

격돌의 그 순간을 이탈하며 휘날리는 풀잎처럼 돌아가던 세철의 몸이 거칠게 땅에 떨어져 내렸다. 등짝부터 떨어져 바닥을 미끄러지던 몸이 우악스럽게 다리를 솟구치며 다시 땅 위에 발을 디뎠다. 그러나 곧바로 출렁이는 물결을 탄 꽃잎처럼 왼 무릎을 꺾어 땅에 꿇고야 말았다.

사람들의 이목에 드러난 세철의 오른 가슴 윗부분과 어깨 어림은 검은 무복이 산산이 가루져 흩어진 채 흔적이 없었다. 옷이 없어진 속살은 무엇에 맞았는지 시커멓게 근육이 괴사한 모습으로 변해 버렸다. 뼈까지 부서졌는지 오른팔은 힘없이 늘어뜨리고 있었다.

표정없던 세철의 미간이 고통으로 곤두서 일그러졌다. 그토록 무섭게 치켜뜬 눈으로 저만치 앞쪽에 양 무릎을 땅에 대고 토혈을 하고 있는 정범의 모습을 노려보며 이를 악물었다.

느릿하게 고개를 올린 정범의 얼굴은 술에 취한 흐릿함이 아닌, 의식의 불명확이 눈가에 드리워져 흐릿해 보였다. 무의식적으로 손을 들어 입가에 소매를 가져다 혈흔을 닦아내러 했다. 하지만 조각조각 찢어지고 가루져 흩어진 회색 승복은 몇 개의 조각만이 몸에 남아 흔적을 보이고 있을 뿐이었다. 그 위에 옷을 대신한 크고 작은 상처들이 빼곡히 온 전신에 가득했다.

흐릿한 눈이 잠깐 동안 생기를 찾는 것 같더니 정범은 피로 물든 입을 벌려 세철을 향해 말을 건넸다.

"철비… 철각호… 대단… 하구나……!"

핏물 섞인 침과 함께 힘겹게 말을 내뱉은 정범의 눈은 처음처럼 흐려졌다. 급기야 후들대던 몸통과 함께 앞을 향해 서서히 무너져 내렸다.

황급히 달려간 외팔이 법진이 그 몸을 들어 안고 맥을 짚었고, 곁에 다가선 혁창해가 최홍결을 보며 흥분한 입을 열었다.

"내가 제대로 본 거라면, 이놈이 마지막에 쓴 무공이 천수여래수(千手如來手)가 맞는가?"

소림에 들어와 처음으로 말을 섞는 두 사람이었다. 하지만 눈앞의 상황은 그런 생각을 따질 틈이 없었다. 골똘히 정범을 쳐다보던 도신이 힐끔 시선을 주며 대답을 했다.

"아마도…… 거의 맞는 것 같군."

몇십 년 만에 나누는 대화는 짧고 간결했다. 대답을 들은 혁창해의 눈빛이 다시 깊어지고 부신은 체구에 안 맞는 호들갑을 치며 물음을 던졌다.

"어, 형님! 천수여래수라면 먼 옛날 공료 성승(空了聖僧) 이후로 깨우친 자가 없다는 소림의 비전이 아닙니까? 그걸 이놈이 썼단 말입니까? 진짜루요?"

대답없이 째진 눈길로 바라보는 도신의 시선에도 아랑곳 않고 악중산은 혼자만의 감탄으로 계속해서 지껄였다.

"허! 이놈이 보기 하고 다른 놈이네! 천수여래수라면 불령선하기(佛靈禪霞氣), 달마삼검(達磨三劍)과 더불어 소림의 삼대비기(三大秘技) 중의 하나인데, 그걸 터득했다면 겉보기엔 정신 나가 보여도 한때 천재라고 불렸던 놈이 맞기는 맞는 모양이네! 허어! 그거참!"

고개까지 흔들어가며 감탄사를 뱉던 악중산이 퍼뜩 뭔가를 생각해낸 듯이 급하게 고개를 뒤로 돌렸다. 그리고 언두수와 부춘호 등의 부축을 받고 일어서는 세철을 보며 심술스럽게 이야기했다.

"이런, 쌩! 도대체 저 자식은 몸뚱이가 쇳뎅이로 만들어진 거야, 뭐야? 정말이지 본전 생각나게 하는 징그러운 놈이로구나! 어이구!"

부신의 지껄임에 정범에게 쏠려 있던 늙은 고수들의 시선이 모두 세철에게 모여들었다.

그들의 눈에 비친 세철은 오른팔을 덜렁이며 한쪽으로 물러나고 있었다. 그 모습을 보며 그들은 깨달았다. 저 청년이 방금 전 몸으로 격돌한 무공이 무엇이었던가를.

뜨거운 한숨이 새어 나왔다. 설사 천수여래수가 제 화후에 못 미친 여물지 못한 것이었다 해도, 그 이름이 주는 무게는 결단코 가벼운 것이 아니기 때문이다. 그리고 자신들은 이미 청년이 보여주는 놀라운 무위에 익숙해져 있는지도 몰랐다. 그만큼 청년은 끊임없이 싸웠고 덤벼드는 적들을 모두 쓰러뜨렸다.

어찌 보면 청년의 몸 기술은 무공이라기보다도 전투 기술이었다. 그 전투 기술은 상대가 하나이든 열이든 가리지 않고 부숴 버리는 살인 기술이기도 했다. 그러나 그것이 어떠한 이름으로 불리우던 간에 과연 청년의 상대가 자신이라면 지금 눈앞에 쓰러져 버린 소림의 천재 정범과 같은 꼴이 되지 않으리란 자신은 아무도 하지 못했다.

늙은 고수들의 눈은 갖가지 생각으로 깊게 가라앉았고 정범을 옮기는 뒤를 따라 부신의 입만이 계속 지껄이고 있었다. 손에 들린 술병은 몇 방울의 술을 허공에 흩뜨리며 멀리 날아갔다. 햇빛을 받은 그것은 보석처럼 허공에서 반짝거렸다.

　세철과 정범의 격돌이 있던 다음날 법진은 세철 일행이 머무는 객사(客舍)로 찾아들었다. 한마디 말 없이 세철의 상세만을 바라보던 그는 가기 전에 다섯 알의 소환단을 탁자에 내려놓고 가버렸다. 뚫어지게 바라보던 세철에겐 눈길도 주지 않고서였다.

　법진이 주고 간 다섯 알의 소환단 중 하나를 집어 든 세철은 두말없이 꿀꺽 삼켰다. 나머지 네 알은 쳐다도 보지 않은 채 침상으로 가 등을 돌렸다. 정곽이 그것을 집어 들고 언두수와 부춘호, 하남에게 한 알씩을 돌렸다. 그리곤 제 손에 남은 한 알을 세철처럼 꿀꺽 집어삼켰다.

　손에 들린 환약을 보고 망설이던 언두수도 결기 부리는 사람의 표정처럼 약을 털어 넣었다. 하남과 부춘호가 뛰따른 건 말할 필요도 없었다.

　대환단에는 못 미치지만 천하의 명약 소환단을 복용하게 된 것은 분

명 행운이었다. 모두가 부상에서 자유롭지 못한 몸을 이끌고 소림행을
했고, 세철은 그 와중에 또 한 번의 격투를 벌였다. 한눈에 모두의 상
태를 미뤄 짐작한 법진은 아무 말 없이 약을 내어준 것이다.

격돌 당시 무리한 이차 충격으로 탈골한 오른팔을 꿰어 맞춘 세철은
조용히 앉아 있기만 했다. 간혹 가다 복부가 기복하는 것으로 봐서 조
식을 가다듬는다는 것은 알 수 있었지만, 그가 무슨 생각을 하는지는
알 수 없었다.

법진에겐 찾아온 목적을 말하지 않았다. 법진 또한 약만을 주고 갔
을 뿐 무슨 목적을 가진 방문인지, 또는 오자마자 정범과 다투게 된 연
유가 무엇인지 등도 묻지 않았다. 그들을 옆에서 지켜보던 정곽도 말
을 꺼내지 않기는 마찬가지였다. 그렇게 하루가 지나갔다.

원래부터가 말이 없는 세철이지만 부상조차 방임하듯이 돌보지 않
고 무언가에 골몰하는 모습은 일행의 의구심을 자아냈다. 게다가 밤
엔 잠조차 자지 않고, 객사 밖의 초지(草地)에 앉아 별이 질 때까지 미
동조차 하지 않았다. 언두수가 걱정하였지만 정곽은 만류하지 않았
다.

또다시 하루가 가고 이틀이 가고, 소림사에 들어선 사람들의 숨결과
말소리로 절의 기와가 들썩일 때 법진이 다시 찾아왔다. 반달이 조금
씩 도톰해지던 희부염한 밤이었다.

"궁금한 게 있습니다."

처음으로 세철이 말문을 열었다. 법진은 다가선 세철을 보며 기다린
사람처럼 부드럽게 입을 열었다.

"말해 보게."

심유한 법진의 눈을 세철의 눈이 지그시 마주 보며 질문을 했다.

"정범 승려가 마지막에 사용한 그것이 무엇입니까?"

세철의 말을 듣고 질문의 요지를 헤아리던 법진은 의외로운 표정이 되어버렸다. 실내에 있던 사람들이 힐끔힐끔 눈길을 모았고 정곽은 일 렁거리는 촛불 빛 앞에서 조는 듯이 고개를 숙이고 동작이 없었다.

바라보던 법진이 세철에게 되물었다.

"그것 때문에 온 것이 아니지 않는가?"

세철은 대답없이 바라보기만 했다. 묵직한 쇠빛만을 보이는 그 눈길에, 잠시 후 가는 한숨을 내쉰 법진은 천천히 다시 입을 열었다.

"휴우… 못 말릴 친구로군. 내일 방장 사형과 자리를 할 것이네."

한마디 말이 없었음에도 찾아온 목적이 성사되었음을 알린 법진은 차분하게 세철의 얼굴을 들여다보며 다시 물었다.

"당연하다는 얼굴이군. 그래, 그 일은 그렇다 치고, 무엇이 궁금하단 말인가? 무공의 이름이 궁금하단 것인가, 아니면 그 궁극의 기세가 궁 금하단 말인가?"

"두 가지 다 알려주십시오."

말을 멈춘 법진은 가만히 세철을 바라보았다. 그리곤 가볍게 미간을 찡그리며 앞에 앉은 범 같은 젊은이에게 말을 전했다.

"알 수 없는 일이로군. 자네가 지금 묻고자 하는 것이 타 문파의 비 결을 캐는 것이란 걸 알고도 그런 물음을 하는 겐가? 뭐, 하기는 알고 있으면서야 그런 질문을 하지는 못할 테지만 말이야."

법진의 말끝에 세철의 말이 거듭되었다.

"정범 승려뿐 아니라 스님께서도 비슷한 공격을 하는 것을 보았습니 다. 진붕이란 자를 잡던 배에서 말입니다. 그것의 정체가 무언지 궁금 합니다."

문득 가볍게 찡그려졌던 법진의 미간이 바로 펴지며 세철을 마주하고 재차 이야기했다.

"정말 모를 일이군. 진정으로 알지 못해서 묻는 것인가?"

법진의 물음에 세철은 간단히 대답했다.

"모릅니다."

추호도 가식없는 목소리였다. 세철의 성정을 알지 못했다면 모르되, 지닌 바 무공 수위를 생각하면 놀란다고밖에 여겨지지 않을 불가해한 일이었다. 철비철각호가 권경(拳勁)을 모른다니.

골똘한 생각에 잠겨 있던 법진의 고개가 미미하게 끄덕여지며 대답이 흘러나왔다.

"모르는 게 아니라 생소한 거겠지. 처음 보던 그날 자네가 본 것은 권법의 한 가지라네. 흔히들 사람들이 말하는 백보신권(百步神拳)이 그것이지."

세철의 눈이 반짝 빛을 냈다.

"그것은 백 보 밖에 서서 주먹을 휘둘러 상대를 상하게 한다 해서 붙여진 이름이지만, 실상은 그저 여타의 주먹 휘두르기와 다르지 않네. 다만 사람들이 높이만 보고 제 몸을 닦지 않아 얻기 힘든 지경으로 여길 뿐, 권을 배우는 모든 이들이 시초에 근본을 세우던 바로 그것에 다름이 아니라네."

"그렇지만 멀리 떨어진 상대를 공격했지 않았습니까?"

"거리가 궁금하다는 것인가? 자네 역시 거리가 무용(無用)할 듯 귀신처럼 움직이더구만 그래."

"그것과는 다릅니다. 내 몸은 거리를 짚어 나가지만 그것은 거리를 건너뛰어 오는 것 같았습니다. 특히나 정범 승려의 공격은 아예 타격

점으로 맞닿아 폭발해 들어오는 것 같았습니다."

거듭되는 질문에 세철의 표정을 찬찬히 바라보던 법진이 조용히 미소 지으며 다시 이야기했다.

"어떤가? 내 보기에 자네는 이전에 볼 수 없었던 대단히 독특하고 파괴적인 투기를 보이고 있네. 또한 요령없이 부딪치기만 하는 투로는 앞선 자의 지도를 따른 흔적이 없어 보이네. 한마디로 오랜 세월 전승되며 누적돼 온 경험의 세밀함이 없다는 것이지. 그렇지 않은가?"

"그런 건 모릅니다."

"잘 듣게. 아무리 대단한 무예라도 그런 것은 일조일석(一朝一夕)에 이루어지지 않네. 반면에 하찮은 삼류의 권각술이라 할지라도 긴 세월을 익혀 내려 선험자들의 경험이 더해지면 같은 무예라 해도 날을 벼린 칼처럼 예리해지기 마련이지."

세철의 눈이 알 듯 모를 듯한 빛으로 조금씩 출렁거렸다.

"어렵게 생각하지 말고 자네의 몸을 예로 들어보세나. 자네가 어떤 수업을 쌓았는지는 모르겠으나, 설마 하니 처음부터 그런 몸놀림과 파괴력을 보이진 않았을 테지?"

세철의 변화하는 눈빛을 보며 법진은 계속 이야기했다.

"분명 수없이 많은 반복과 상상할 수 없는 모진 피땀을 흘려 그렇게 되었을 테지. 피를 말리고 뼈를 깎는 고통에 때로는 좌절하고 또 어느 순간은 한 계단 진보한 모습에 한없이 기뻐하기도 하고 말이야."

계속되는 법진의 이야기에 언두수와 하남을 비롯한 부춘호마저도 귀를 쫑긋거리고 듣기에 여념이 없었다. 무인인 그들에게 있어 초절정 고수의 강론을 듣는 이러한 기회는 다시 잡기 힘든 일이었다. 법진의 목소리는 계속 이어졌다.

"다른 누구라도 마찬가지라네. 그러한 것들이 세월 속에 쌓이고 또 더해지고 깎여 나가고…… 그 긴 시간을 일관되게 이끌어온 것은 궁극의 완성에 도달하고 또 그것을 이루어내고자 하는 변함없는 신념이겠지. 바로 그러한 일관된 의념(意念)이 바라는 목적을 성취시켜 주는 것이라네."

세철은 머리 속에 무언가 밝은 빛이 가뭇가뭇거리는 것 같았다. 그러나 확실히 불을 밝히기엔 아직 어딘지 어두운 구석이 남아 있었다.

법진의 이야기는 또다시 이어져 나갔다.

"촛불을 켜놓고 열 보 밖에 서서 주먹을 휘두른다고 촛불이 꺼질 리가 없겠지. 마찬가지로 항아리에 물을 채우고 이십 보 밖에서 주먹질을 한다고 그 속의 물이 흔들리지는 않는단 말일세. 하지만 사람들은 왕왕 그 일을 해낸다네."

법진의 목소리는 물처럼 막힘이 없었다. 하지만 의미를 전하고자 하는 눈빛은 조금씩 더 강렬해졌다.

"그 시간이 얼마가 될지는 알 수가 없으나 제가 들인 피땀의 공덕만큼 촛불이 꺼져 스러지고 항아리 속의 물이 춤춰 튀어 오른다네. 그것은 믿지 않으면 되지 않는 일이지. 스스로에게의 의심으로써 이전에 성취를 본 자가 없고 내 손끝에 변화가 없으니 물러나 주저앉는다면, 그것은 영원히 남의 이야기이고 허황한 꿈의 이야기일 뿐이라네."

변함없는 무표정으로 듣고 보던 세철의 눈빛도 점점 더 굵고 강해졌다.

"아마도 세상 모든 일의 이치가 그러하겠지만 본성(本性)을 아우르는 일관된 신념이 마음에 있다면, 일체유심조(一切唯心造)라 하는 부처의 말씀조차도 내 안의 일이 되고 말 것일세. 그것이 바로 진리이지."

법진의 이야기가 끝이 났다. 가뭇하던 세철의 머리 속은 드디어 환하게 밝아져 오는 것 같았다.

결국 법진이 말하고자 하는 것은 특별한 이야기가 아니었다. 그것은 세철이 무예를 닦던 처음부터 화두로 삼던 바로 그것의 다른 얼굴이었으며, 언제나 마음속에 묵직히 자리 잡던 정체 모를 미완(未完)에 대한 불안감이었다. 그러나 그것을 법진은 대수로이 말하고 있지 않았다.

그저 평범하게, 여지껏 쌓아오고 수련해 왔던 그대로의 모습으로, 다만 그 속에서 잃지 않아야 할 일관된 신념과 의념으로, 스스로를 믿지 않으면 아무것도 이룰 수 없다는 일체의 요지로써 수련의 정진을 이야기하고 있는 것이었다. 그리고 그 이야기는 세철의 무예가 있게 한, 바로 그 우물 속의 무예서에서도 언급하고 있는 내용이었다.

세철은 잊고 있던 만상투격술 내용들의 구절구절을 새롭게 되새기며 점점 혼자만의 생각 속으로 빠져들어 갔다. 그 모양을 물끄러미 바라보던 법진이 조용히 일어서서 문가를 향해 발을 옮겨가며 나직이 읊조렸다.

"심즉생 종종법생(心則生 種種法生) 심멸즉 종종법멸(心滅則 種種法滅). 일체(一切)는 유심조(唯心造)요, 만법(萬法)은 유식(唯識)이로다. 마음에 생기게 하면 모든 것이 생겨날 것이고, 마음에서 그것을 없애면 모든 것이 없어질 것이니, 모든 일은 마음이 만들고 마음에 따라 생기는 것이로세. 아미타불."

불호의 여운만 남기고 문밖으로 사라진 법진의 뒷모습이 중인들의 시야에 아른거릴 때도 생각에 잠긴 세철의 얼굴은 깨어날 줄을 몰랐다.

밖에서는 두견새 한 마리가 피를 토하는 울음으로 진저리치게 울어댔다. 그 소리는 속세로부터 절을 찾은 사람들의 귀에 무엇인가 자꾸만 호소하는 것만 같았다.

진한 다향(茶香)이 문밖의 어둠만큼이나 짙은 객사 실내에 마주 앉은 세 사내는 조용히 차를 마셨다. 손끝에 닿는 까칠하면서 매끄러운 대나무 탁자의 면과 모서리가 유별나게 선풍(仙風)으로 다가왔다. 정갈한 실내와 군더더기없는 집기류가 다 그러했다. 들창문을 열면 뺨을 스치는 바람과 초목의 냄새는 마음마저 산으로 몰아가는 듯했다.

늘어진 아침 잠자리를 놓고 일어서기 싫은 것 같은 아늑하고도 유별난 심회였다. 아마도 장소가 가져다 주는 마음의 동요와 흥취가 그러함이 분명했다. 하지만 참으로 오랜만에 느껴보는 이러한 정회이건만, 끝내는 이불을 걷고 아침을 일어나듯이 심학수는 입을 열었다.

"철비철각호 그자가 온 이상 칼의 소재에 대한 논의 자체가 불분명해지고 있소이다. 이제까지 보았듯이 소림과 삼신은 언제라도 그자가 권리를 주장하면 되돌려줄 태도요."

"하지만 그게 이제 와서 가능하겠습니까? 모두가 저렇게 몸이 달아 눈을 붉히고 있는 마당에 말입니다."

용악검 이백이다. 심학수는 고요하게 가라앉은 눈길로 다시 말했다.

"당연히 가능하지 않다네. 그렇기 때문에 더욱 그런 태도를 보이는 것일세. 그렇게 모두가 가지지 못하고 또 가질 수도 있다는, 그리고 내가 못 가지면 타인 또한 견제해야겠다는 심리를 그 노인들이 노리는 것이지."

"그게 무슨 말씀입니까?"

"군사의 말씀은 소림과 삼신 등이 칼을 매개로 하여 적대 세력, 즉 벽력문의 무리들에 대한 대비를 하려 한다는 말씀입니까?"

되묻는 이백을 제치고 검은 얼굴의 조강이 심중의 의구심을 물어왔다. 지그시 이백과 조강을 바라보던 심학수는 조용하게 입을 열었다.

"원하는 일이겠지요. 그러나 지금쯤은 그 노인들도 포기했을지 모릅니다. 무림인들이란 진흙처럼 뭉친다고 뭉쳐지는 것이 아니니까요. 외려 당근이 되어준 칼의 존재 자체가 더욱 심중의 분란을 조장했는지도 모르지요. 이미 사람들의 마음은 흩어질 대로 죄다 흩어져 있습니다."

"그럼 따로이 생각하고 계신 복안이 있으신 겁니까? 이 상태로는 몇 날, 몇 달이 걸려도 결론이 날지 모르는 일이 아닙니까?"

조강의 물음에 대고 심학수는 가볍게 미소를 지어 보였다.

"복안 같은 것은 없습니다. 목적을 얻자면 분란을 피워야 할 터인데, 소림의 담장 안에서 그런 짓을 한다는 것은 칼을 물고 엎어지는 것과 진배없지요."

"그러하면 이대로 기다리기만 한단 말씀입니까? 묵호련까지 와 있는 이 마당에 말입니다."

답답해하는 이백의 말이다. 하지만 심학수는 여전히 여유롭게 미소를 보였다.

"그럴 순 없지. 하지만 너무 조급해 말게나. 그렇기는 다른 이들도 마찬가지라네. 그들 또한 머리가 있으니 방법을 생각할 것이고, 옛부터 성미 급한 사람들은 스스로 먼저 움직이게 마련이지."

"그러면……."

"우리는 기다리고 뒤따르면 될 일이네. 계교와 힘을 과신하는 자들이 반드시 있을 것인즉, 그런 자들은 종종 소림과 같은 늙은 거인을 얕보게 되지."

"누군가 힘을 쓴다는 말씀입니까?"

이백은 거듭 물었고 조강은 눈빛을 빛내며 바라보았다.

"어떤 방법일진 모르지만, 일이 있을 거로 생각하네. 그리고 만약 칼이 소림의 담장 밖으로 사라진다면, 그때부터가 우리에게는 기회가 되는 것일세. 애초에 칼이 불러온 혼란의 시기가 제일 좋은 기회였던 것처럼 말이지."

심학수의 말에 두 사람은 가만히 고개를 주억거렸다. 하지만 이백은 부족한 듯 또다시 질문을 던졌다.

"하면 누가 먼저 움직이겠습니까? 은검사자대(隱劍獅子隊)의 말에 따르면 요사이 팽가를 비롯한 황보가 등의 움직임이 심상치 않다고 하던데요. 그리고 이곳에서 너무 조용하기만 한 것이 수상하기도 합니다만."

이백의 물음에 심학수의 미소가 더욱 짙어졌다.

"그거야 낸들 알겠나? 다만 그들도 손이 있고 칼이 있는데 행하지 못할 까닭은 없겠지. 그리고 행여 움직인다 해도 은밀하겠지. 개봉성의 관묘에 출몰했다 흔적없이 사라진 정체 모를 무리들처럼 말일세."

"그자들이 혹여……."

"알 수 없지. 하지만 그만한 정도의 세력을 키워내려면 물망에 오르는 집단은 몇 되지 않지. 거기에 추측처럼 가까운 이들끼리 손을 잡은 것이 그 실체라면, 실제는 그 이상일 수도 있겠지. 지금으로선 모든 게 추측일 뿐이네."

거명을 하진 않았지만, 심학수의 말도 이백과 같은 생각을 가진 얘기였다. 이미 오래전부터 파악한 황보가와 팽가, 그리고 무극도문의 연수. 심학수는 지금 그것을 말하고 있는 것이다. 그리고 그들은 남궁가와 제갈가마저도 은밀히 끌어들였다. 그들이 노리는 바가 무엇인지

알 수는 없지만, 단 한 가지, 그들도 무인이라는 점은 불변의 진실이었
다.

"여하튼 간에 철비철각호 그자에 대해선 놀랍다고밖에 말할 길이 없
군요. 소문나지 않은 관묘의 일도 그러하거니와 무치광승마저도 무릎
을 꿇리다니 말입니다."

감탄보다는 질린 빛을 띤 어조로 조강이 말을 꺼냈다. 이백은 미간
을 찡그렸고 심학수는 고개를 깊게 끄덕거렸다.

"정말입니다. 그런 자가 나타났다는 것 자체가 생각지 못한 변수입
니다. 더구나 연원을 알 수 없는 무예로 강자들을 쓰러뜨리고 칼마저
차지했던 자이니 그 행보가 앞으로 무림에 미칠 영향이 지대할 것입니
다."

"그자는 이제 어떻게 나올까요? 그리고 무엇 때문에 소림에 나타난
것일까요?"

굳어진 얼굴로 물어오는 이백의 물음에 심학수는 대답없이 천천히
식은 찻물을 들이마셨다. 하지만 심연처럼 깊은 그 눈 속에서 이따금
씩 새어 나오는 빛은 무중신안의 별호처럼 세상 속을 꿰뚫는 것만 같
았다.

기다리는 이백의 얼굴이 아닌 창 쪽을 바라보며 심학수는 나직하게
입을 열어 말했다.

"그래… 과연 그자는 왜 왔을까? 나 역시도 그게 궁금하다네."

나직이 어조를 늘이는 심학수의 음성에는 강한 의문이 묻어 나왔다.
천하의 무중신안조차 의문을 보이는 것이, 그 사내의 행보가 된 것이
다. 이백과 조강은 그렇게 돌아간 심학수의 옆모습에 시선을 모았다.

"하지만 한 가지만은 예측할 수 있을 듯하군."

목소리와 함께 돌아갔던 심학수의 눈길이 두 사람에게로 되돌아왔다. 그 눈이 목소리만큼 뜨겁게 빛을 뿜었다.

"그자는 다시 나타난 벽력의 무리보다도… 어쩌면 더욱 위험한 존재가 될지도 모른다는 사실일세."

때마침 불어온 밤바람에 열려진 들창이 가볍게 들썩거렸다. 돌처럼 굳어진 이백과 조강의 얼굴 위로 잔바람이 흩어졌다. 저녁내 울던 두견새의 울음소리는 바람을 타고 들어와 세 사람의 귓속을 쑤석거렸다.

"깨어나자마자 정심동(淨心洞)에 들길 원하고 있다고?"

담담한 목소리가 법종 방장의 입에서 흘러나와 방 안을 울렸다. 열려진 들창으론 대[竹] 울음소리가 바람을 타며 흩날려 들어왔고 밝은 달빛은 방 안의 유등만큼이나 곱고 시렵게 내려앉았다.

"정범 그놈이 그런 얼굴을 보이는 건 아마도 스물을 넘긴 이후로 처음이 아닐까 합니다."

대답을 한 건 볼 살 늘어진 법향이었다. 옆에는 법성과 법진도 함께였다. 작은 서안을 두고 좌정하여 마주 앉은 그들은 이 밤을 밝히는 다른 사람들처럼 차를 마시는 중이었다.

"뜻밖에 좋은 공부가 되었던 모양이로군 그래."

두터운 입술을 통해 나온 굵고 강건한 목소리는 예사로이 얘기했다. 고리눈은 사자코와 더불어 눈꼬리가 휘어졌고, 커다랗게 늘어진 부처 닮은 귓불만큼이나 특징있는 얼굴은 미소를 지었다.

"공부라고 하기까지야…… 어쨌든 부러진 뼈야 다시 맞춘다 하고 피륙에 남긴 상처와 속병이야 아물면 그만이라지만 심중에 남은 열패스런 기억은 쉽사리 떨치기가 힘이 들 테지요. 더구나 이곳은 제놈이 자라난 소림의 땅이니까요."

늘상 온화한 얼굴에 주름 선 미간만큼이나 또렷이, 상처 입은 제자들과 당면한 사찰 내의 문제에 대한 걱정을 보여주는 법성을 보며 법종의 미소는 더욱더 짙어져 갔다.

"또 걱정인 게로군. 그러니 이번 같은 공부가 필요하단 말이 아닌가? 사제의 말처럼 가슴속에 심화로 남은 그것들을 떨쳐 내지 못한다면 매미와 나비와 같은 탈각은 기대하기 어려운 게지."

대수로이 말하는 법종을 보며 법성이 다시 말을 이었다.

"사형의 말씀이 맞기는 합니다만, 정범이 이제껏 저런 난행을 보여 왔던 이유가 따로 있고 보면 정심동에 들겠다 하는 마음이 또 다른 비뚤어짐으로 가는 것은 아닌지 걱정스럽습니다."

"이유는 무슨! 어린놈이 선사들의 숨겨진 옛일을 주워들었다 해서 함부로 전후를 예단하고 돼먹지 못한 투정을 부린 것이 벌써 스무 해가 넘어갔네. 벌써 진즉에 바로잡아야 했을 것이로되, 이제라도 얻어 터지고 정신을 차린다면 그만한 다행이 없을 것이야!"

짐짓 성까지 내며, 또다시 대수롭잖게 여기는 듯한 법종의 말에 법성은 가늘게 한숨을 내쉬었다.

"그리하고, 철비철각호라 하는 그 청년의 상세는 어떠하던가?"

자신에게 돌아온 법종의 시선과 질문에 가만히 차만을 마시던 법진이 조용히 대답했다.

"큰 무리는 없어 보입니다. 워낙에 상식으로 가늠이 되질 않는 젊은이라서……."

"허어! 그러한가? 하기야 정범 놈의 콧잔등을 문질러 놓은 친구이니 오죽하겠는가? 이거 점점 더 궁금해지는걸?"

"사형, 그렇게 농하듯이 가볍게만 여길 일이 아니질 않습니까? 그 젊은이는 강호에 파란을 일으킨 자입니다!"

보다 못했는지 법향이 끼어들었다.

"지금 산사의 담장 밖에는 모여드는 무림인들로 인산인해를 이루고 있습니다. 거기에 삼신의 손에 들려온 혈룡도를 쫓아서 사자철기맹과 묵호련까지도 와 있습니다. 그들이 왜 와 있는지를 잊으신 겝니까?"

"허어! 이 사람, 누가 뭐라 했는가?"

법종은 법향의 늘어진 얼굴을 보고 떨떠름한 입맛을 다셨다. 하지만 법향은 또 말했다.

"우연인지 필연인지 모르겠으나, 혈룡도를 가졌던 그 젊은이가 염차수의 손에 두 번째 혈리표를 만들어주고 희생된 대장장이의 아들이라는데… 이토록 공교로운 일이 또 어디에 있겠습니까? 이는 결코 가벼이 여길 사안이 아니올시다."

법향의 얼굴을 보던 법종은 다시금 흐릿한 미소를 지어갔다. 그 모습을 법성과 법진도 바라보았다. 처음처럼 여유를 잃지 않고 있는 장문 사형의 얼굴은 어찌 보면 법향 혼자만을 보고 있는 것이 아닌 듯도 보였다. 여전히 담담한 목소리가 처음처럼 다시 흘러나왔다.

"공교롭다……. 세상일이 공교롭고 조화롭지 않은 것이 어디 있을까? 모두가 제 뿌린 대로 거둬야 하고 스스로 맺은 인연 줄기에 손발이 얽히는 것을… 그들이 궁벽한 산골의 냄새 나는 중들만이 모여 사는 곳에 이렇듯 찾아든 것도 다 그러한 연유로 비롯함이고, 때가 영근 때문이겠지."

얼굴에 맺혔던 미소가 점점 잦아들며 큰 고리눈이 무겁게 내리 감기는 법종의 얼굴은 미소가 사라진 대신 침중함이 내려앉고 있었다. 법성이 조심스레 다시 입을 열었다.

"사형의 말씀은 저들이 저렇듯 모여든 모든 이유가 모두 우리 소림에 있다는 것입니까?"

감긴 눈의 법종은 말이 없었다. 법성은 그렇게 감긴 눈을 보며 재차 말했다.

"설사 그렇다고 해도 명백히 보이는 탐욕과 불순한 의도를 가지고 찾아든 자들을 수수방관할 수는 없는 노릇이 아닙니까? 더더군다나 이 일은 강호에 혈사를 일으키고 세인들의 이목을 집중시키는 혈룡도에 관한 일입니다. 어서 하루빨리 결론을 내려야만 합니다."

법성은 옆에 앉은 법진을 잠시 돌아보았다. 그리고 또다시 입을 열었다.

"거기에다 수십 년간 감춰왔던 혈리표에 관한 일로 사람이 찾아왔습니다. 직접 연루됐던 생존자가 말입니다. 이 일로 어쩌면 차후에 혈리표와 소림에 관한 일은 무림의 공론이 될 수도 있습니다. 그러면 그들이, 강호인들이 우리에게 일의 전후를 추궁할 것은 불을 보듯 뻔한 일입니다. 어떻게든 대비책과 수습안을 마련하지 않으면……."

"그래서 어찌했으면 좋겠는가?"

간단하게 튀어나온 뜻밖의 질문에 법성은 말을 끊고 법종을 바라보았다. 감겼던 고리눈이 떠진 얼굴은 마주 보기 무색할 만큼 표정이 사라져 있었고 쉬지 않고 돌아가던 손 가운데 염주알은 움직임을 멈춘 채였다.

"힘으로 찍어 누르기라도 하자는 말인가? 그렇게 해서 사람들의 욕심을 흩어버리고 이미 불거진 옛이야기를 없던 것처럼 되돌릴 수 있다고 생각하는가?"

"꼭이 그러하다기보다는… 본 사의 명예와 관련된 일이니만큼 신중에 신중을 기해서……."

무거운 법종의 말소리에 법성은 말끝을 흐리며 우물거렸다. 법종은 또다시 이야기했다.

"혈룡도의 일은 이미 엎어진 바닥의 물처럼 강제 수단으로 해결될 일도 아니거니와 저 수많은 사람들을 상대로 미혹을 부릴 수도 없는 일일세. 더불어 혈리표에 관한 일은 드러나지 않았다면 모를 일이되 벌써 십오 년 전 법안의 죽음과 함께 예견되었던 일이니 이제 와서 아무리 감추려 해도 비어져 나온 송곳의 첨두(尖頭)처럼 손끝이 위태한 일일 뿐일세."

"그럼, 대관절 사형의 의중은 무엇이오이까? 설마 하니 감춰왔던 옛일을 이제 와서 사람들에게 알리고 그들의 이해를 구하고자 하는 것은 아니겠지요? 그래서 삼신 등에게 털어놓으려 하는 겁니까? 저들은 강호인들입니다. 그네들이 이해해 주기도 만무하려니와 저간의 사정을 알고 나면 삿된 마음으로 소림이 세상을 속여왔다 손가락질을 할 것입니다."

품었던 의문과 함께 무언가 더 말을 이어 나가려던 법성의 얼굴은 자신을 말끄러미 바라보는 법종의 눈길을 보며 입을 닫았다.

"그대로이네. 알려야지…… 알리고 도움을 청해야 할 일이네. 속죄하는 마음으로 말일세."

"사형, 그 무슨 말씀이오이까? 그네들이 오래전에 사라진 것으로 여기던 혈리표를 우리 소림이 보관해 왔다는 것을 알면 가만히 있겠소이까?"

이번엔 법향이었다. 법종은 차분한 눈길로 법향을 비롯한 자신의 사제들을 둘러보며 다시 입을 열었다.

"세상 모르게 그토록 찾고자 했던 흉수는 끝내 꼬리를 잡지 못했네. 그런데 난데없이 옛일의 한 갈래가 우리를 찾아왔네. 그 옛날, 세상에 등장한 그 지옥의 무기 아래 수많은 사람들이 목숨을 잃었네. 우리대에도 예외는 아니어서 법안이 희생을 당했지."

무엇을 떠올렸음인지 법성을 바라보던 늙은 중들은 무거운 음성으로 불호를 외워댔다.

"아미타불……."

"아미타불……."

"악연의 사슬은 질기고도 모진 것. 근원을 따지고 보면 저 청년 역시도 우리로 인한 희생자일 뿐이네. 청년이 찾아왔음은 이제 때가 도래했음이라. 이제 조만간 흉수의 자취도 세상에 드러나게 될 걸세. 그것이 하늘의 이치이지."

"아미타불! 아미타불……!"

법향이 볼 살을 떨어가며 거듭 불호를 토해냈다. 그 얼굴을 보며 고리눈의 법종은 다시 말을 이어갔다.

"이제 또다시 숨기려고만 한다면, 세상에 일이 드러났을 때 얼마나 더 많은 목숨들이 희생될지 모를 일일세. 이는 일차적으로 소림의 책임이기도 하지만, 그 옛날의 일을 상기하면 염가의 후예가 저지르는 혈육의 복수와도 관계된 일이라 그 일에 관계한 전 무림의 일이기도 한 것일세."

잠시 말을 끊었던 법종은 곧바로 다시 말했다.

"나는 삼신이 우리를 믿고 칼을 맡겨왔듯이 그들에게 이 일을 이야기하고 도움을 청할 생각이네. 사제들도 알겠지만 벽력의 무리들이 재

창궐했네. 거기에 혈리표마저 세상에 나온다면 걷잡을 수 없음이네. 그런데도 사람들은 저리 제 욕심으로만 목소리를 높이고 있으니 참으로 안타까울 수밖에……."

말을 맺는 법종의 손 안에서는 멈춰졌던 염주알이 다시 구르기 시작했다. 마주 앉은 법성과 법향은 전후의 생각에 잠겨들었다. 외팔이 법진은 찻잔을 내려다보며 말이 없었다. 그런 모두를 향해 잠잠한 눈길을 보내던 법종이 이윽고 다시 입을 열었다.

"광조(廣照) 사숙의 근황은 어떠한가?"

법성의 고개가 다시 들려졌다.

"늘상 그러합니다. 탑림(塔林)과 조사동(祖師洞)을 오가는 그림자만 보일 뿐, 광오(廣悟) 사숙을 제외하곤 일체의 접촉을 금하시기 때문에 자세한 것은 알기가 힘이 듭니다. 다만 언제나 계시는 그곳에만 계시는지라 그만은 마음을 놓고 있는 상태입니다. 그러하고… 별다른 일이야 있겠습니까? 그토록 오랜 세월을 그렇게 지내오신 분인데 말입니다."

"바람이 불면 묵은 먼지가 떨어지지만 먼 곳의 꽃씨가 날아와 움을 틔우는 법일세. 이제 바람은 진즉에 불었거니와 그 바람 속에 실려온 꽃씨는 어느 곳에 내려앉을지 모르는 일이라네. 행여라도 안일하고 느슨한 방심은 못된 잡씨가 되어 절간의 주춧돌에 뿌리를 박을지도 모르는 일. 일이 그리되면 기초가 무너진 불안한 집에 살게 될지도 알 수 없는 일이니 매사에 유념하여 어두운 곳을 살펴보길 바라네. 앞으로 얼마간은 산문을 넘어서는 사람들이 더욱 많아지게 될 터이니 말일세."

당부이듯 다짐이듯 염불 같은 법종의 목소리는 법성을 비롯한 나머지 두 사형제의 귓가를 감싸고 돌았다. 그 말에 얼굴도 가뭇한 사숙의 모습을 떠올리는 소림의 늙은 사형제들은 흔들리는 불빛 속에 시선을 박은 채로 각자의 생각에 잠겨들었다.

그렇게 침묵 같은 상념 속에 별들이 지고 간간이 이어지는 말소리 속에 아침이 밝았다. 그러나 흔들리는 유등의 불빛은 밝아오는 동녘의 하늘을 보면서도 꺼질 줄을 몰랐다.

8장 파 란(波瀾)

희푸르게 밝아오는 동녘을 보는 진삼의 눈에 진한 노기가 서렸다. 밤을 새워 앉아 있는 간이 술막은 무림인들로 득시글거렸다. 그 속에 끼어 앉아 무려 다섯 병의 화주를 비울 동안 놈의 꼬리라도 보았다는 소식이 없었다.

놈은 분명히 이 무리의 어딘가에 있을 것이 틀림없었다. 소림의 정문과 담벼락을 에워싸고 붙어 있는 수많은 무림인들. 마치 검불 속에 떨어진 바늘처럼 그 속에 몸을 숨기려는 것이 놈의 의도가 분명했다.

불이 난 초상집처럼 소란스럽기만 한 소림의 산문 앞마당. 그 앞에 눕고 서고 비틀거리고 무리 짓고 홀로 불을 밝힌 수많은 강호인들. 놈이 왜 이리로 도망쳐 왔는지는 모르지만 탁월한 감각과 능력을 가진 귀신같은 놈이었다.

숭산을 바라고 도망치는 동안 세 번의 변장으로 꼬리를 떨구어내며 놈은 제 면목을 감췄다. 그때마다 냄새 맡는 사냥개처럼 악착같이 달라붙은 흑상귀(黑商鬼)들의 이목을 결국은 소림의 문전 앞에서 완전히 떼어버린 것이다. 놈은 그렇게 이 속 어딘가에 숨어버렸다.

무슨 수법으로 죽였는지 모를 야유귀의 주검도 그러했다. 분명 독살이 틀림없지만, 외부로부터의 자상이나 침 따위로 찔러 투약한 흔적도 없이 게거품을 물고 길의 한복판에서 죽게 만든 일은 진정 놀라웠다.

독은 칠점사(까치 살무사)의 것이었다. 역시 지독한 독이었다. 떠도는 일설처럼 채 일곱 걸음을 옮기기도 전에 야유귀를 죽음으로 몰아넣었다. 그런 독을 놈은 주변과 상황을 이용하여 용독(用毒)함으로써 순식간에 상대를 독살한 것이다.

야유귀는 서둘렀었다. 진삼 자신을 보고 놀람을 감추지 못했고, 퇴로마저 막힌 주변 상황에 크게 당황했었다. 바야흐로 목숨이 경각에 달린 순간이었던 것이다. 생명을 보전할 생각으로 호흡이 가빠지고 심장의 박동이 빨라지는 것은 당연지사다. 그 순간, 기회를 노린 듯이 노인으로 변장한 놈이 야유귀와 맞부딪친 것이다.

그때 놈이 손을 쓴 것이다. 무엇으로 침투시켰는지 모를 독은 거칠어진 심장 혈류를 타고 빠르게 온몸으로 퍼져 나갔다. 그리고 야유귀 놈은 길의 한복판에서 배배 꼬인 몸으로 거품을 내쏟으며 죽어버린 것이다.

현재로선 놈의 정체가 무엇인지 알 길이 없다. 방법도 모를 하독은 당문의 수법도 아니었다. 부딪친 한순간에 귀신처럼 빼간 조철련의 비급에 대한 정보가 어디서 샌 것인지도 감이 잡히지 않았다. 그저 놈은 바람처럼 느닷없이 나타나서 연기처럼 사라져 버린 것이다.

하지만 더 이상의 도주는 용납할 수 없다. 제놈이 사람의 검불 속에

몸을 섞어 피신코자 했다지만, 옛 전설과 보도에 눈멀어 모여든 사람들
은 소림의 주위에서 고인 물이 된 것이다. 이제 퇴로는 없다. 길을 막
고 움직임없는 연못 속을 천천히 뒤지기만 하면 될 터였다.

"이봐. 절 안에서 주치광승, 아니아니, 무치광승과 철비철각호가 붙
었다던데 그게 정말일까?"

문득 들려온 옆 자리의 목소리에 진삼은 고개를 돌러보았다.

"왜 아니야? 한마디로 대단했다고 하던걸? 용과 범이 어우러져 천지
가 개벽하는 것 같았대!"

"맞아! 근소한 차로 철비철각호가 이겼다 하더구만!"

삼사십 대로 보이는 세 사내가 얼굴을 맞대고 자리를 편 땅에 주질
러 앉아 술잔을 기울이는 모습이었다.

주변은 온통 그런 자들 투성이었다. 진삼 자신처럼 작은 궤짝 같은
것이라도 깔고 앉은 이가 있는가 하면, 저들처럼 맨바닥에 자리만 깔고
그 위에서 술추렴을 하는 이들이 대부분이었다. 그러한 자들이 사하촌
으로 이어지는 내리막길의 양 옆에까지 주욱 늘어서 있었다.

소림은 이러한 절 주변의 상황을 내버려 두었다. 애초에 정리의 의
지가 없는 것인지, 아니면 다른 뜻이 있는 것인지는 모르겠으나 그 덕
분에 대목을 잡은 장사치들은 밤을 새워 술과 음식을 팔아치웠다. 그
속에서 사람들은 새로운 화제를 안주 삼아 야숙 같은 밤을 보냈다.

"도대체 그자는 얼마나 강한 걸까? 벌써 그자에게 무릎 꿇은 고수가
몇이나 되냔 말야."

또다시 옆 자리의 사내들이다.

"말해 뭐 해? 아마 모르긴 몰라도 삼제오신에 버금가거나 그 이상이
겠지! 아, 겸제의 어깨도 부숴 버렸잖아!"

"그거야, 겸제가 방심하다가 그리된 것인지도 모르지. 아무리 그래도 삼제오신인데……."

"이 사람아! 그런 초고수들이 방심이 무슨 소린가? 그리고 방심했다 손 치더라도 제 무기까지 박살난 채로 패했다면 말할 필요도 없는 거지!"

"그거야 뭐……."

"이봐들, 그 딴 소리는 집어치우고, 대관절 철비철각호 그자가 왜 소림에 나타난 것일까? 혈룡도마저 진작에 포기한 자가 말이야?"

"글쎄… 뭐, 그거야 당자가 아닌 이상 그 누가 알겠나? 나는 그보다도 소림과 삼신의 속뜻이 더욱 궁금하네. 도대체 칼을 어떻게 할는지 말이야."

쉬지 않고 술잔과 말을 주고받는 사내들에게 주던 시선을 돌린 진삼은 빈 술잔에 술을 따라 넣었다. 저들뿐 아니라 아침 이슬을 간신히 막아주는 각종의 허름한 차일 안에서 떠드는 모든 이들의 관심사는 한결같이 똑같았다. 그리고 그 안에는 그자의 이야기도 역시 있었다.

노야의 관심을 끈 청년. 강호인들의 이목을 집중시키는 검은 범 같은 사나이. 손 안에 쥐었던 전설의 보병을 다시 던져 버린 가늠하지 못할 사내. 맞부딪친 자는 모조리 부숴 버리는 무쇠 같은 인간.

진삼은 잔을 들어 술을 들이켰다. 사내만 생각하면 가슴이 막막해 오는 것이 이상한 홧증이 도는 것만 같았다. 사내가 미운 것이 아니다. 미워할 까닭도 없다. 하지만 속에서 뒤틀려 불끈거리는 것은 분명 좋은 감정이 아니다. 그것은 아마도…… 버렸다 생각했던 무인의 피가 끓어오르기 때문일 것이다.

흑상련. 노야의 밑으로 들어올 때 이미 무인임을 포기했다. 조직의 실체가 그러하듯이 그저 자신은 어둠 속과 그늘 밑에서 움직이는 흑상귀의 하나였다. 그 속에서 어둠의 지하 상인들을 보호하고, 그늘에서 볕을 못 받고 쓰러지는 밑바닥 인생들을 추스를 뿐이었다. 그리고 그것은 노야에게서, 흑상련에게서 받은 은혜를 갚는 길이기도 했다.

진삼은 비워진 잔에 다시 술을 채우고 거칠게 들어 올렸다. 하지만 그 술은 목구멍을 넘어가지 않았다.

술잔 위에 걸친 먼지구름이 사하촌의 중심을 가르고 달리는 것을 본 때문이었다.

먼지구름은 빨랐다. 아침 햇살을 받고 달리는 그것은 사하촌을 가로질러 질풍처럼 내달렸다. 그 선두에 흑갈색 이두마차가 미친 것처럼 땅을 좁히며 질주하는 것이 시야에 들어와 박혔다.

아스라이 내려다보이던 마차는 안 그래도 어수선한 사하촌의 아침을 들쑤시고 벗어나며 오르막으로 몸을 던졌다. 완만한 기울기로 비탈을 이뤄 소림의 산문으로 이어진 그 길을, 커다란 바퀴로 땅을 파 밀듯이 마차는 올라갔다.

멀리서부터 들려온 말의 발굽 소리가 진동처럼 사람들의 귀를 때렸다. 흙과 자갈이 튀고 먼지는 장막처럼 생겨났다. 길의 양 옆으로 늘어진 행렬처럼 이어진 좌판과 간이 술청의 사람들은 벼락을 피하는 것처럼 몸을 사렸다. 그 위로 후폭풍의 잔해처럼 먼지바람이 휩쓸었다.

마차가 산문 앞에까지 다다른 것은 순식간이었다. 장정이 밥 한 그릇 먹어갈 동안 걸어야 할 길을 마차는 잠시 만에 주파했다. 미친 울음 소리를 내는 말들이 허공에 앞발을 들어 발길질하면서 마차가 멈췄다. 내치던 속도를 무시한 급정거에 위태한 모습으로 기우뚱하던 마차의 몸이 들썩이다 내려앉았다.

흥분을 감추지 못하고 푸르릉대는 말들의 모습은 흉측해 보였다. 재갈 물린 입가에는 연신 뿜어지는 콧김 속에 흰거품이 그득했고, 갈색 몸통에 번져 내리는 번들한 땀의 흔적은 격렬하고 고단했던 여정을 보여주는 듯했다.

마부석에서 한 남자가 날아올랐다. 비호처럼 말 머리를 건너 땅을 찬 사내는 산문 앞의 승인들 면전으로 떨어져 내렸다. 두 명의 젊은 승인들이 목봉을 가로지르며 그 앞을 막아섰다.

그때 사내가 절 안을 바라보며 커다랗게 소리를 질렀다.

"산서(山西)의 태원표국(太原鏢局)에서 금검장의 혈사에 대해 소림과 천하에 고하고자 왔소이다!"

쩌렁대는 울림으로 사내의 목청을 터뜨리고 나온 음성이 절간의 기와를 들썩이며 퍼져 나갔다. 앞을 막은 중들은 당황한 얼굴로 쳐다보았고, 때 아닌 소란과 말이 전하는 내용에 놀란 사람들은 분분히 일어서 마차와 산문 앞으로 모여들었다.

흑갈색의 마차문이 열린 것은 그때였다. 그 안으로부터 두 사람이 모습을 드러냈다. 앞서 내린 자는 수염을 길게 기른 노인이었다. 마차처럼 흑갈색 짙은 무복에 등에는 한 자루 폭 넓은 도를 둘렀고, 전방을 주시하는 눈가에는 짙은 살기와 분노가 넘실거렸다. 내딛는 걸음은 무거웠고 보보에 담긴 힘은 땅을 눌러 자국을 남겼다.

뒤따라 치맛자락을 내보이며 땅을 밟은 이는 젊은 여자였다. 흰 피부에 해사한 이목구비가 시원스럽게 보이는 아리따운 여인이었다. 여인의 팔에는 서너 살쯤의 아이가 안겨 잠들어 있었다. 여인의 걸음걸이는 힘겨워 보였다. 하지만 미간엔 푸른 기운이 돌았다. 품에 안은 아이를 내려다보는 여인의 눈에는 슬픔보다 짙은 공허가, 다시 들어 앞을 보는 속에는 소름처럼 차가운 불길이 훨훨 넘어 나왔다.

몇몇 사람들은 그들이 누군지 알아보았다. 노인은 산서제일의 표국인 태원표국의 국주, 무림칠대 도객 중 일 인인 초혼도(招魂刀) 선우담(鮮宇潭)이었다. 뒤따르는 여인은 그의 딸이며 금검장의 며느리였던 산서 제일미녀 선우일란(鮮宇一蘭)이 틀림없었다.

그들은 천천히 걸음을 옮겨가 소림의 문턱을 넘었다. 그 뒤를 목각 동인 같은 소림의 무승들이 다시 가로막았다. 승인들의 몸 뒤로 그들의 모습이 절을 그린 그림처럼 사라져 갔다. 그 모습을 보고 웅성거리는 사람들의 뒤에서 진삼은 몸을 일으켰다. 손에 들린 술을 단숨에 들이키고 입가를 닦았다. 빈 잔은 미련없이 땅으로 던졌다.

진삼은 아침 햇빛을 받는 천년거인의 엎드린 몸을 쳐다보았다. 일어서 절을 바라다보는 그의 눈 안에는 자꾸만 깊은 회의와 우려가 눈부신 찡그림처럼 흘러나왔다.

객사 앞의 초지에 앉아 밤새 좌정으로 묵상하며 날을 밝힌 세철의 어깨는 이슬에 젖어 축축했다. 젖은 의복과 주변의 풀밭은 떠오른 해가 부어대는 밝음으로 조금씩 습한 기운을 하늘로 올려 보냈다.

외따로 떨어진 일행의 객사는 일반의 객사와 내부의 담으로 거리를 두어 고적하기만 했다. 그 객사의 앞 초지 위에 선승처럼 눈을 감고 앉은 세철은 움직일 줄을 몰랐다. 앉은 자리의 앞에는 자신의 몸통만한 커다란 바위를 사람처럼 마주 두고서였다.

난데없는 바위가 어디서 생겨난 것인지는 알 수 없지만, 멀찍이 거리를 두고 휘어 돌아간 담장의 바로 뒤편이 산을 타고 오르는 암벽군의 시작인 것을 보면 짐작은 되는 바였다. 하지만 바위를 왜 마주하고 앉은 것인지, 무엇을 하고자 하는 것인지는 여전히 알 수 없었다.

해가 조금씩 더 따가워질 무렵, 감겼던 세철의 눈이 스르르 뜨여졌다. 연이어 천천히 가부좌를 풀고 무릎을 세운 후, 오른쪽 가슴께가 삭아 떨어져 나간 것 같은 상의를 벗어 내렸다.

구리 뭉치가 움직이는 것 같은 어깨가 드러났다. 청동을 부어 주물한 듯한 팔뚝이 햇빛을 받아 괴물처럼 꿈틀거렸다. 만 년을 산 철갑거북이의 갑주처럼 불거진 등짝이 위험하고 아름답게 꾸불텅대었다. 그 위로 전설을 새겨 넣은 갑골문처럼 수없이 많은 흉터가 문신처럼 박혀 움직였다.

두 팔이 느릿하게 안팎으로 휘돌아 근육의 결을 풀어냈다. 그 모습이 또한 아름다웠다. 객사로부터 등을 보이고 있는 세철의 모습은 현신한 금강역사였다. 아니, 흉포하고 위험한 힘을 품은 한 마리 거대한 흑범이었다.

정범과의 대결에서 입었던 오른 가슴과 어깨의 상처도 거무스름한 변색만이 남은 듯, 어느새 자유로운 움직임을 보였다. 경이로운 회복이 아닐 수 없었다. 그렇게 움직임을 보이던 몸이 멈춰 서며 바위만을 바라보았다. 그리고 느닷없이 바위를 후려치기 시작했다.

쾅! 쾅!

콱! 팍! 팍!

돌가루가 휘날렸다. 아니, 바위 조각들이 비산하고 쪼개지며 터져 나갔다. 흩어지는 돌가루들의 중심에서 웃통을 벗어젖힌 세철이 쉬지 않고 손을 움직였다. 그 손을 따라 바위가 조각나고 모래처럼 흩어졌다.

바위를 후려치며 등을 보이고 있는 세철의 상체는 잠시 후 흘러내리는 땀으로 번질거리기 시작했다. 그 속에서 끊임없이 움직이는 섬세하고 강인한 근육들은 용의 몸통처럼 출렁이며 힘을 쏟아 부었다.

힘을 용틀임하는 우람하고 아름다운 상반신에는 크고 작은 흉터들과 함께 움직이는 두 팔의 강철 비구가 검은 선처럼 허공에 잔상으로 선을 그어댔다. 그 모습은 마치 검은 강철번개를 휘둘러 바위를 내려치는 것만 같았다.

"헤에…… 저 친구, 저럴려고 바위를 옮겨다 놓고서 밤새 앉아 있었던 거구만."

객사 앞에 쪼그려 앉은 언두수가 고개를 좌우로 휘휘 돌려가며 질렸다는 듯이 얘기했다. 그 옆에는 하남이 같은 얼굴 모양으로 흙바닥에 앉아 있었고, 역시 그 너머로는 부춘호와 정곽이 앉아 눈을 유심히 빛내며 바라보았다.

흡사 차력사의 묘기를 보는 동네 꼬마들의 몰골을 하고 있는 그들의 눈은 미친놈처럼 두 손을 휘두르는 세철의 모습에 고정되어 움직이질 않았다.

"그런데 도대체 왜 저러는 거지? 참기 힘든 울화증이라도 도진 겐가?"

무릎에 받친 팔로 턱을 괴고 앉았던 언두수가 감흥없는 목소리로 중얼거렸다. 누구에겐지 모를 그 나른한 음성의 질문에 천천히 검을 뽑아 든 하남이 조용하게 대꾸를 해줬다.

"내 보기엔 마음을 가다듬는 것 같은데… 정확히 뭘 위한 건지는 모르겠지만 말이야."

폭은 넓지 않지만 강철을 수없이 벼려 만든 두터운 날의 중검을 손에 쥔 하남은 허리춤의 면포를 꺼내어 검신을 닦아 내리며 말했다. 흰

면포가 검신의 표면을 스칠 때마다 푸름한 기운이 더욱더 짙어지는 것만 같았다.

"수련이다."

언두수와 하남의 고개가 동시에 돌았다. 정곽이다.

"저게 수련이라구요?"

되짚는 언두수의 질문에 정곽은 유난히 푸른빛을 보이는 하남의 검에 잠시 시선을 주다가 세철의 등으로 눈길을 박았다.

"그래, 오래된 수련법이지."

미심쩍은 얼굴로 입을 벌리는 언두수와 면포질을 멈춘 하남이 얼굴을 돌릴 때 정곽은 다시 얘기했다.

"아주 오래된 옛날의 수련법이야. 군이 이름을 붙이자면 파석공(破石功)이나 단석공(斷石功) 정도가 되겠지만, 출처도 불분명할 뿐더러 들이는 공에 비해 그 결과가 불확실한 난공(難功)으로, 지금은 수련하는 사람은커녕 이름조차 알고 있는 이가 드문 그런 수련법이지."

정곽의 이야기에 옆에 앉은 부춘호도 얼굴을 돌려 바라보았다. 언두수는 또다시 물었다.

"그런 걸 장 형이 왜? 그것도 하루 이틀 걸릴 일도 아닌 것 같은데 지금 여기서 한단 말입니까?"

"득심(得心)이 있어서가 아닐까? 법진 대사와의 이야기로 인해서 말이야. 그 때문에 확인하고 싶어서, 아니, 주체할 수 없어서 저러는지도 모르지."

"득심이라고?"

옆에서 말하는 하남의 의견에 언두수는 짧게 되물었다. 생사지경을 함께 넘은 두 사람은 이제 평대를 했다. 하지만 고개를 갸웃하는 그의 얼굴은 여전히 이해가 먼 표정이었다.

"그렇다면 대관절 법진이란 승려에게서 무얼 들었길래 저러고 있냔 말이야? 저것을 수련이라 하기에는 상식적으로 이해가 잘되지 않잖아. 그냥 돌만을 저렇게 내려치고 있으니……."

언두수가 여전히 늘어진 목소리로 의문을 던졌다. 그 대답은 가볍게 손을 휘저어 이른 계절의 날벌레를 쫓는 부춘호의 입에서 흘러나왔다.

"저 친구의 마음에만 따로이 들리는 말이 있었던 거겠지. 그것을 남들조차 다 알 수 있다면 수련의 절차가 왜 필요하겠나? 다만 한 가지…… 공교롭군. 저 수련 형식은 소림에서부터 알려진 것인데 말이야."

부춘호의 말을 듣던 언두수와 하남이 옆을 돌아다보았다. 그리고 곧바로 의문을 집어던졌다.

"소림에서 시작되었다구요?"

"그걸 장 형이 어떻게……? 그럼, 이미 알고 있었단 이야기인가요?"

언두수가 먼저고 하남이 뒤였다. 이번엔 부춘호 대신 정곽이 조용한 입을 다시 열었다.

"옛적에 신승(神僧) 공료(空了)라는 분이 계셨었다. 그분에 관한 이야기는 자네들도 옛이야기처럼 들어 알고 있을 테지만, 그분은 중원 사람이 아닌 먼 동쪽의 땅, 해동(海東)의 사람이셨다."

느닷없이 나온 옛이야기에 언두수와 하남은 눈을 동그랗게 뜬 아이들처럼 귀를 모았다. 부춘호까지 합세한 세 사람의 시선을 받으며 정곽은 이야기를 이어 나갔다.

"학승(學僧)의 신분으로 유학을 온 그분이 중원 땅의 중소대찰을 두루 거쳐 이곳 소림에 드신 것이 나이 이십삼 세 때였다. 원체가 뛰어난 학식(學識)과 선기(仙氣)로서 세상을 널리 놀래킨 분이시긴 하지만 때때로 이 땅에 넘어와 넓디넓은 중원 땅을 놀라게 했던 다른 해동의 인물들처럼, 그분 역시 또 한 번 사람들을 놀라게 했지."

머리 위에 수직으로 올라가는 태양은 그사이 몸을 가리던 처마의 그늘을 반나마 먹어버렸지만, 정곽의 입에 몰린 세 사람의 이목은 점점 따가워지는 햇살의 뜨거움을 잊어먹은 듯했다. 봄은 이미 절정으로 치달아 대기가 혼몽했고, 그 속에서 여운을 주던 정곽의 입이 서서히 다시 벌어졌다.

"소림에 와서 우연히 이곳 무승(武僧)들의 무예를 접한 공료 성승은 무슨 이유에서인지 그 가르침을 배우기를 청하였지. 하지만 문외불출(門外不出)의 소림비기들을, 아무리 당대를 울리는 명망있는 학승이라 하나 그 진의를 전하기에는 어려움이 따랐던 거야. 이에 신승 공료는 소림의 제자가 되길 결심하고 공 자 배 항렬의 제자가 되었던 거지."

"무공을 배우기 위해 소림의 제자가 되었단 말입니까?"

말하는 정곽의 입을 궁금한 시선으로 바라보던 언두수가 되쳐 물었다.

"그래. 하지만 원래가 이민족(異民族)인 그에게 아무리 세속을 등진 사찰이라 해도 보이지 않는 차별은 소림 무예의 전수를 차단하고 있었지."

"아니, 그런 법이 어딨습니까? 입문을 하였으면 다 같은 소림의 제자인데?"

곧바로 반발하는 듯한 언두수의 끼어듦에 정곽은 잠시 눈길을 주었다. 말은 곧 이어졌다.

"공료가 배울 수 있는 무공은 고작 소림나한권(少林羅漢拳)이었다.

그것은 이미 소림의 무공이라기보다도 전 중원으로 퍼져 나간 무예 입문의 기초공(基礎功)에 불과한 것이었지. 그런데 아무도 중시하지 않는 그 기초공을 공료 성승은 이십 년간을 매진하여 참오한 거야.”

또다시 끊어진 정곽의 입은 잠시 생각을 가다듬는 듯한 눈길을 보이더니 곧바로 다시 열렸다.

“그리고 어느 날 그 손에서 펼쳐진 나한권은 더 이상 사람들이 알고 있던 나한권이 아니게 되었던 거지. 소림이 놀라고 무림이 경동했지. 하지만 그 결과를 받아들이길 거부한 그 당시의 소림은 나한권을 변질시켰다 하며 공료를 파문하였다.”

“파문되었다구요? 아니, 나한권이 변한다 해봤자 그것이 그것일 텐데, 이해가 잘 안 가는군요.”

“그래, 그냥 그런 이유로 파문되었지. 그리고 확실히 나한권은 변모되어 있었지.”

의문을 참지 못한 언두수의 음성과 하남의 눈길을 받은 정곽의 얼굴은 의미롭게 눈을 빛내고 있었다. 단절됐던 이야기는 또다시 이어져 나왔다.

“신승 공료가 쓰는 나한권은 우리가 알고 있는 그런 나한권이 아니었으니까 말이야. 그리고 그는 이야기했어. 소림의 나한권에 자신의 모국 체술(體術)인 수박(手搏)을 혼합했다고 말이야. 또한 그것은 변질이 아닌 발전이라고 항변했지.”

“해동의 무예를 섞어 다른 기예를 만들었단 말이오? 그런 얘기는 나도 처음 듣는걸?”

이번엔 부춘호가 물었다. 정곽은 고개를 끄덕이며 대답없이 제 이야기만 계속했다.

"하지만 핑계가 필요했던 소림은 그를 버렸고 그 역시도 소림을 등지고 말았다. 그렇게 떠나간 공료가 세상 속에서의 공부를 마치고 십 년 만에 소림을 다시 찾았을 때, 소림의 수뇌들은 놀랄 수밖에 없었어. 왜냐고? 그의 손에서 가르치지 않아 배운 적도 없는 소림의 무예들이 쏟아지기 시작했으니까 말이야. 달마지, 금강수, 범천장, 불령선하기… 그리고 마지막엔 천수여래수로 땅을 뒤집어 올렸지."

어느새 옛이야기에 빠져 버린 어린아이들의 호기심 가득한 눈망울이 된 두 젊은이를 바라보며 정곽은 가벼이 숨결을 골랐다. 그리고 입 안에 남은 마지막 이야기들을 꺼내주었다.

"공료가 나한권을 수련할 적에 병행한 수련법이 바로 저것이다. 바로 저 친구처럼 저렇게 바위를 후려치며 수련했던 거지. 그리고 그 일이 세상에 알려지게 되면서 많은 이들이 따라 하기 시작했어. 흡사 유행처럼 말이야. 하지만 공료 이후에 저 수련법에 대성한 사람은 아무도 나오지 않았다. 뜻을 깨우치지 못한 자는 쳐도 제 손만 아픈 때문이지."

쉬지 않고 이어지던 정곽의 말소리가 아련하게 끝을 맺었다. 그러나 뭔가 미진한 구석이 남은 듯한 언두수는 또다시 의문을 말했다.

"그럼, 그 이후의 행적은 어찌 된 겁니까? 공료 성승은 자신의 모국으로 돌아간 것인가요?"

긴 이야기를 이어받듯이 이번엔 부춘호가 대답했다.

"전하는 이야기로는 잘못을 뉘우치는 소림승들의 만류에 절에 남아 후학들을 가르쳤다고도 하고 후일에는 고향을 찾아 떠나갔다고도 말한다네. 하지만 그 때문인지는 모르지만, 공료가 소림에 돌아왔을 당시 세상을 두려움과 공포로 몰아넣던 혈룡마제도 소림만은 건드리지 않고 비껴 나갔지. 물론 확인할 수 없는 일이지만 말이야."

대답을 마친 부춘호의 얼굴을 멍하니 바라다보던 언두수가 다시 세철 쪽으로 머리를 돌렸다. 돌아간 그 눈엔 많은 생각이 담겨 혼란스러워 보였다. 그렇기는 하남의 단정한 얼굴도 마찬가지였다. 그런 그들이 바라보는 세철의 구릿빛 등은 여전히 비단구렁이의 몸통처럼 꿈틀대었다.

그렇게 시종일관 일행의 시선을 등으로 외면하는 세철은 물아일체(物我一體)에 접어든 경지처럼 두 손만을 쉬지 않고 내려쳤다. 중간중간 자신의 행위에 대한 이야기들이 귓전으로 들려왔지만, 허리 높이 크기의 회색 바위를 후려치는 세철의 손은 채석장 망치처럼 여지없이 바위에만 맺혀 내렸다.

픽! 팍! 팍! 하는 분쇄음과 함께 날린 바위 가루와 조각들이 주변에 이미 수북하였다. 날카롭게 잘려 나가는 조각들은 흡사 목수의 대패질에 깎여 나가는 나뭇결의 얇은 목편처럼 주위로 비산했다.

어느덧 울퉁불퉁하고 날카롭기만 하던 바위가 공들여 다듬은 석구(石球)처럼 둥그런 형태로 모양을 잡아갔다. 땀이 말라붙어 염기로 하얗게 고착된 세철의 등이 꿈틀대던 몸통을 문득 멈춰 세웠다. 두 손은 늘어뜨린 채로 조용히 몸 앞의 바위를 내려다보며 깊은 호흡을 골랐다.

바위는 세워놓은 계란처럼 둥그런 타원의 모양을 갖추었다. 때마침 불어준 바람이 바위결을 스치자 미세한 돌가루들이 먼지처럼 날려 나갔다. 그렇게 말없이 두 손으로 다듬어 친 바위만을 내려다보던 세철의 손이 천천히 주먹을 말아 쥐었다.

그 상태로 세철의 몸이 움직임을 멈췄다. 정적 같은 잠시의 시간이 그렇게 흘렀다. 그리고 최초의 움직임은 발끝에서부터였다. 꿈틀하는 듯한 발목의 움직임과 동시에 주먹이 옆구리로 들어왔다. 곧 이어 버들잎을 밀어대는 봄바람처럼, 부드럽게 탄력을 내쏘듯이 정권이 앞을 향해 밀려 나갔다.

미풍처럼 밀어낸 주먹이 타원으로 깎인 바위의 상부 중심에 가 움직임을 멎었다. 주먹은 바위에 닿지 않고 떨어진 채였다. 두 치 정도를 떨어진 주먹이 미세하게 끝의 떨림을 보였다. 찰나 같은 그 직후에 세철은 주먹을 거둬들이고 한 발을 물러 나왔다. 그리고 막았던 숨을 틔우며 차분히 내뿜어 버렸다.

바위에 균열이 생겨난 건 그 순간이었다. 지직거리는 소리를 타고 미세한 금이 중심으로부터 수없이 생겨나더니 삽시간에 꼬리에 꼬리를 쳐 둥근 표면을 휩쓸어 버렸다. 그리고 잠시 후 거미줄처럼 이어지던 실선이 점점이 벌어지고 조각조각 흩어지며 맥없이 무너져 내렸다.

작은 먼지를 피워 올리며 무너진 바윗덩이는 흡사 엄지손톱 크기의 자갈로 이루어진 돌무덤 같았다.

물끄러미 돌무덤을 내려다보던 세철은 주먹 쥔 두 손을 올려 들여다보며 뒤를 돌았다. 시선을 떼고 앞을 보니 자신을 보는 일행 모두 입을 벌린 채 엉거주춤 일어서며 외마디를 지르고 있었다.

"어어? 어……!"

"저, 저, 저것이……."

"허엇!"

언두수와 부춘호, 하남의 순이었다. 기함하는 그들과 달리 정곽은 놀란 눈빛만을 보일 뿐이었다. 하지만 세철은 그들을 보고 있지 않았다. 비껴 나간 그의 시선은 때마침 담장가를 돌아 모습을 보이는 젊은 승인에게로 맺혀들었다.

정명이었다. 처음 오던 날 객사로 안내하던 그대로의 모습으로 다시 나타난 정명은 상기된 표정으로 일행에게 다가왔다. 어쩐지 허둥대는 듯한 그의 발걸음은 일행의 시선을 붙잡았다. 그리고 발걸음만큼 불안정한 목소리로 입을 열었다.

"아미타불! 장 시주, 지금 본 사의 대웅전 앞에서 전체의 내방객들이 모인 집회가 있을 것이오! 그곳에 참례하길 바란다는 방장선사의 전갈이오!"

평소보다 높아진 정명의 목소리를 들으며 세철은 천천히 상의를 다시 몸에 걸쳤다. 약속했던 시간이 온 것이다. 그런데 정명의 말이 조금 이상했다. 개별적인 면담이 아닌 전체가 모이는 집회라니.

"무슨 일이 있소이까?"

역시 정곽이 나서며 세밀히 캐물었다.

"그, 그게……."

정명의 광대뼈 불거진 얼굴은 자신을 보고 둘러싸듯 일어선 사람들의 표정을 둘러보며 주춤거렸다.

"왜 그러시오? 얼굴이 꼭 급체한 사람 같소이다."

언두수가 심히 이상하다는 듯 다시 물었다. 우물대며 시선을 차례로 맞추던 정명은 세철의 무쇠빛 시선을 마지막으로 고정하고 입을 열었다.

"잠시 전… 산서의 태원표국에서 사람들이 왔는데……."

"왔는데?"

머뭇거리는 정명을 언두수가 또 재촉했다.

"산서 북단의 정평(井坪)에 위치한 금검장이 멸문을 당했다 하오이다."

정명의 이야기에 잠시 동안 일행은 말이 없었다. 두 눈을 끔벅거리는 언두수는 고개를 돌려 하남을 바라보았고, 하남은 정곽과 부춘호에게로 시선을 돌렸다.

"그게 무슨 소리요? 금검장이 멸문을 당하다니?"

"무슨 일로, 흉수는 누구라 하오?"

부춘호가 흥분한 얼굴로 물었고, 정곽은 차가운 음성으로 뒤를 이어 물었다. 정곡을 짚는 정곽의 물음에 훌떡 고개를 돌렸던 정명은 애매한 표정을 만들었다. 하지만 대답은 다시 세철의 시선 속으로 눈길을 섞은 채 이야기했다.

"생존자가 있어 그 경위를 이야기할 듯하오. 그리고……."

수양 부족함을 탓할 정도로 흔들림을 보이는 정명의 시선을 받으며 세철은 옷매무새를 가다듬었다. 구멍난 듯 떨어져 나간 오른 어깨 부위가 허전했다. 하지만 삼키는 듯하다 이어져 나온 정명의 말은 세철의 허전한 온몸을 가득 메워 팽창시켰다.

"금검장에, 그대와 우리 소림이 찾던 염가의 행적이 드러난 듯하오."

세철의 두 눈이 불을 먹은 범처럼 시퍼렇게 부릅뜨여졌다.

파란(波瀾) 2

　대웅전 앞은 연무장처럼 넓었다. 흙바닥의 중앙을 가로지르는 일직선의 마당석들은 좌우의 십자로 각을 이뤄 이어지며 주변의 대소 전각들로 길잡이처럼 연결되어 흰 돌빛을 드러냈다. 그것은 마치 잘 정비된 사각의 수전(水田)과 그를 둘러싼 논두렁과도 같았다.

　그 위에 발을 딛고 모여 선 사람들은 법당 문 앞 돌 계단 위에 서서 초점없는 눈으로 사람들을 내려다보며 입을 벌리는 젊은 여인을 바라보았다.

　"모두…… 죽었습니다."

　여인의 하얀 얼굴에 서산(西山)으로 자취를 감추는 낙조(落照)의 붉은 자락이 기이하게 음영을 만들었다.

　"부군(夫君)도… 시아버님도… 무사들과 하인들과… 시중들던 열세 살 난 어린 하녀 아이까지도 모두 남김없이……."

혼이 없는 사람처럼 허공을 보며 이야기하는 여인의 옆에는 그녀의 아버지 초혼도 선우담이 불을 박아놓은 듯한 눈으로 허공을 응시하였다. 그 옆에는 법종 방장을 비롯한 그 사형제들과 독고지명을 포함한 삼신이 장승처럼 서서 중인들을 바라보았다.

여인이 말을 하기까지 많은 시간이 흘렀다. 눅눅한 아침 기운을 말리며 떠오른 해가 중천을 지나 서편으로 넘어가는 지금이 돼서야 사람들 앞에 나서 입을 벌린 것이다.

대웅전 앞에서 고집스럽고 성질 급해 보이는 청성의 공진자를 비롯한 각 파의 늙은이들이 성질을 부린 것은 당연한 일이었다. 사자와 범의 두 세력, 그리고 팽진성을 포함한 힘있는 집안의 수장들과 일반 객사에 머물며 회의에 참례치 못하던 중소문파의 대표와 명숙들도 노골적으로 불만을 표시했다.

무려 반나절이 넘도록 사람들을 기다리게 한 소림의 중들과 삼신 일행, 그리고 지금 말을 하는 선우담 부녀가 무슨 이야기를 나누었는지는 아무도 모른다.

기다리는 동안 간간이 대웅전 안으로부터 부신의 성질 내는 큰 목소리와 법향, 법성 등의 되니 안 되니 하는 음성 뒤의 불호 소리, 그리고 독고 노인의 혀 차는 소리만이 들렸을 뿐이었다.

불편한 심기를 드러내는 와중에도 사람들은 짐작했다. 아주 심상치 않은 일이 생긴 것이라고. 발표할 것이 있노라고 사람들을 모아놓고서도 저들끼리 의견이 맞지 않아 논쟁하는 상황이 그러했고, 경황없음을 보여주듯 바로 자신들을 문밖에 세워두고까지 저러한 꼴을 보여주는 것이 또한 그러했다.

짐작은 여지없이 들어맞았다. 그리고 예상외로 너무 컸다. 그 엄청난 일을 눈앞에 선 저 여인이, 초혼도 선우담의 딸이며 금검장주 유기현의 며느리인 선우일란이 이야기하고 있는 것이다.

"지옥 같았습니다……."

사람들은 그녀의 입을 주시했다.

"금빛이 허공에 날릴 때마다… 모든 게 갈라져 나갔어요……."

초점없는 그녀의 눈이 물결처럼 출렁이는 것만 같았다.

"기와가 터져 지붕이 날아가고… 기둥이 반 동강 나며 주춧돌이 부서져 숫구쳤어요……. 집과 담장은 무너지고 사람들은 종이처럼 찢어지고 흩어졌어요……. 그리고… 그리고……."

초점없이 출렁대던 그녀의 눈에서 맑은 이슬이 볼을 타고 흘러내렸다. 감정없이 기복만을 보이던 목소리도 끝이 갈라지며 분절을 보였다. 하지만 여인은 다시 말을 이었다.

"그리고… 부친을 돕기 위해 달려나가던 남편이… 금빛을 맞고… 그 악마 같은 금빛을 맞고…… 반으로 갈라졌어요!"

여인 선우일란의 흐릿한 눈에는 그녀만이 보는 무엇을 보는 듯 초점이 잡히고 있었다. 하지만 눈물은 여전히 흘러내렸고, 움켜쥔 두 손과 바닥을 디딘 두 다리는 애처롭게 후들거렸다.

"그놈이! 염왕 같은 그놈이…… 시아버님을 해치기 전에 얘기했어요! 그 옛날 태실봉에서 자신의 조부를 사람들이 해쳤다구요! 그리고 자기의 이름이 염차수라구요!"

마지막 말은 발악처럼 터져 나왔다. 그리고 여인 선우일란은 제자리에 허물어지듯 주저앉아 울기 시작했다.

"염차수라니? 그자가 대관절 누구요?"

공진자였다. 곧바로 질문을 던진 그 얼굴을 선우담이 불붙은 듯한 눈으로 쏘아보았다. 그리고 입을 벌렸다. 하지만 말은 자신의 딸을 향해서였다.

"너는 물러가 취아(翠兒)를 돌봐라!"

선우일란의 몸이 꿈틀, 놀라서 사레들린 사람처럼 출렁댔다. 선우담은 또다시 소리쳤다.

"어서!"

선우담의 서슬에 실성한 사람처럼 흐느껴 울던 선우일란이 휘청대며 일어섰다. 곧바로 법당 안으로 흔들리는 걸음을 옮겨 자취를 감추었다.

선우담은 딸의 뒷모습에서 시선을 돌려 공진자의 얼굴로 눈길을 꽂아 넣었다.

"누구냐고 물으셨소이까?"

흔들리는 선우담의 수염처럼 날이 바짝 선 물음이었다. 공진자도 미간을 찡그리며 대꾸했다.

"그렇소! 그자가 대체 누구이길래 그런 짓을 했으며, 사람을 해쳤다는 금빛은 무엇이고, 또 태실봉의 이야기는 무엇이외까?"

공진자를 바라보는 선우담의 눈길이 한결 더 짙은 색을 띠어갔다. 입은 곧바로 벌어졌다.

"그는… 팔십여 년 전에 무림에 피바람을 일으키다 태실봉에서 협살당한 염일교(閻一巧)란 공장이의 조손(祖孫)이오! 그리고 살인 금빛! 그것은 바로 혈리표를 말하는 것이오이다!"

부르짖는 듯한 목소리가 사람들의 귓전을 때리고 멀리멀리 퍼져 나갔다. 더불어 불똥 튀기는 반응은 요원의 불길처럼 즉각적으로 일어났다.

"뭐, 뭐, 뭣이라고?!"

"아니, 그게 무슨!"

"무슨 소리야, 혈리표라니?"

아는 사람은 크게 소리쳤고 모르는 자는 뒤를 이어 물었다. 하지만 곧바로 대웅전 앞에 모여 선 사람들은 끓는 물처럼 부글거렸다. 그 속으로 한줄기 불호가 차가운 빗물처럼 내려앉았다.

"나무아미타불 나무관세음보살(南無阿彌陀佛 南無觀世音菩薩)!"

법종 방장이었다. 모두의 머리 속에서 울려대는 것 같은 그 음성에 중인들은 서로를 돌아보던 황망한 시선을 한 군데로 모았다. 법종은 그 모든 시선을 향해 깊숙이 합장을 보였다.

눈을 감은 법종은 자신을 보는 사람들의 시선을 느낄 수가 있었다. 하지만 지금, 자신이 어떠한 우주의 섭리에 의해서 이 자리에 서 있게 된 것인지, 어느 인연의 사슬에 얽혀 저들을 바라보고 서 있는 것인지 백여 세에 이르도록 수행정진한 불도로도 진정 알 수 없었다.

자신의 입에서 습관처럼 튀어나온 염불 소리.

나무아미타불 나무관세음보살.

아미타불의 사랑을 실천하는 관세음보살에게 나를 의탁한다고 염불한 뒤, 그 윗분인 아미타여래에게 귀의한다는 염불이다. 내 몸과 마음을 모두 부처님께 맡기고 모든 것을 믿고 드린다는 뜻이다.

또한 그것은 서방극락 정토의 부처이신 아마타불의 이름만 염송(念誦)하여도 부세(浮世)에서 지친 영혼을 극락의 세계로 인도해 줌을 바라는, 믿음과 기원을 담은 소리이다.

하지만 과연 자신은 그러한 귀언(貴言)을 입에 담을 자격이 있는 것인가? 세존의 제자를 자처하며 홍진속세(紅塵俗世)의 사람들에게 부처를 권고할 주제가 되는 것인가?

여인의 참담한 울음소리가 아직도 귓가에서 천둥처럼 메아리친다. 의구스럽고 후회스럽다. 지나온 세월이 덧없고 허망스럽기만 하다.

티끌 같은 진세(塵世)의 인연과 홀씨에 매이고 매달려 허우적대며 일희일비하는 저 중생들. 저들은 과연 무엇을 바라고 이 자리에 모여 선 것이고, 과연 자신은 무엇을 주기 위해 이 자리에 있는 것인지……

'시작없이 불었다 갈 곳 없이 스러지는 바람과 같은 것이로다. 사숙… 광조 사숙만 아니 계시어도 내 마음이 조금은 편할 것인데…… 허어! 불경불의(不敬不義)한 마음이로구나. 아미타불.'

법종은 스스로의 마음에 스머드는 심마를 경계하며 합장한 두 손의 염주를 간절히 헤아려 나갔다. 그리고 그때, 숙여진 그의 고개를 들려 세우는 목소리가 날카롭게 들려왔다.

"방장! 어찌 된 전말인지 자세히 들어야 할 것 같구려!"

짐작대로 공진자였다. 그의 주위로는 먹이를 본 삵의 눈들처럼 중인들의 눈동자가 빛을 뿜었다.

법종은 그들의 얼굴을 차례로 둘러보았다. 감당할 수 없는 열기가 그들의 몸으로부터 사방으로 뻗치는 것만 같았다. 주위는 이미 어둑해져 바라보는 얼굴들의 음영이 불분명해지고 있었다.

법종은 조용히 입을 벌렸다.

"등에 불을 밝혀라."

나직한 음성이 울리자 대웅전의 옆으로부터 모습을 드러낸 행자승들이 불씨를 가지고 와 대웅전으로 오르는 계단 양 옆의 석등(石燈)에 불을 밝혔다. 연이어 마당석이 깔려 돌아 나가는 주변의 석등에도 불을 밝혔고, 손에 든 지등(紙燈)에도 차례로 불을 넣었다.

휘뭉한 빛이 점점 어두워져 가는 대웅전 앞의 전경을 밝혔다. 그 속에서 법종 방장은 자신을 바라보는 중인들을 향해 무거운 입을 열었다.

"예전의 그 일을 들어서라도 모두가 알고 계실 것이오. 그때에 태실봉에서, 염일교라는 공장이는 손을 합친 무림명숙들과 본 사의 선사이신 현각 사조님에 의해서 죽음을 맞았소이다. 참으로 끔찍했던 일이었지요."

"허어! 이보시오, 방장! 그건 모두가 아는 얘기고! 그런 이야기를 하실 때가 아니질 않소이까?"

공진자가 한 발을 성큼 나서며 법종의 말을 잘랐다. 날카롭게 미간을 치켜뜬 그는 법종의 옆쪽에서 수염을 꿈틀대며 목자를 부라리는 악중산의 시선에도 아랑곳 않고, 또다시 칼날 같은 말을 뱉어냈다.

"지금 중요한 것은, 어째서 그 후대가 백여 년이나 가까이 지난 지금에 느닷없이 나타난 것이며, 또 완전히 파괴된 것으로 알려졌던 혈리표가 어떻게 다시 등장을 하게 되었느냐 하는 것이 아니겠소?"

"그렇소이다! 세상을 알기도 전의 일이었지만, 그 당시에 소림에서는 혈리표가 완전히 파괴되었다고 발표를 했다 들었소! 이 일에 어떤 곡절이 있는 것이지, 또 우리가 알아야 할 것이 있는지 그것을 밝혀야 할 것이외다!"

덧붙여 말을 보태는 자는 공동의 정양 진인이었다. 법종은 그들을 보며 고개를 끄덕거렸다.

"지금부터 그 이야기를 하고자 하오."

평온히 들려 나오는 법종의 음성에 결기를 올리던 공진자 등이 한풀 기세를 꺾으며 가라앉은 눈빛으로 주시하였다. 차분히 염주를 헤아리던 법종은 곧 다시 말했다.

"혈리표를 만들어 무림에 피바람을 일으켰던 공장이에겐 젊은 아낙이 있었소이다. 그 일이 있던 당시 아낙은 수태를 한 중이었고, 그 여인을 우리 소림이 거두어들였소."

법종의 이야기에 바라보던 공진자를 비롯한 모두와 무당의 두 늙은이 고운자와 고학자의 눈빛도 예사롭지 않게 빛을 보였다. 다만 사자와 범의 무리들만이 조용히 듣고 있을 뿐이었다.

"아낙은 제민원에서 아이를 낳았소. 그리고 아이에게 젖을 물린 지 하루 만에 흐르는 피를 멈추지 못하여 운명을 했소이다. 그 아이를 소림에서, 아니, 제민원에서 맡아 길렀소."

말을 하던 법종은 잠시 제 손 안에서 굴러가는 염주알에 시선을 주었다. 하지만 따갑게 박히는 사람들의 시선을 느끼며 곧 다시 말을 이었다.

"그 아이가 자라서 늦은 나이에 여인을 맞아 일가를 이루었소. 곧 후사가 생겼으나 태어난 아이가 열두엇이 되던 해에… 불의한 사고로 내외가 모두 죽음을 맞고 말았소. 아미타불! 그것은 정말 불의(不意)한 일이었소……."

불호와 함께 법종의 말은 또다시 끊어졌다. 그때에 나직한 도호가 한쪽에서 터져 나왔다.

"원시천존(元始天尊)! 원시천존!"

무당의 고학자였다. 이제껏 말이 없이 고요하던 고운자와 그가 법종을 바라보며 입을 열었다.

"방장 도우, 하면 그 아이가 원흉이란 말씀이오? 이해가 가질 않소이다. 소림의 영역 안에 있던 아이가 어찌해서 흉도가 되어 나타난 것이며, 또한 석년(昔年)에 공장이의 아낙은 실종이 된 것으로 알려졌었소만, 그 여인조차 소림이 보호하고 있었다 하니……."

고학자의 질문에 법종의 옆으로 선 법향과 법성, 그리고 법진의 얼굴빛이 해쓱해졌다. 그들의 뒤와 옆에 섞여 서 있는 삼신과 독고지명은 시종일관 못마땅한 표정과 눈초리로 이리저리 심통맞게 쳐다보았다.

법종은 고학자의 얼굴을 바라보며 나직한 불호와 함께 다시 입을 열었다.

"아미타불…… 아이는… 제 어미 아비의 죽음이 있은 다음날 제민원에서 사라졌소이다. 그리고 참사가 있을 당시 공장이의 아낙은……."

"방장!"

법종의 말은 또다시 칼을 친 것처럼 끊어져 나갔다. 느닷없이 소리치며 끼어든 자는 무리 속에 있었는지조차 알지 못했던 당가의 인물, 천수비천 당무호였다.

"그런 옛얘기보다도 소멸되었다던 혈리표가 어찌 다시 세상에 나타나게 된 것인지를 말씀하시는 게 우선인 듯 생각되오이다!"

공진자를 포함한 모두의 눈이 당무호의 표범 같은 이목에 머물다가 고개를 크게 끄덕이며 법종에게로 돌아갔다. 올 것이 왔을 뿐이라는 듯 담담하게 받아들이는 법종은 끊겼던 말을 다시 선선히 꺼냈다.

"그때에 태실봉에서 두 개의 혈리표 중 하나가 현각 사조의 가슴에 박힌 채로 발견되었소이다."

"뭐, 뭣이?"

"그, 그런 일이!"

공진자와 정양 진인이 동시에 소리쳤다. 법종은 또 얘기했다.

"아무도 생존한 사람이 없었던 관계로 그 일을 아무도 알지 못했소이다. 그리고 소림은…… 그것을 지난 세월 동안 보관해 왔소이다.”

“이런, 세상에! 어찌 그런 막대한 일을 감쪽같이……!”

“허어어! 소림이, 대소림이…….”

탄식이 터져 나왔다. 아니, 탄식을 가장한 비난이 맞을 것이다. 중인들은 그렇게 술렁거렸다. 그리고 곧바로 성토의 목소리를 토해내었다.

“도대체 무슨 의도로 소림은 세상을 기만한 것이오이까?”

또다시 공진자다. 그리고 짝처럼 정양 진인이 뒤를 이었다.

“설마 하니 그 귀물을 가지고서 다른 마음을 품었던 것은 아니오이까?”

말을 들은 법성과 법향, 법진의 얼굴이 시퍼렇게 굳어들었다. 터지기 직전의 그 얼굴들을 제치고, 등 뒤에 커다랗게 솟은 철탑처럼 서 있던 악중산의 입이 천둥을 터뜨렸다.

“크아아아아악! 퉤에!”

하늘로 머리를 들고 짐승처럼 목청을 돋우던 악중산이 벼락처럼 고개를 숙이며 침을 뱉어 던졌다.

철푸덕 소리를 내며 누렇고 진한 가래침이 빗살처럼 대웅전 앞 계단 아래의 바닥으로 떨어져 내렸다. 그 앞이 바로 공진자와 정양 진인이 서 있는 곳이었다.

발 앞에 떨어진 가래침을 보는 두 사람의 미간이 일그러지고 얼굴이 노랗게 물들어갔다. 곧바로 부신의 목소리가 벽력처럼 들려 나왔다.

“이런, 천하에 개제기랄거! 말이면 다 말인 줄 아나? 천하의 소림이 뭐가 아쉬워서 그런 꽁수를 쓰겠냐 말야! 엉? 더구나 냄새나는 땡중들이 말이야!”

쩌렁쩌렁한 목소리가 대웅전 앞에 모인 수십의 사람들 귀청을 때려 흔들었다. 하지만 흥분하는 악중산의 안면에도 벼락이 떨어졌다.

"야이, 등신 겉은 자식아! 기껏 한다는 말이…… 에유, 내가 않느니 죽지, 죽어!"

손을 쳐 올리는 독고지명이었다. 부신은 손 그림자에 눈을 깜박대며 뒷걸음을 했다.

"아, 왜요? 내가 틀린 말 했소?"

버럭대는 악중산의 얼굴을 보던 독고지명은 고개를 돌리고 들었던 손을 휘휘 털었다.

"에라이, 그래, 너 잘났다! 니 팔뚝 굵고 니 똥도 굵다, 이 자식아!"

포기하는 것처럼 외면해 버리는 독고지명의 태도에도 아랑곳없이 악중산은 공진자와 정양 진인 등을 무섭게 노려보며 입을 벌렸다.

"똥 묻은 개새끼가 겨 묻은 강아지새끼 나무란다고 말이야! 저희들이 그런 말 할 처지냐 이 말이지, 내 말은!"

"뭣이라고? 이보시오, 악 대협! 그게 무슨 소리요, 지금!"

"갈! 삼신의 위세를 빌어 지금 우리를 욕보이자는 것이오!"

공진자와 정양 진인이 붉은 얼굴을 들이대며 발끈하여 소리쳤다. 또한 법종의 사형제들도 안면이 붉어진 건 마찬가지였다. 양쪽 모두를 개로 빗댄 악중산의 비유는 적절하지 못했던 것이다. 하지만 본인은 아직도 알지 못했다.

"이런 제길! 꼬우면 앵앵대지 말고 붙으면 될 거 아니야!"

한마디 더 보탠 부신의 호전적인 말에 두 사람의 얼굴은 독살스럽게 변해갔다. 그런 상황을 지켜보는 중인들은 편치 않은 표정으로 장내를 주시하였다. 하지만 그 사이를 비집고 나온 한 목소리에 상황은 일단

락되었다.

"이제 그만!"

왜소한 체구에 시퍼런 칼날 같은 눈빛을 뿌리는 도신 최홍결이었다.

"쓸데없는 말들은 그만 지껄이고, 장문인의 말을 마저 들읍시다!"

단호하고도 싸늘한 음성이었다. 부신은 체! 하며 고개를 돌렸고, 공진자와 정양 진인 등은 마지못한 듯 표정을 수습했다. 그럴 수밖에 없는 것이, 말을 한 자가 다름 아닌 도신 최홍결이기 때문이었다.

도신의 정리 속에 사람들은 흐트러졌던 눈길을 법종에게로 다시 모았다. 법종은 도신에게 잠시 시선을 주고는 곧 다시 이야기를 시작했다.

"말하기 힘든 부분이 있긴 하나 소림에 숨은 뜻은 결코 없소이다. 혈리표를 보관했던 건 그 흉악한 무기가 세상 속에 해를 끼치는 것을 방비하고자 함이었고, 그 일을 감추어온 것은 불필요한 오해와 분쟁을 미연에 막기 위함이었소."

"한마디 묻겠소!"

둔중한 또 한 목소리가 가로지르고 나왔다. 법종은 참으로 말하기 힘든 날이라고 생각했다. 그리고 이번에 말을 넣은 사람은 누구인가 궁금해하며 시선을 돌렸다.

법종뿐 아닌 장내의 모든 사람들이 굵고 나직한, 그러나 무엇보다 또렷한 목소리의 주인을 찾아서 시선을 뒤로 돌렸다. 상대는 젊은 남자였다.

석등 불빛 속에 검고 커다란 그림자를 너울대며 서 있는 사내. 검은색 무복에 회색 바랑을 한쪽 어깨에 걸쳐 등으로 걸머멘 구릿빛 얼굴의 사나이. 사람들은 알 수 있었다. 그는 철비철각호였다.

모습을 드러낸 오전부터 지금까지 제 일행과도 이야기 한마디 나누지 않던, 그러나 못내 신경 쓰이고 가슴 한구석에 체증이 변한 돌처럼 존재를 무겁게 각인시킨 그가 이제 입을 연 것이다.

중인들은 침을 삼키며 세철을 바라보았다. 그에 화답하듯 고집스런 성정과 철혈의 의지를 담아 보이는 것 같은 그 입술이 천천히 다시 벌어졌다.

"그자는 소림에 혈리표가 있다는 것을 어찌 알았소?"

의미심장한 눈으로 바라보던 법종의 눈썹이 꿈틀, 파동을 쳤다. 세철을 보던 사람들의 눈에도 반짝 빛이 어렸다. 모두가 새로운 사실을 깨우친 표정으로 황급히 법종에게로 시선을 돌렸다.

법종은 솟구쳤던 미간을 바로 하며 희미하게 입을 열었다.

"그것은…… 우리도 모른다네."

법종의 힘없고 불분명한 대답 소리에 중인들은 또다시 술렁거렸다. 모른다니, 그것은 말이 되지 않는 소리였다. 소림의 그늘에 있던 아이가 소림이 숨겨오던 것을 가져간 것이다. 이 일에는 분명 또 다른 내막이 있는 것이다. 그리고 그것을 소림은 말하지 않는 것이다.

중인들은 법종과 그 사형제들의 침중한 얼굴을 보며 각자의 짐작을 떠올렸다. 그리고 그때, 천수비천 당무호가 또다시 끼어들었다.

"혈리표는 원래 두 개가 한 쌍으로 알고 있소만, 그자가 나머지 하나를 만들었을 가능성은 없소이까? 혹여 제작법도 함께 소림에 있다가 유출된 것은 아니냐는 말씀이오이다."

당무호의 표안(豹眼)을 바라보던 법종은 순간, 검은 유령처럼 서 있는 세철에게로 시선을 박았다. 하지만 곧바로 수습하며 삼신과 독고지명, 자신의 사형제들과 선우담에게로 차례차례 눈길을 주며 습관처럼 불호를 외웠다.

"아미타불······."

그 모습을 당무호의 파란 눈이 유심히 살펴보았다. 특히 세철에게로 향했던 눈길을 이채롭게 기억하였다. 그리고 그렇기는, 무심한 듯 장내의 모든 상황을 빠짐없이 바라보는 심학수의 눈도 마찬가지였다.

법종은 다시금 자신의 말을 기다리는 사람들에게로 시선을 주며 입을 열었다. 하지만 법종의 말은 또다시 이어지지 못하고 끊기고야 말았다.

"혈리표의 제작 기법이 담긴 책자는 이미 예측된 것처럼······."

"불이야!"

"불이다!"

둥. 둥. 둥. 둥. 둥.

갑자기 들려온 경내의 법고 소리와 고함치는 승려들의 거센 목소리가 밤하늘을 메아리쳐 울렸다. 소리의 근원을 찾아 사람들이 사방을 둘러볼 때, 대웅전의 동쪽으로 치우친 내부의 담장 너머에서 불꽃이 밤하늘로 솟구쳐 올랐다. 장경각이 있는 방향이었다.

"아니, 저, 저런! 사형! 장경각이 타고 있소이다!"

법성이 경황없이 소리를 질렀다.

"어? 저거 갑자기 웬 불이야?"

악중산은 커다래진 눈으로 쳐다보며 성큼 발을 떼었다. 그사이 불을 발견한 법진과 법향은 바람처럼 몸을 날렸다. 하지만 불을 향해 달려가는 그들에게 법종과 독고지명은 동시에 소리를 질렀다.

"사제, 그쪽이 아니다!"

"칼이다!"

그 소리는 경황없는 사람들의 가슴속에 찬비처럼 깨우침으로 내려
앉았다.

제일 먼저 소리친 독고지명과 삼신이 귀신처럼 몸을 날렸다. 장경각
으로 뛰던 법진과 법향도 방향을 꺾어 서쪽으로 신형을 날렸다. 그리
고 그 뒤를, 모여 섰던 장내의 인물들이 흩어지는 철새의 무리처럼 뒤
를 따라 날아올랐다.

말해 준 적이 없건만, 뒤를 좇아 앞서 나가는 사람들은 목적지가 분
명해 보였다. 그들이 가는 곳은 바로 칼이 보관되어 있는 장소인 향화
당이었다.

사람들이 모였다 흩어진 자리에는 아무것도 남지 않았다. 다만 검은
말뚝처럼 제자리에 박혀 서 있던 세철만이 대웅전의 계단 위에 서 있
는 법종과 그 옆에서 사람들의 뒷모습을 좇는 선우담의 긴장한 얼굴을
주시할 뿐이었다.

법종과 서로를 마주치던 묵직한 시선을 세철은 느닷없이 신형을 돌
려 세움으로써 거두었다. 그리고 걸음을 옮겨 자리를 떠났다. 그 뒤를
정곽과 일행이 뒤따랐고, 법종의 눈길은 계속해서 뒤를 붙었다. 모두
가 시야에서 사라질 때까지.

향화당(香火堂)에 칼을 보관하기로 한 것은 처음부터 계획된 일이었
다. 혹시라도 소림을 상대로 그럴 일은 없겠지만, 만약에 있을지 모를
사태를 방비하기 위함이었고, 사람의 발길이 제일 빈번하고 누구라도
허술히 생각하는 허를 찌름이었다.

일 년을 하루같이 향화객들의 발길이 닿고 손때가 묻는 향화당. 비
록 작금에 맞이한 특별한 일을 계기로 일반인들의 향화 참배를 금하는

중이었지만, 누구도 특별히 생각하지 않는 그곳에 칼을 보관하고 주변의 보이지 않는 곳에서 십팔나한이 경계함으로써 세인들의 이목을 흐린 것이다.

그곳이 귀신같이 뒤짐을 당했다. 향대 아래의 향합 속에 의심 가지 않도록 넣어두었던 칼이 없어졌다. 보이지 않는 요소에 매복해 있던 십팔나한은 모두가 쓰러진 채 의식을 잃고 있었다. 담장 앞의 수풀 속, 마루 아래의 초석 옆, 내부의 천장 아래를 가로지르는 보위에서도 모두.

잠자는 것처럼 쓰러져 의식을 잃은 그들의 상세를 제일 먼저 살핀 것은 당무호였다. 그가 말한 한마디는 명확했다.

"십일몽(十日夢)이오!"

십일몽. 무색 무취한 몽혼약. 한번 중독되면 십 일을 내리 잠 속에서 깨어나지 못한다는 독약 아닌 독약. 독의 조종(祖宗)으로 불리는 당문에서조차 삼 년 전에야 겨우 해약을 만들어낸 불가해한 수면제.

그것은 단 한 사람의 독문표식과도 같은 것이었다. 지난 이십 년래 중원무림의 밤을 지배해 온 밤귀신 같은 어둠의 황제.

바로 귀영투(鬼影偸)였다.

십일몽의 흔적은 청동 향로 속에서 발견되었다. 그것이 지키는 십팔나한의 경계를 뚫고 어찌 그 속에서 향과 함께 피워 올랐는지는 아무도 알 수 없었다. 다만 한 가지, 십일몽의 주인이 귀영투라는 것에만 고개를 끄덕일 뿐이었다.

"얼마나 지났소이까?"

대웅전 앞에 모였던 모든 이들이 다시 향화당 앞에 모여 붉은 눈동자들을 치켜뜬 중심에서 심학수가 물었다.

휘뜩 표범 눈알을 치켜세운 당무호는 심학수를 바라보았다. 그러나 그 눈길은 이내 빈 소매를 떨고 있는 법진과 법향, 삼신 등에게로 돌아갔다.

궁신 김영주가 다시 물었다.

"약효가 시작되고 얼마가 지났는지 말해 보시게."

당무호는 궁신보다도 그 옆에서 거친 호흡을 내뿜으며 불 맞은 멧돼지처럼 눈알을 사방으로 부라리는 악중산을 보며 입을 열었다.

"정확히 양을 맞춰 숨어 있던 십팔나한 모두에게 미칠 만큼, 향과 함께 타올라 그 시간만큼을 피워댔으니 대략 두 식경 정도가 지난 듯합니다."

당무호의 말이 떨어지자 모여 선 군웅들의 눈빛에 푸른 전광 같은 빛들이 사납게 맴돌았다. 눈빛의 의미는 곧 나타났다. 제일 먼저 청성의 공진자가 헛기침을 내뱉으며 입을 열었다.

"케헴! 때 아니게 소림에서 식객 노릇을 한 것도 송구한 마당에 불행한 일을 보게 되고 말았구려. 더 이상 신세를 지는 것도 예의가 아닌 듯하니 본도는 이만 작별을 고할까 하오이다."

바라보는 법향과 법성, 그리고 법진의 표정과 답례도 살피지 않고 공진자는 돌아섰다. 모두의 시선을 등으로 받은 그는 공동의 정양 진인이 말릴 사이도 없이 바람처럼 산문을 향해 달려갔다. 그 모습은 마치 부모의 부고(訃告)를 전해 들은 경황없는 자식의 발걸음처럼 분주했다.

작별의 인사는 줄을 이었다. 슬금슬금 눈치를 살피며 떠나간 공진자의 등을 보던 정양 진인이 똑같은 절차와 방법으로 장내를 빠르게 떠나갔다. 연이어 꼬리를 문 것처럼 점창과 종남도 황급히 떠나가고, 중

소문파의 사람들이 작별 인사를 던지고 황망하게 떠나갔다.

팽가의 가주 팽진성과 무극도문주 이선경도 정중한 인사를 표하고 등을 돌렸다. 모두가 없던 급사(急事)가 갑자기 생긴 사람들처럼 가버렸다. 이제 장내에 남은 사람은 사자철기맹의 인물들과 당무호, 묵호련의 사람들뿐이었다.

뻔히 속셈이 보이는 이탈자들의 뒷모습을 보며 악중산이 소리를 질렀다.

"이런, 개후레자식들! 이젠 볼장 다 봤다 이거지! 카힉! 퉤! 드런 누무 자식들아! 네놈들은 삼대가 뒷간에 빠져 허우적델 게다!"

욕설과 침을 내뱉은 악중산은 침중한 얼굴빛의 법진 사형제와 제 형제인 도신 등을 보며 말을 꺼냈다.

"어찌허우? 우리도 빨리 찾아 나서야 하잖우?"

그러다가 유유자적 서 있는 사자철기맹의 심학수와 이백, 조강을 흘깃 쳐다보며 말을 걸었다.

"어? 거기는 왜 안 가는 거여? 뭐, 아직도 볼일이 남았남?"

악중산의 대거리에 무심한 눈빛으로 장내를 주시하던 심학수는 조용한 미소를 지으며 입을 열었다.

"가고는 싶지만, 며칠간 끼친 폐례에 대한 인사도 못 드렸고, 또 몇 가지 께름칙한 것들이 마음에 걸려 발걸음이 쉬 떨어지지 않는군요. 모쪼록 부신께서는 본 맹이 탐탁지 않으시더라도 너그러이 보아주시길 바랍니다."

흠잡을 데 없이 매끄럽고 여유로운 심학수의 응대에 악중산은 콧방귀를 뀌었다.

"킁! 그 자식, 안개 속을 본다더니 사람 속을 뒤집어 본 것처럼 시원하게 꿰는구나."

심학수는 여전히 미소를 보였다. 그 모습에 재미없어 고개를 돌린 악중산은 다시 제 의형과 독고지명을 보며 재촉했다.

"아, 빨리 안 나설 거요? 아무리 우리지만 잡놈들이 저렇게 설치는데 어쩌려고 늦장이오."

도신과 독고지명은 부신을 보고 있지 않았다. 그렇기로는 묵호련의 권신 혁창해도 마찬가지였다.

그들의 눈은 여유롭게 웃고 있는 심학수에게 맺혀 있었다.

"몇 가지 꺼름칙한 것이라 했는데, 그것이 무엇인지 우리에게 말해 보겠는가?"

도신이 심학수에게 물었다. 어리둥절한 악중산의 표정을 제외하곤 장내의 모든 인물들이 수려한 그 얼굴을 바라보았다.

"하하하! 그저 식견 짧은 저의 몇 가지 궁금함일 뿐입니다. 귀담아 들으실 만한 변변한 이야기가 아니올시다."

유연하게 겸양을 보이는 심학수의 웃음은 시원했다. 하지만 웃는 얼굴과 달리 그 눈동자는 깊은 색깔이 일렁거렸다.

"생각해 보니 본 맹 역시도 작별의 말씀을 드릴 때가 된 것 같습니다. 적절하지 못한 시기에 찾아와 또 적절하지 못한 때에 떠나감이 송구합니다만, 모쪼록 소림의 대사님들과 무림의 선배님들께선 허물치 말아주시기를 바랍니다."

질문에 대한 대답을 흐린 심학수도 느닷없이 작별을 고했다. 그 모양을 도신과 권신 등이 시린 눈길로 바라보았으나, 여전히 매끄러운 언사의 심학수는 마지막 말을 던지고 등을 돌렸다.

"가까운 시간 안에 다시들 뵙게 되겠지요. 그럼 이만."

목례를 보인 후 돌아서 쥘부채를 펴서 가볍게 흔들며 산문 쪽으로 걸어가는 심학수와 그 일행의 뒷모습을 보며 악중산이 심통스럽게 중얼댔다.

"저 자식 저거, 은근히 재수없네그려."

악중산처럼 떠나는 자들의 뒷모양을 보던 도신이 궁신 김영주를 향해서 물었다.

"네 생각은 어떠냐?"

궁신은 도신의 물음에 대답없이 제각(祭閣)처럼 독채의 건물로 들어선 향화각의 건물을 중심으로 주변을 둥그렇게 한 바퀴 돌아보았다. 눈길의 자취가 쫓은 것은 숨어 있던 십팔나한이 십일몽에 취해 쓰러진 장소였다. 원점으로 돌아온 그 입이 조심스럽게 의견을 말했다.

"흔적이 너무 확연합니다. 제가 알기로 귀영투라는 인물은 자취를 남기지 않기로 유명한 자입니다. 마음만 먹으면 황궁조차도 하룻밤에 수십 번씩 드나든다는 자의 소행치고는 너무 번잡합니다. 그자의 이야기는 우리 형제가 세상을 등질 무렵부터 유명했지요."

도신의 예리한 얼굴이 고개를 끄덕였다.

"맞습니다. 일일이 십팔나한의 모두를 잠들게 할 만큼 그의 능력은 작지 않습니다. 그런데 마치 보여주기라도 하는 것처럼 요소요소에 숨은 모두를 찾아내서 잠재웠습니다. 이것은 마치 내가 훔쳐 갔으니 날 쫓아와 봐라 하며 말하고 있는 것 같군요."

거들고 나선 이는 곤제 이태였다. 권신이 그에게 다시 물었다.

"그럼 무중신안이란 놈이 말한 께름칙한 것이란 게 무엇인 것 같으냐?"

이태는 궁신과 눈길을 맞추더니 다시 입을 열었다.

"문제는… 시간인 듯싶습니다. 십일몽이 피어오른 두 식경이면 웬만한 무인들도 절 밖을 완전히 벗어날 시간입니다. 하지만 지금 이곳은 담장 밖의 모든 곳이 사람들로 막혀 있습니다. 물론 그자에겐 그런 것들이 소용없는 일이겠지만, 저라면 번잡함을 피하겠습니다."

"그래서 어쩐다고?"

부신이 내지르듯 물었다. 이태는 불길이 잡혀 사그라져 가는 장경각 쪽으로 시선을 주며 다시 말했다.

"이목을 돌리기 위해 불까지 질렀습니다. 하지만 우리 중의 누구도 그것이 계교라는 것을 아는 데 혼동을 가지지 않았습니다. 즉, 너무도 뻔히 보이는 수작이라는 겁니다."

"그렇다면 놈은 그것마저도 계산한 의도적인 것이란 이야기냐?"

권신의 물음에 이태는 고개를 가볍게 끄덕이며 입을 벌렸다. 하지만 그보다 앞서 말을 꺼낸 자는 독고지명이었다.

"말한 것처럼 놈은 제 도망을 알리고 싶은 게로구나. 거기다 소란 속에서 제 종적을 쫓아 사람들이 흩어지기를 바랬겠지. 어느 놈이라도 칼이 소림의 담장 밖에 있다면 물지 않고는 못 배길 테니까."

"어참! 그래서 대관절 놈이 칼을 갖고 어디로 튀었단 말요?"

악중산의 불퉁스런 물음에 독고지명은 파랗게 빛나는 눈길을 돌려 향화당을 바라보았다. 열려진 문 안쪽에는 청동 향로가 중앙에 보이고, 그 뒤로 좌불을 모신 불단이 놓여 있었다.

독고지명은 퍼런 눈길로 불상 아래에 사람의 앉은 키만큼 좌대로 솟은 불단을 노려보며 음산하게 입을 벌렸다.

"앞서 말한 대로 놈이 노린 문제는 시간이지. 그런데 놈은 도망치는 시간보다는 기다리는 시간을 택한 것 같구나! 그리고 우리를 너무도 허술히 본 모양이로구나!"

그 순간 불상이 반쪽으로 쪼개지며 불단이 사방으로 폭발하듯이 터져 나갔다.

콰아아아!

그 중앙에서 뭔지 모를 검은 그림자가 파편처럼 솟구치며 지붕을 뚫고 날아올랐다.

그와 동시에 도신의 거종도가 거대한 날을 허공으로 그어 올렸다.

부아아아아!

칼끝에서 터져 나간 회청색의 빛무리가 지붕 터진 향화각의 기둥을 갈라 올리며 밤하늘을 반쪽으로 갈랐다.

그 거대하고 강렬한 가름의 궤적 속에 밤 그림자의 몸이 잠시 걸렸다. 꿈틀, 하고 밤하늘의 공기가 요동질하는 느낌 속에서 그림자의 일부가 떨어져 나갔다. 곧바로 그림자도 추락했다. 그러나 떨어지는 듯하던 그림자가 담장 옆의 노송 가지에 출렁하고 걸려 버렸다.

어어! 하는 부신의 외침 속에서 그림자는 가지를 튕겨 올리고 화살처럼 쏘아지며 담장 밖의 어둠으로 날아갔다.

"이놈!"

큰 고함 소리를 지르는 법진이 제자리에서 한 바퀴 맴을 돌아 전진해 왼발로 진각을 디디며 주먹을 내질렀다.

슈하학!

펑!

폭죽 터지는 소리와 함께 놈이 걸쳤던 노송의 몸통이 산산조각으로 터지며 흩어져 버렸다. 하지만 놈의 종적은 이미 어둠 속으로 사라져 보이질 않았다.

"사대금강은 목인방(木人房)의 제자들을 이끌고 놈의 행적을 쫓아라!"

주먹도 거둬들이지 않은 법진이 허공에 대고 소리쳤다. 곧바로 그의 몸도 바닥을 차고 허공을 날아올랐다. 그 뒤를 따라서 향화당의 주변 곳곳에서 젊은 승인들이 나타나 몸을 던졌다. 악중산은 급한 마음을 드러내며 소리쳤다.

"같이 가자구!"

거구의 악중산이 도끼를 휘두르며 담을 타 넘고 사라지자 독고지명이 고개를 가로저으며 입을 열었다.

"에휴, 또 심신이 고단하게 생겼구나. 가자."

흰 수염을 날리며 독고지명이 나서자 그 뒤를 따라 도신과 궁신, 그리고 권신과 곤제가 차례로 담장을 넘었다.

장내에 남아 경황없이 담장을 넘어간 사람들의 뒷모습을 보는 법성과 법향은 침중하게 불호를 외웠다. 그런 그들의 옆에선 혼절한 십팔나한의 상세를 살피는 당무호가 표범눈을 밝히고 한곳을 바라보았다.

당무호의 눈길이 멎은 곳에는 사람의 것이 분명한 팔 한쪽이 부서진 노송의 곁에서 뒹굴고 있었다.

밤은, 피 흘리는 팔을 바라보는 당무호의 눈알처럼 점점 더 짙고 어두워져만 갔다.

파란(波瀾) 3

"아저씨."

산문을 향해 나가는 도중, 갑자기 들려온 작은 목소리에 세철은 옆을 돌아보았다. 낯익은 계집아이가 절간 건물의 처마 밑에서 걸어나왔다. 어둠에 물든 계집애의 얼굴은 곧 알아볼 수 있었다. 미령이었다.

"네가 웬일이냐?"

종종걸음으로 다가온 미령에게 세철이 표정없이 묻자 미령은 놀란 몸짓으로 흠칫, 겁먹은 얼굴을 만들었다.

"저, 그러니까……."

세철의 얼굴을 똑바로 보지 못하고 더듬는 미령의 머리 뒤쪽과 세철의 등 뒤 산 그늘에는 폭죽이 밤하늘을 가르고 날아다녔다. 절의 곳곳에는 횃불을 밝혀 든 승려들이 분주하게 뛰어다녔다.

그에 호응하듯이 절의 담장 밖에서는 온갖 호통 소리와 괴음으로 어둠이 흔들거렸다. 그리고 그것은 산을 타고 넓게 퍼져 나가는 중이었다.

"이, 이거 드릴려고……."

주변의 소음에 더욱 주춤거리며 미령이 뒤로 감췄던 두 손을 앞으로 내밀었다. 손에는 회색 보자기가 정갈하고 꼼꼼한 매듭을 위로 보이고 얌전히 놓여 있었다.

"이게 뭐냐?"

세철의 굵은 목소리에 다시 한 번 어깨를 소름처럼 떤 미령이 쭈뼛거리며 대답했다.

"풀어… 보세요……."

갑자기 나타난 계집아이도 그렇지만, 아이가 전해주는 물건에 호기심이 동한 언두수가 일행을 대신해서 입을 열었다.

"장 형, 아, 얼른 받아보슈. 뭔지 모르지만 길 떠나기 전에 앞을 막고 주는 물건이니만큼 예사 것은 아니겠지. 그렇지 않소?"

하남과 부춘호를 돌아보며 동조의 대답을 구하는 언두수의 얼굴에는 궁금한 웃음이 묻어 나왔다. 그렇기로는 물음을 받은 두 사람도 마찬가지였다. 정곽을 제외한 세 사람의 얼굴에는 주변 상황과 맞지 않는 계집아이의 등장이 의외인 듯, 묘한 기대감이 출렁였다.

세철은 주변에서 밝혀지는 석등 빛과 횃불 빛을 받아 반짝거리는 미령의 새카만 눈동자를 말없이 응시하다 보자기를 받아 들었다.

손에 느껴지는 보자기의 무게는 무척이나 가벼웠다. 매듭을 집어 들자 반듯하게 납작했던 모양이 축 늘어지는 것이 옷감 종류가 분명해 보였다.

천천히 매듭을 풀어헤쳤다. 네 귀퉁이가 묶였던 회색 보자기의 자락을 차례로 들춰내자 예상대로 검은 재질의 옷감이 나타났다. 곁에서 고개를 디밀고 보던 언두수가 눈을 반짝이며 입을 벌렸다.

"어, 옷인데?"

세철은 검은 옷을 잡아 들고 조심스럽게 펼쳐 들었다. 형상은 곧 드러났다. 흑색 무복의 상의(上衣)였다. 지금 입고 있는, 가슴부터 어깻죽지까지 헤어지고 뚫어진 것과 똑같은 모양의.

옷은 손끝에서 만져지는 부드러운 감촉도 예사롭지 않았다. 이유는 바로 알 수 있었다. 옷감의 재질뿐 아니라 눈에 띄지 않게 세심하고 화려하게 들어간 같은 빛깔의 문양 또한 눈에 익은 것이었다. 바로 금사촌의 비단이었다. 그리고 그것은 세철 자신이 건네준 것이기도 했다.

"어떻게 된 거냐?"

밑도 끝도 없이 세철은 미령에게 물었다. 검고 우묵한 그 눈을, 미령의 새카만 별처럼 반짝이는 눈이 마주 보았다. 영악스럽고 앙증맞음이 엿보이는 어린 눈은 이제 두려움이 가신 호기심과 친근함으로 빛을 내며 입을 열었다.

"아저씨가 오자마자 또 싸웠다구…… 그래서 다치구 옷도 망가졌다구 중 아저씨들이 말하는 걸 들었어요."

미령은 빤히 자신을 내려다보는 세철과 그 곁에 서서 짓궂게 눈을 깜박여 대는 언두수, 그리고 호기심 어린 웃음을 보이는 부춘호 등을 번갈아 보다 다시 입을 열었다.

"엄마한테 그 얘기를 했더니, 그날부터 아저씨 옷을 지었어요. 은혜를 알아야 사람의 도리라고 하면서요. 그리구 잠도 안 자구 밤을 꼴깍 새면서 옷만 만들었어요. 여기선 그런 옷을 구할 수가 없다구요."

말을 하는 미령의 두 눈은 언두수의 눈짓에 대한 반발인지 호응인지

깜박깜박거렸다. 그 속에서 빛을 내는 두 눈동자는 까만 흑요석처럼 영롱하게 광채를 뿌렸다. 바라보던 세철은 나직하게 다시 물었다.

"이건 미령이 네 옷을 해 입으라고 준 것 아니냐?"

갑자기 깜박대며 쳐다보던 미령의 두 눈이 멈추며 더욱더 반짝이는 빛을 뿌렸다.

"아저씨! 내 이름 알고 있네요?"

입이 좌우로 벌어지며 하얀 이빨이 드러나는 것이, 발그레한 웃음마저 얼굴에 드러났다.

세철은 보석처럼 맑고 투명한 어린 계집아이의 눈 속을 잠시 들여다보다가 다시 입을 열었다.

"이건 내가 너에게 준 것이었다. 그런데……."

"엄마 말이 물건은 쓸 데가 다 따로 있는 법이랬어요."

재빨리 말을 막고 나선 미령은 제 머리 뒤쪽으로 땋아 내려간 두 갈래 머리채를 돌려 손으로 쥐어 보이며 세철의 얼굴을 향해 들이밀었다.

"나한텐 엄마가 이걸 만들어줬어요. 어때요? 예쁘죠?"

앙증맞은 두 손에 들려 올라온 것은 삼단처럼 검은 머리채의 끝을 붙잡아맨 검은 비단 댕기였다.

"그 옷은 엄마가 사흘 동안 잠도 안 자고 만든 거예요. 그러니까 아저씨는 만든 사람의 성의를 생각해서 그 옷을 입어야 돼요. 안 그러면 안 되는 거예요."

손을 내리며 웃는 얼굴을 지운 미령은 살풋 미간을 찌푸리고 새삼 정색을 하며 말했다. 강조하고 강권하는 그 모습은 처음의 겁먹었던 얼굴이 아니었다. 조그만 입은 또 지껄였다.

"엄마가 그러는데, 아저씨가 안 받을지도 모른대요. 그러면 이렇게 말하랬어요. 물건이나 말보다는 사람의 속마음이 훨씬 중요하다구요. 받고 안 받고는 아저씨 마음이지만 엄마와 내가 드릴 수 있는 감사의 마음이 그 옷이라구요.”

미령은 이제 도전전인 눈매를 만들고선 세철의 얼굴을 올려다보았다.

조그만 계집애가 전하는 말도 말이려니와 잠시간의 그 변화무쌍한 표정과 태도에 언두수 등은 입을 헤벌리고 쳐다보았다. 그들의 눈에는 귀엽고 작은 강아지의 왕왕대는 얼굴을 바라보는 정겨움이 가득했다.

쏘아보듯이 올려다보는 미령을 묵묵히 내려다보던 세철은 이윽고 손에 잡은 옷을 다시 처음대로 접었다. 그리고 보자기를 펼쳐 손에 받치고 처음처럼 네 곳의 귀퉁이를 붙잡아 매듭으로 잡아 묶었다.

세철의 행동을 바라보는 미령의 두 눈에 불안이 어리기 시작했다. 말이 없고 커다란 저 아저씨는 엄마가 밤을 새워 만든 옷을 던져 버릴지도 모를 일이었다. 충분히 그러고도 남을 아저씨였다.

하지만 그러면 안 되었다. 저건 엄마 말처럼 옷이 아니라 엄마와 미령 자신의 마음을 표시한 감사의 선물이었다. 자신이 기억하기로 엄마는 이제껏 자신의 옷 이외는 남의 옷을 지어본 적이 없었다. 그런 엄마가 사흘 밤을 새워 만든 것이다. 그걸 안 받는다면, 그걸 버린다면……

“아저씨 그 옷……!”

불안을 참지 못한 미령이 세철에게 소리치듯 입을 열었다. 하지만 뒷말은 잇지 못했다.

“잘 입으마.”

세철은 바랑을 가슴 앞으로 돌려 회색 보자기를 갈무리했다. 더 이상의 뒷말도 없었다.

"아, 아저씨……."

무슨 말을 해야 할지 모르고 말을 삼키는 미령의 머리를 세철의 두툼하고 투박한 손이 다가와 쓰다듬었다.

미령은 목욕할 때 엄마가 뿌려주는 뜨거운 물을 뒤집어쓴 것 같은 느낌으로 어깨를 후두둑 떨었다.

그 위로 검은 아저씨의 음성이 다시 들려왔다.

"엄마하고 행복하게 살아야 한다."

아저씨의 손이 머리에서 떨어져 나갔다. 얼굴을 보이던 모습이 등을 보이고 멀어져 갔다. 눈을 깜박대던 아저씨들도 같이 멀어져 갔다. 미령은 왠지 허전하고 꽉 찼던 가슴이 뻥 뚫려 비어져 나가는 것만 같았다. 이대로 보내서는 안 될 것만 같았다. 그래서 무작정 소리를 질렀다.

"아저씨!"

산문을 향해 등을 보이고 걸음을 옮기던 세철은 절박하게 소리치는 미령의 음성에 우뚝, 걸음을 멈춰 세웠다. 천천히 뒤를 돌아보니 작은 두 주먹을 가슴 앞에 모아 쥔 미령이가 붉어진 눈으로 입을 벌리고 있었다.

"아저씨! 우리 엄마 이름 알아?"

꿈틀, 눈썹을 비튼 세철은 말없이 보기만 했다. 미령은 또 소리 질렀다.

"아무리 그래도 옷 만들어준 사람 이름은 알아야잖아!"

세철은 여전히 보기만 할 뿐 대답이 없었다. 미령은 붉어진 눈으로 큰 숨을 들이쉬며 또박또박, 그러나 큰 소리로 말을 꺼냈다.

"우리 엄마 이름은! 송! 연! 주! 송연주야!"

얼굴마저 붉어진 미령의 얼굴을 보던 세철은 고개를 아래쪽으로 수그리며 다시 뒤를 돌았다. 그 모양새가 알았다는 긍정의 뜻인지, 그저 무심한 몸 동작인지는 거기 있는 아무도 알 수 없었다. 하지만 미령은 그렇게 돌아서는 세철의 등 뒤에서 마지막 말을 던져 넣었다.

"우린 제민원이란 데서 살게 될 거래!"

성큼성큼 걸음을 옮겨 소림의 산문을 나서는 세철은 귀청에 고동의 바람 소리처럼 남아 있는 미령의 말소리를 되새기며, 길 아래의 어둠 속에 펼쳐진 사하촌의 전경을 바라보며 걸음을 옮겼다.

하지만 머리 속에 자꾸만 어른대는 것은 미령이 걸어나왔던 처마 밑의 어둠 속에서 움직이지 않고 숨어 있던 또 한 사람의 그림자였다. 가녀리고 애처로운 윤곽이 너무나도 눈에 익은, 상처 입은 자신의 등에 아파하는 마음이 느껴지는 손길을 주던…….

"어, 비가 오려나? 별도 달도 다 숨어버렸네그려."

괜스레 하늘을 보며 사설을 읊는 언두수의 선도로 일행은 길을 내려갔다. 그들의 뒤로는 언두수의 말처럼 검은 하늘에, 각종의 신호전들이 숭산을 들쑤시며 수를 놓았다.

*   *   *

"역시 저자는 칼에 관심이 없군."

마을 쪽으로 멀어져 가는 세철과 그 일행의 뒷모습을 지켜보던 심학수는 쥘부채를 가볍게 손바닥에 두들겼다. 개미 떼처럼 모였던 무림인들이 모두 사라진 산문 옆의 숲 속에 선 그의 옆으론 커다란 덩치의 이백과 어둠처럼 검은 얼굴의 조강이 함께였다.

"과연 군사의 예측대로 칼을 도모하는 자가 있어 먼저 손을 쓰는군요. 하지만 도대체 저자는… 이런 상황에서도 눈길조차 안 주고 가버리는 저자가 과연 강호에서 원하는, 아니, 하고자 하는 일이 대관절 무엇일까요?"

이백이 몹시 궁금하다는 얼굴과 음성으로 물었다.

"글쎄, 나도 그것이 궁금하군. 올 때처럼 궁금함만 주고서 훌쩍 가버리니 말일세. 하지만 한 가지, 저자가 무엇을 하든 그것이 소림과 관계가 있다는 것은 분명해 보이는군."

"소림과 관계가 있다구요?"

이백이 재차 물었다. 심학수는 바로 대답했다.

"그래…… 그렇지 않다면 혈룡도 같은 천고보도에조차 관심이 없는 저자가 놀이 삼아서 소림에 들르진 않았겠지. 더구나 이처럼 미묘하고도 소란스러운 시기에 말이야."

심유한 눈빛을 보이는 심학수의 옆모습을 바라보며 이백은 고개를 주억거렸다.

"혹시 그것이… 소림이 숨겨왔던 일과 관련이 있는 것은 아니겠습니까?"

조강이었다. 심학수는 그에게 눈길을 돌렸다. 그리고 부드럽게 미소 지었다.

"장로님의 눈썰미는 역시 매섭군요. 제 생각도 그렇습니다. 아마도 저자는 혈리표와 관계된 일에 연루된 것이 틀림없어 보입니다. 그리고 지금처럼 금검장의 혈사를 듣고 떠나가는 모습은 더욱이나 그러한 심증을 굳히게 만드는군요."

심학수의 눈은 어느새 세철 일행의 뒷모습으로 돌아가 있었다. 그 모습을 함께 주시하던 조강은 허탈한 목소리로 독백처럼 입을 열었다.

"혈리표라…… 허허허, 진정 뜻밖이로군. 코흘리개 시절에 들었던 그 끔찍한 이야기를 이제 또다시 듣게 되다니……."

진득한 두려움이 배인 그 음성에 이백은 궁금한 얼굴로 다시 물었다.

"그것이 진정 그렇게도 무서운 위력을 가진 무기입니까? 태실봉의 혈사에 대해 전해지는 이야기는 들었지만, 실제로 그러한 일이 있으리라곤 잘 믿어지지 않는군요."

조강이 허탈한 얼굴을 돌리며 이백의 눈을 지그시 응시하였다. 그리고 천천히 입을 벌려 대답했다.

"그것은 상식으로 설명이 되지 않는 물건일세. 단순히 이름난 철공장이일 뿐인 염일교라는 한 인간의 손으로 만들어졌다고 믿기에는 너무도 엄청난 물건이지. 그 물건이 보여준 위력과 세상에 끼친 해악이 너무도 크기에, 사람들은 그저 지옥 같았던 일이라 여기며 기억조차 하길 꺼려하는 것이라네."

"그렇습니까? 그렇다면 결코 가벼운 일이 아니로군요. 진정 그토록 엄청난 것이라면 본 맹도 그에 대한 대비를 해야 하지 않겠습니까?"

"대비라…… 그래야겠지."

조강의 시선을 따라 이백도 심학수의 옆얼굴로 시선을 돌렸다. 시선을 느낀 듯 심학수가 입을 열었다.

"너무 걱정하지 않아도 될 일인 듯싶습니다. 이번 일에 대한 대비는 소림이, 더불어 비난도 소림이 안게 될 것입니다. 이건… 그렇게 될 수밖에 없는 일이지요."

마을을 내려다보는 심학수의 눈이 어둠처럼 검었다. 잠시 끊어졌던 말은 또다시 흘러나왔다.

"더불어 본 맹에게는 이토록 어지러운 시기가 도래하는 것이 오히려 바라던 기회입니다. 그리고 철비철각호 같은 자는 본 맹의 숙원을 이루어줄 불붙은 장작 같은 자입니다. 제 몸을 살라 불태우고 재가 되는 장작 말입니다."

말문을 닫은 심학수의 얼굴에는 미소가 짙게 드리웠다. 그리고 그의 눈은 모습이 사라져 보이지 않는 세철 일행에게서 돌아서며 숭산의 밤하늘을 바라보았다. 입은 조용하게 또 다른 말을 뇌까렸다.

"귀영투라……."

산과 어둠을 꿰뚫어 보는 것 같은 그의 눈은 입가에 걸린 미소처럼 짙게 웃고 있었다.

*　　　　*　　　　*

날이 밝자 들끓던 사람들의 기척 소리가 사라진 산사에는 예전의 고적함이 다시 찾아들었다. 나무 위의 둥지에선 모이 주는 어미 새의 날갯짓 소리가 부산스러웠고, 그 옆을 스쳐 가는 탑림(塔林) 사이의 바람 속엔 흰나비들이 몸을 섞어 날아다녔다.

밤새 찌푸린 검은 하늘에 불던 바람은 비를 예고하는 습한 기운을 싣고 풀과 나무를 흔들어대었고, 분주하게 집으로 돌아가는 날것들과 달리 탑림의 한가운데 마주하고 선 두 노승의 승포 자락은 춘색(春色) 겨운 계집의 속곳처럼 쉬지 않고 바람에 하늘거렸다.

두 노승 중 얼굴이 대춧빛처럼 붉고 무성한 백발과 수염을 늘어뜨린 노승이 발치의 돌무더기 위에 쓰러지듯 주저앉았다. 노안(老顏)임에도 불구하고 뚜렷한 이목구비는 노승의 젊은 시절 얼굴을 짐작할 수 있을 만큼 미목이 반듯하였다. 그 얼굴이 땅바닥을 보며 수그러졌다.

노승의 승복은 양 무릎과 양 팔꿈치, 그리고 어깨와 엉덩이 등 기워 댈 수 있는 모든 곳을 기워 덧댄 넝마처럼 낡고 후줄근했다. 하지만 백발과 달리 주름없는 대춧빛 얼굴은 나이를 짐작키 어려웠고, 옷 밖으로 드러난 마른 두 손은 염주를 붙잡고 떨고 있었다.

노승은 눈물도 흘렸다. 소리없이 가늘게 나오는 오열은 늙은 노안을 타고 얼굴 앞에 늘어진 올 가는 백발과 수염을 적셔 내렸다. 염주 잡은 두 손은 가슴으로 옮겨가서 옷섶을 쥐어 잡고 무참히 부들거렸다. 가슴은 무엇이 그토록 슬프고 서러운지 작게 흔들리는 기복 속에 튀어나올 것처럼 간간이 벌컥거렸다.

노승의 오열은 이제 전신에 가득했다. 그렇게 온몸으로 떨어대는 처절한 오열을 내려다보던 마른 얼굴의 늙은 승려가 치솟은 백미(白眉)를 가늘게 떨어가며 입을 열었다.

"광조 사형, 부처님의 법은 참으로 오묘하기가 그지없소. 결국은 사형 한 사람의 욕심으로 비롯한 일이 백 년에 가깝도록 참극을 빚어내는 것이오이다. 그렇지 않소이까?"

잔잔하지만 냉소 가득한 그 음성에 고개를 수그려 오열하던 승려가 머리를 쳐들었다. 그 얼굴에 강퍅한 인상의 노승은 또다시 말을 던졌다.

"눈물이 나오나 보오이다? 누구로부터 비롯한 일인데?"

"어, 어째서……."

"그 저주받을 무기를 가슴에 박고 죽음을 맞은 사부는 물론이려니와 수도 없이 죽어 나간 처참한 중생들의 원혼이 아직도 구천을 헤매는데, 이제 또다시 겁난(劫亂)의 수레바퀴가 돌기 시작하였소!"

광조라 불린 노승의 눈물 먹는 입을 막고, 마른 인상의 노승은 말을 거듭 쏟아내었다.

"어떠시오, 감회가? 일이 이런데도 사형은 예전처럼 숨어서 그때처럼 숨만 삼키고 앉아 있을 테요?"

통렬하게 내뱉는 노승의 말속에는 주름진 얼굴만큼이나 세월의 앙금이 진하게 깔려 나왔다. 충혈된 두 눈은 격정이 넘치고 있었고 염주 쥔 두 손은 으스러질 듯 제 손을 말아 틀어쥐었다.

백발과 수염을 온통 산발한 채 오열하던 노승 광조가 천천히 떨리는 상반신을 들어 올렸다.

흐트러진 머릿결 사이로 보이는 노승의 두 눈은 감당 못할 슬픔으로 흐릿함 속에 떨림을 보였다. 아직도 수려했던 용모가 흔적을 비치는 얼굴에는 시간의 물결 속에 눅진 이끼가 거뭇한 저승꽃으로 변해 물길이 다했음을 알리는 자취로 대춧빛 얼굴을 좀먹었다.

부들거리는 마른 입술은 천천히 벌어지며 격정 어린 숨결을 토해내었다.

"사제, 왜… 왜? 이제 와서……! 자네 말처럼 백 년이 다 된 세월이었다! 그런데 왜?"

끊어질 듯 이어질 듯 간구(懇求)하는 음성이었다. 그러나 응답은 호통처럼 터져 나왔다.

"그래서? 그토록 오랜 시간이 흘렀다 해서 잊을 수 있단 말입니까? 누구 때문에 이런 일이 생겨났는지 잊었단 말입니까? 백 년을 보아왔지만 정말이지 그 후안무치(厚顏無恥)함에는 역겨움이 치솟아오르오이다!"

"이, 이보게, 광오!"

"닥치시오! 모든 것은 바로 잘난 사형 때문이었소! 사부를 비롯해서 염가 공장이와 그 아낙까지 모두 말이오! 그리고 이제는 남겨진 후손들과 물색 모르는 제자 아이들까지 얽혀들고 있는 것이오! 내가… 내가 왜 이렇게까지 하는 것인지 진정 모른단 말이오이까?"

서슬 퍼런 광오 승려의 분노는 노안을 뚫고 나와 서리서리 뻗치고 있었다. 그 기세를 감당치 못하는 광조 노승은 또다시 고개를 떨구고야 말았다. 그리고 한차례 숨을 고르며 입술을 문 광오가 다시 입을 열었다.

"백 년을 넘게 살아온 세월, 사형이나 나나 죽을 날이 멀지 않았소이다. 한평생 세존의 가르침 중에 한마디라도 이루어 깨우친 것이 없지만, 인과(因果)의 도리가 어떠하다라는 것은 알고 있소이다."

광오는 무엇을 생각했는지 힘겹게 침을 삼키고는 다시 말했다.

"어차피 우리에게 돌아올 것은 지옥의 겁화(劫火)밖에는 따로 없을 테지만, 기다리는 사람들이 있을 테니 그 또한 두렵지는 않구려……. 하지만 그곳에 가기 전에 마지막 매듭은 풀어놓고 가야 한다는 게 내 생각이고 다짐이오."

격정이 한풀 잦아든 음성은 오히려 더욱 비정스러웠다. 듣는 이도, 말하는 이도 모두가 옛일에 젖어 아픈 눈들을 하고 있었지만, 그 옛일로부터 도망쳐 잠들고자 했던 자를 깨워낸 늙은 입은 여지를 두지 않고 몰아쳐 댔다. 그리고 그 입을 통해 잊혀졌던 세월이 거슬러져 나왔다.

"난 지금도 기억이 생생하구려……."

아스라이 슬픔에 젖어가는 그 목소리를 따라 회한의 눈물 가득한 광조의 얼굴이 저도 모르게 들려 올라왔다. 눈물 범벅인 그 눈은 말하는 자를 망연히 올려다보았다.

"모질게도 배가 고파 울다 지친 동생을 끌어안고 잠든 밤이 지나 갔을 때… 양식을 구해온다던 아버지는 오지 않고 마을엔 관병들이 들이닥쳤소……."

바라보는 광조의 눈은 흔들렸고 말하는 광오의 입술은 경련했다.

"기아(飢餓)에 지쳐 구휼미(救恤米)를 훔친 아비와 마을 사람들에게 역모(逆謀)라는 이름으로 창검이 꽂혀들 때도, 나는 모든 것이 꿈이라고 생각했었소이다."

자신의 말처럼 꿈결같이 뇌까리는 광오의 두 눈은 초점없이 먼 곳을 바라보며 흔들리더니, 어느새 잃었던 과거의 눈물을 흘려대며 마른 얼굴을 적셨다.

"마을이 온통 불타고 숨어 있던 헛간까지 불길에 휩싸일 때도… 고통스럽게 기침하는 동생의 입을 틀어막고 나는 다 지켜보았소……."

말하는 광오의 눈은 초점을 상실한 사람 같았다. 슬픔 젖은 음성은 계속되었다.

"불길 속에 던져지는 아버지의 시신과… 마을 어른들의 몸뚱어리! 그리고 반쪽으로 나누어진 내 동무들의 시체까지 말이오……!"

어느새 광조의 낮은 음성은 어금니를 문 짐승의 울음처럼 으르렁대는 것 같았다. 그리고 곧바로 이어진 목소리는 포효처럼 터져 나왔다.

"그 몸뚱이들이 던져질 때마다 불길은 더 커지고 불빛은 더욱 시뻘겋게 미쳐 날뛰었소! 마치 피를 먹는 악귀처럼 말이오!"

부릅뜬 두 눈만큼이나 광오의 목소리는 핏발이 서려 나왔다. 목소리는 쉬지 않았다.

"살이 타는 냄새가! 내 아버지와 동무들이 타는 냄새가 천지사방에 가득했소! 바로 그 순간에 내가 아는 세상은 끝나고 있었던 거요! 그리고 다시 눈을 떴을 때는 몇 년래 기다려도 오지 않던 비가 하늘 가득히 퍼부어져 내렸소! 마치… 마치 죽은 사람들의 원통한 눈물처럼 그렇게 말이오!”

피처럼 절규의 말을 뱉어낸 광오의 눈은 탑림 너머 숭산의 자락을 바라보았다. 그런 그의 얼굴을 타고 맑은 눈물이 점점이 떨어져 내렸다.

떨어진 눈물은 모아 쥔 두 손 안의 염주알에 짙은 물감처럼 번져 나갔다. 그 위로 한숨처럼 가라앉은 그의 목소리는 또 이어져 나왔다.

“그 눈물 같은 비를 맞으며 동생이 울고 있었소……. 그리고 그때, 그 폐허의 빗속에서 누군가가 내미는 구원의 손을 잡을 수가 있었지요…….”

원통함과 아련함을 오가는 늙은 승려의 회상은 아스라했다. 그 아득한 회한은 뒷자락을 더 드러냈다.

“그렇게 잡은 사부의 손은 아버지의 손처럼 따듯했습니다. 그리고 그 옆의 어린 소년승은 죽어버린 동무의 얼굴로 나를 보고 있었습니다……. 그게 바로 사형과의 첫 만남이었지요.”

내려다보는 광오의 얼굴과 주저앉아 올려다보는 광조의 얼굴은 서로의 눈길을 비껴가고 있었다. 그러나 두 사람의 눈에서는 쉬지 않고 맑은 것이 흘러나와 앞섶을 적셨다.

“사부의 손에 끌려 동생의 손을 붙잡고 소림의 산문 앞에 처음 섰을 때, 사부는 나와 동생에게 말했습니다. 저 문을 지나면 고통스런 세속에서의 삶이 끝나고 부처의 제자 된 자로서의 새로운 삶이 시작된다고 말입니다.”

"그래… 그리고 또 말씀하셨지……. 너희는 이제부터 형제다라고 말이야……."

같은 기억을 더듬던 광조의 입이 아득한 숨결 속에 벌어졌다. 광오는 그 입을 바라보며 다시 말을 이어 나갔다.

"분명 그랬지요! 하지만 내 동생 광여(廣如)가 불과 열한 살의 나이로 죽어 다비란 이름으로 장작 위에 놓여 태워지던 날! 나는 모든 게 거짓이란 걸 알았단 말입니다! 사형의 친근한 웃음도, 사부의 인자한 얼굴도, 그리고 이 절의 모든 생령(生靈)들까지도 말이오!"

분노한 광오의 얼굴이 무섭도록 일그러졌다. 그것은 한여름 동네를 돌아다니며 거품과 함께 짖어대는 광견의 눈빛이었다. 하지만 물어뜯을 것처럼 거칠게 벌어진 그의 입은 아직도 할 말이 남아 있는 모양이었다.

"절벽가에 핀 야생화를 우담바라화(優曇婆羅華:삼천 년에 한 번 핀다는, 여래나 전륜성왕이 나타날 때만 핀다는 상상의 꽃)라 거짓으로 속여 어린 광여의 목숨을 해친 사형이나, 명망 높은 고승으로서 그 일을 알면서도 돌이킬 수 없는 사고라 말하며 헛된 제자의 총명에 눈먼 사부의 죄악도 모두가 용서받을 수 없음이오이다!"

또다시 낮게 가라앉아 가는 광오의 음성은 음산한 살기가 가득 묻어 나왔다.

"더군다나 후일에 이르러서는, 여염의 아낙과 사통한 제자를… 전도(前途)와 문파의 천년위엄을 지킨다는 이유로 모살계(謀殺計)를 꾸민 사부이니, 그 겉과 속이 다른 이중성에는 정녕……."

"그만! 제발 그만 하시게! 크흐윽!"

거친 호흡을 터뜨린 광조는 절규하며 자신의 귀를 틀어막았다. 그러나 눈을 빛내는 광오의 입에서는 비수 같은 말들이 계속해서 쏟아져 나왔다.

"듣기 싫으시오? 그래도 들어야만 할 거요! 어째서 지금에 와 이런 일이 벌어졌는지를 알아야만 할 테니까 말이오!"

"그래서? 그래서 내가 어찌하기를 바라는가? 이제 와서 석고대죄(席藁待罪)를 한들 죽은 이들이 살아나기라도 한단 말인가? 지난일을 돌이킬 수만 있다면 나 역시도 그렇게 하고 싶은 심정뿐일세!"

발악처럼 쳐들린 광조의 머리가 광오의 얼굴을 보며 숨겼던 말을 꺼냈다.

차갑게 번득이는 광오의 두 눈은 그 얼굴을 마주 보며 뜨거운 입을 다시 열었다.

"그 따위 건 아무렇게나 하시구랴! 하지만…… 어떻게 숨겨왔던 그 무기가 다시 세상에 드러나게 되었는지 궁금하지 않으시오?"

순간, 광조의 두 눈동자가 무섭게 흔들거렸다.

"무, 무슨 소린가? 서, 설마, 자네가?"

"왜 아니겠소? 바로 나오이다! 내가 그 아이에게 가르쳐 주었소이다!"

광오의 낮은 목소리엔 한을 보상받으려는 자의 쾌재가 묻어 있었고, 광조의 얼굴에는 절망이 봇물처럼 스며 나왔다.

"사제! 어찌해서… 어찌해서 그런 일을……! 죄업은 나 하나로도 족하건만 어이 해서…….”

"역겨운 모습 보이지 마시오! 사부와 제민원주(濟民院主)가 일을 꾸미던 그 밤에! 사형이 사부 앞에서 자진하겠노라며 위선을 보이던 그 저녁에! 나는 모든 것을 듣고 있었소!"

커다란 소리와 함께 숨을 삼킨 광오는 파랗게 물든 얼굴로 다시 입을 열었다.

"그 아낙이, 그 백치 같은 여인이… 거부할 줄 모르고 주기만을 하던 그 바보 같은 공장이의 아내가… 제민원의 안쪽 깊숙한 곳에서 핏덩이를 낳고는 죽어버릴 때도 나는 알고 있었소!"

광오의 눈에는 또다시 미친개의 그것처럼 독기가 올라왔다.

"그리고 짐승처럼 학대를 받으며 죽지 못하는 세월을 커온 그 아들이 벙어리 아내와 함께 맞아서 죽을 때도 나는 지켜보았소! 그때에 나는 결심했소이다!"

한을 씹어뱉듯 이야기하는 광오의 얼굴을 어느덧 광조는 슬픈 눈으로 바라보고 있었다. 광오는 그 눈길을 모르는 듯 계속 이야기했다.

"그 아들의 아들은 결코 그렇게 죽게 해서는 안 되겠다고 말이오!"

광오의 눈은 퍼렇게 불을 뿜어댔다. 하지만 그 눈을 마주 보는 광조의 눈빛은 더 한층 슬픔에 깊이깊이 잠겨들어만 갔다.

"그랬던 거야……."

광조의 뜬금없는 작은 목소리에 광오가 눈썹을 치켜떴다. 광조는 다시 이어 말했다.

"자네 역시도 그녀를 사모했던 게야……."

순간 광오의 치켜진 눈썹이 경련을 일으켰다. 연이어 조용히 흘러나온 광조의 음성이 불 뿜던 광오의 눈을 세찬 흔들림 속에 몰아넣었다.

"처음 사부의 명을 받아 금동와불(金銅臥佛)을 들고 세공을 의뢰키 위해 찾아갔던 그날부터…… 나처럼 자네도 눈이 멀었던 게지."

눈길을 떨어대던 광오는 이제 손까지 부들부들 떨어댔다.

"내가 얼마나 미웠겠나? 세 치 혓바닥으로 동생의 생명을 빼앗았고,

한 치도 안 되는 얼굴 가죽으로 연정을 품었던 여인을 유린하였으니…… 하지만 자네마저도 그리하여서는 안 되는 거였었네.”

“지금 무슨 소리를 하고 있는 거요?”

광오가 거세게 소리쳤다. 그러나 광조는 여전히 슬픈 눈으로 말을 이어 나갔다.

“그녀는 이미 남의 아낙이었네. 그리고 자네와 난 부처의 제자들이었지……. 그녀를 사랑했던 만큼 나에 대한 미움도 걷잡을 수 없이 컸겠지만, 그러나 아무리 그러하다고 해도 생목숨들을 끊어낸 비극으로 끝맺음을 한 일을, 그 불씨를 다시 되살려 옛 참극의 또 한 모습을 다시 만들어냄은 너무도 끔찍한 일이며 결코 용서받을 수 없는 죄악이네.”

광조의 말에 거세게 흔들리던 광오의 눈빛이 차츰차츰 잦아들었다. 그리고 신랄한 독설이 다시 터져 나왔다.

“비극이라구요? 죄악이란 말씀입니까? 사형의 입에서 그런 말이 나오다니 이야말로 개가 웃지 않을 수 없는 노릇이오이다! 그런 자가 계율을 저버리고 남의 아내와 사통을 하였단 말입니까? 그런 선심을 가진 사람이 어린아이를 속여 절벽으로 밀어 넣었소이까?”

“아미타불…….”

“집어치우시오! 지옥의 유황불도 나는 두렵지 않소이다! 그건 사형 역시도 마찬가지일 것이오! 왜냐하면 그곳엔 우리가 아는 많은 얼굴들이 우리의 몸통을 끌어당겨 반겨줄 것이기 때문이오!”

광오의 마른 얼굴은 파란 눈빛으로 덮어 버린 것 같았다. 그 속에서 벌어진 입은 저주처럼 말을 토해냈다.

“그렇지 않소이까? 사부를 비롯해서 염가 공장이, 그 아낙과 아들

내외, 그리고 태실봉에서 죽어버린 수많은 사람들까지 말이오! 정녕 기다려지지 않소이까? 으흐, 으흐, 으하하하하하하!"

광기에 먹혀 버린 듯한 광오의 얼굴과 그 웃음소리를 들으며 광조는 두 눈을 아프게 즈려 감고 신음 같은 불호를 내뱉었다.

"나무아미타불, 나무관세음보살……."

그러나 입이 채 다물리기도 전에 고개를 젖혀 웃고 있던 광오의 웃음소리가 끊겨 버렸다. 감았던 광조의 두 눈이 살머시 뜨여질 무렵, 광기로 눈을 밝힌 은근한 광오의 목소리가 광조의 온몸을 휘감았다.

"그런데 그 염가 공장이의 후손 아이가 말이오…… 아무리 보아도 제 조부인 공장이를 닮지 않았더란 말이오. 그건 한평생을 반병신으로 살다가 맞아 죽어버린 그 아비 놈도 마찬가지였소! 이상하지 않소이까?"

숨결처럼 파고드는 광오의 목소리에 광조의 몸이 오한 들린 사람처럼 떨리기 시작했다.

눈빛을 희뜩거리는 광오는 더욱 은밀히 얘기했다.

"내가 보기에 그놈들이 닮은 건…… 바로 사형의 얼굴이었소!"

그 순간, 광조는 화살 맞은 짐승처럼 몸을 꿀텅거렸다. 그 모습을 내려다보며 말을 마친 광오의 얼굴은 귀기스럽게 빛을 뿜어댔다. 그리고 끝내 제 몸을 지탱 못한 광조는 땅을 안으며 엎어져 버렸다.

"난 말이오, 정말로 궁금하다오……."

벌레처럼 숨을 몰아쉬며 꿈틀거리는 광조의 등 위로부터 광오의 야차 같은 목소리가 계속 울려 퍼졌다.

"이 일의 끝이 과연 어찌 되는지 말이오!"

말소리의 끝이 여운을 달고 탑림의 바람 속에 흩어져 날렸다. 그리고 엎어져 경련하는 광조의 기운 승포 위로 습했던 바람이 뭉쳐져 떨어지기 시작했다.

뭉쳐져 떨어지는 그것들은 차츰 굵어지며 늙디늙은 승려의 옷을 적셔 내렸다. 점점 더 숫자를 더해 내리는 그것들은 무겁게 무겁게 엎어진 늙은 승려의 몸을 내리누르면서 쏟아져 내렸다. 쏴아아 하고 소리 지르면서.

절 안의 승려들도 근접이 드문 탑림의 바람 소리가 빗속에 묻히던 그날 밤, 소림의 절 주인들은 절 밖으로 나간 자들의 근황과 먼 곳에서 참담한 소식을 가지고 온 부녀의 이야기를 들으며 앞날을 논의했다.

찻물은 식어갔고 두런두런 이야기는 쉬지 않고 이어져 나왔지만, 떨어지는 빗소리에 잠긴 음성들은 문밖을 넘지 못하고 실내에 맴돌았다.

그렇게 산마저 잠든 칠흑 같은 우중(雨中)의 밤에 소림의 산문 앞에 우뚝 솟은 일주문을 향해, 쉬지 않고 절을 드리는 앙상한 몸뚱이가 있는 줄은 아무도 알지 못했다.

원형을 알 수 없게 수없이 기워댄 옷자락은 승포가 분명해 보였지만, 비에 젖은 마른 얼굴을 적셔 내린 긴 백발과 허연 수염은 절 안의 사람임을 분간하지 못하는 행색이었다.

모아 쥔 손에는 알 굵은 염주가 소중히 들려져 있었고 조아리는 고개에선 쉼없이 빗물이 떨어져 내렸다. 그리고 그렇게 끊임없이 이어지던 배례(拜禮)가 끝이 났을 때, 소림사를 바라보며 중얼거리던 늙고 앙상한 몸은 산을 등지고 돌아서며 어디론가 길을 떠나가 버렸다.

무엇 때문에 그토록 비를 맞으며 절을 하였는지도 모르거니와 어떤 연유로 길을 떠나갔는지조차 아무도 몰랐다. 다만 우중장막에 드리워진 검은 산만은 떠나는 자의 마지막 읊조림을 숙연하게 받아주었다.
　　빗소리가 점점 더 커지며 산을 울렸다. 흡사 숨죽여 흐느끼는 여인
의 애절한 울음처럼…….

파란(波瀾) 4

　낙양(洛陽)은 중원의 왕조가 명멸한 고도(古都)다. 그 이름이 왜 낙양인고 하면, 산은 남쪽이 양이고 북쪽이 음을 가리키지만, 하천의 경우에는 반대로 남쪽이 음이고 북쪽이 양이다. 낙양은 황하의 지류인 낙하(洛河)의 북쪽에 위치한 땅이기 때문에 이런 이름이 붙었다고 한다.

　낙양시 외곽에 있는 백마사(白馬寺)는 고도의 상징이라 부를 만하다. 그러한 것을 또 하나 꼽으라면 말할 필요도 없이 용문석굴(龍門石屈)이다.

　낙양시 남쪽으로 삼십여 리, 이수(伊水)의 양쪽 벼랑에 석굴이 뚫려 있다. 이수강은 남서쪽에서 흘러오는데 이 강물이 석회암 산을 뚫어 산이 둘로 나뉜 형상이 되었다. 동쪽의 산이 향산(香山)이고 서쪽의 산이 용문산(龍門山)이다.

　남쪽에서 낙양에 이르기 위해서는 좁은 협곡과 같은 용문을 지나가야 한다. 낙양에서 보면 이것은 천연의 요새라 할 수 있다. 좁고 가파르고 협소하며, 또 강이라 지키기는 쉽고 공격하기는 어려운 지형이기 때문이다.

확실이 이곳은 '문'이라고 말할 만하다. 그렇지만 용문(龍門)이라는 명칭은 동한에 이르러 사용된 것으로 춘추전국시대에는 이곳을 '궐새(闕塞)'라 불렀다. '궐'은 장벽을 가리키는 말로 궁전의 문을 뜻한다. '새'란 글자 그대로 요새를 뜻한다. 수도 낙양의 남쪽을 지키는 곳이었다는 것을 이름에서도 알 수가 있다.

또한 강의 명칭이 이수이기 때문에 '이궐(伊闕)'이라고 부르기도 했다. 이수강이 양쪽으로 산을 낀 문처럼 좁기 때문이다. 「사기」에서는 '진의 장군 백기(白起)가 소왕(昭王) 십사년에 한, 위를 이궐에서 공격해 목을 자른 자의 수효만도 이십사만에 이르러……'라고 전한다. 그가 이처럼 큰 승리를 얻을 수 있었던 것은 분명히 이곳의 천연 지형을 적절하게 이용했기 때문일 것이다.

어쨌든 그러한 역사적 연유 때문인지는 모르지만, 지금 이곳 용문의 석굴 앞에는 유람객들이 지르는 비명 사이로 창검을 휘두르는 무림인들이 벌이는 때 아닌 소란이 사방에 가득했다.

특히 경역의 여러 가지 비문과 제기가 새겨진, 이른바 용문이십품(龍門二十品) 중에서 십구품이 배치되어 있다는 고양동(古陽洞)과 빈양동(賓陽洞)의 앞에는 칼부림이 한창이었다. 그 소리는 또한 위험하고 날카로웠다.

씨이잉!

진삼은 틀어버린 고개 옆으로 굉음을 내고 지나가는 거검의 궤적을 보며 몸을 돌렸다. 그 간극에 두 번째 놈이 동굴 입구의 벽을 차고 오르는 것이 보였다.

첫 번째 검을 머리 옆으로 흘리고 한 바퀴를 회전해 돌아서는 이마 위로 솟았던 놈의 거검이 도끼처럼 찍혀 내렸다. 그 순간 회전하던 진삼의 허리춤에서도 검은 빗살이 터져 나갔다.

쇄애액!

"컥!"

허리춤에 감겼던 열두 개의 분절된 쇠 몸통으로 이루어진 십이절곤(十二節棍)이 창날처럼 뻗치며 놈의 명치를 때려 박았다. 두 손으로 검을 맞잡고 일검양단세(一劍兩斷勢)로 떨어져 내리던 놈이 개구락지처럼 뒤로 처박혔다.

그 순간 놈의 신형을 타 넘으며 두 놈이 다시 검을 찍어 내렸다. 회수한 십이절곤을 어깨 뒤로 봉대처럼 길게 휘돌린 진삼이 두 검 사이의 전방으로 후려치듯 그어 내렸다.

부아앙!

내리찍히는 검보다 속도는 가히 전광. 십이절곤이 공기 가르는 소리를 내며 찍어 내리는 두 거검 사이로 파고들 때, 진삼의 손목이 좌우로 꿈틀거렸다.

카캉!

십이절곤 끝이 뱀머리처럼 요동 치며 두 거검의 옆면을 전광처럼 때렸다. 검이 방향을 틀어 좌우 옆으로 튕겨 나가고 검을 찍어 내리던 자들의 눈에 당황이 스쳤다. 그때 진삼의 왼발이 앞으로 한 발을 나서 놈들 사이로 끼어들며 몸을 비틀어 돌림과 동시에 오른발을 폭발하듯이 뻗어냈다.

흡사 성문을 부수는 나무 기둥처럼 전방으로 몸이 휘돌며 터져 나간 오른발과 머리는 수평으로 놓여졌고, 겨드랑이를 휘감아 타고 오른 십이절곤이 진삼의 등 위에서 수평으로 회전하며 돌아갔다.

퍼버벅!

세 가지 격타음이 동시에 들렸고 세 가지 감촉이 진삼의 발끝과 손끝에 전해져 왔다. 회전하는 십이절곤에 옆 머리를 강타당한 두 놈이 방향 잃은 제놈들의 검처럼 무너져 내렸다. 그 사이로 마지막 검을 내려치려 달려들던 최후의 놈은 직선으로 복부에 박힌 뒷발차기에 뒤로 날아가 버렸다.

하지만 진삼의 눈은 그 순간에도 빛났다. 사자철기맹의 사자철기대는 오인 일조가 공격을 하지만, 마지막 한 사람이 남더라도 공격은 끊이지 않는다. 그리고 지금 맨 처음에 검을 비껴 나간 놈이 다시 돌아 달려들고 있는 것이다.

씨아아앙!

소사자검진의 첫 번째 공격을 담당하는 놈인만큼 검이 내려쳐 오는 기세가 유별났다. 종전처럼 정수리를 쪼개 내리는 공격에 진삼은 뒤로 내뻗었던 오른발을 거둬들이며 양손에 잡힌 십이절곤의 중간을 검을 향해 들이밀었다.

캉!

내려친 검과 올려 막은 십이절곤에서 불꽃이 튀고 육중한 힘이 두 팔에 전해져 왔다. 그 순간 거검의 힘을 못 이겨 뒤로 넘어가는 듯하던 진삼의 왼발이 놈의 가슴을 스치고 떠올라 아래 턱을 후려갈겼다.

뻑!

놈의 몸이 뒤에서 누가 잡아당긴 것처럼 턱을 젖히고 넘어갔다. 동시에 진삼은 거듭 달려드는 다른 조의 사자철기대를 외면하고 봉선사(奉

先寺) 광장으로 올라가는 수많은 갈지자형의 돌 계단을 바라보며 신형을 날렸다. 그렇게 뛰어올라 가며 진삼은 소리쳤다.

"어서 쫓아!"

가파르고 어지러운 계단의 중간쯤에서 진삼의 격투를 보며 주춤대던 흑상일귀(黑商一鬼)부터 오귀(五鬼)까지의 다섯 명이 그 소리에 몸을 돌려 다시 뛰었다. 그들이 바라고 오르는 계단의 끝 최상층에는 검은색 야행복에 한쪽 팔이 안 보이는 괴인이 길쭉한 보퉁이를 안고 넘어서는 것이 눈에 들어왔다.

날 선 눈빛으로 계단을 차고 오르는 진삼의 뒤쪽으로는 아수라장이었다. 소리치고 호통 치며 서로를 향해 칼부림해 대는 무림인들은 그나마 뒤축이었다. 역시 누가 뭐래도 제일 먼저 추적해 와 달려든 것은 사자철기대였다.

묵호련의 호경대 무사들이 특유의 동파를 휘두르며 선두로 달려들지 않는 것이 이상하긴 했지만, 지금은 그걸 신경 쓸 여유가 없었다. 사자와 범이 아니더라도 그 뒤를 바짝 쫓아온 각양각색의 무리들은 충분히 위협스러웠다.

귀영투란 놈이 칼을 훔쳐 절 밖으로 나서는 순간부터 사람들은 돌변했다. 좌판 술막에서 술잔을 기울이며 서로 웃던 사내들은 칼과 검을 휘둘러 앞선 사람의 다리를 그어댔고, 절 안에서 예의와 논의를 나누던 명숙들은 상대의 등에 권장을 쑤셔 박았다.

생각해 보면 웃기지도 않는 일장의 추적극이었다. 야유귀를 거리에서 독살하고 조철련의 신풍류가 담긴 비급을 훔쳐 간 놈이 귀영투일 줄은 꿈에도 짐작하지 못했었다. 하지만 한편 생각해 보니 자신들 흑상련의 손길을 뿌리칠 만한 인물이 과연 몇이나 될 것인가에 대한 의

문을 떠올려 보면 해답은 의외로 간단한 문제이기도 했다.

어찌 보면 명확하기까지 한 문제였다. 자신의 눈앞에서 목표를 독살하고 그 품 안에 든 비급을 훔쳐 유유히 달아나 숭산에서 꼬리를 감춘 인물, 흑상귀들이었기에 그나마도 흔적을 발견하고 소림을 감시했지 그렇지 않았다면 어림도 없는 일이었다. 그리고 당금 무림에 그럴 만한 인물은, 그것도 전문적인 귀품털이의 도적에 표적을 맞춘다면 그 이름은 너무나도 뻔했다.

귀영투. 안일하고 한발 뒤처진 대응이 놈의 도주를 허용했다. 뒤를 쫓아 소림에 이를 동안 진작에 생각이 놈에게로 미쳤다면 상황이 지금 같지는 않았을 터였다. 아니, 아니다. 어쩌면 이조차도 사태를 충분히 파악 못한 설익은 생각일지 모른다.

이틀 전, 소림의 담을 넘어 도주가 시작될 당시 놈은 도신 최홍결이 휘두른 칼질에 한 팔을 잃었다. 이름값을 하느라고 그랬는지 모르지만, 놈은 그 몸을 해가지고 숭산을 밤새 휘돌아 추적자들의 발을 얽히게 하고 낙양으로 숨어들었다.

그 꼬리를 흑상귀들이 따라붙었고, 흑상귀들의 존재를 감지한 사자철기대들이 지금처럼 무림인들을 뒤에 달고 쫓아온 것이다. 영욕만이 남은 도시이지만 낙양의 구석구석을 하루 낮밤 동안 도주하며 한바탕 뒤집어 올리고 놈은 이곳까지 도주해 왔다.

소란을 피운 것은 물론 뒤쫓는 무림인들이었지만 놈의 도주는 그만큼 사람들이 몰려 이목을 분산하는 곳으로만 집중되며 귀신처럼 도망질을 했다. 하지만 한편 생각해 보면 지금처럼 자신들이 근접하도록 쫓아간 상황은 귀영투라는 이름이 주는 명성에 걸맞지 않았다.

놈은 말 그대로 중원의 밤을 밟고 다니는 귀영투다. 그런 놈이 지금 신형을 빤히 보이며 쫓김을 당하고 있는 것이다. 그것도 이토록 지근(至近) 거리에 이르도록. 그렇다면 이건 이상했다. 뭔가 다른 이유가 있지 않고선 놈의 행태가 걸맞지 않는다.

이것은 마치 일부러 조장하는 형국과도 같다. 무언가가 있다. 그런데 그것이 과연 무얼까? 놈이 지금 처한 조건에서 보면 언뜻 떠오르는 이유는 단 두 가지다. 부상당한 놈의 몸이 이런 상황을 초래했거나, 아니면 반전을 위한 다른 노림수가 있거나. 전자라면 상관없지만 후자라면 얘기가 달라진다. 그건 정말이지, 달라도 많이 다른 것이다.

갈지자 계단의 거의 끝을 치달아 오르는 흑상귀들의 뒷모습을 올려다보며 진삼은 불현듯 생각 끝에 짜증이 치밀었다. 남들처럼 칼을 노리는 것도 아닌 자신들은 노야의 명령 때문에 이런 짓을 하고 있는 것이다.

살인을 저지른 놈은 이미 뒈져 버렸으니 남은 건 조철련의 비급뿐이었다. 노야가 그것을 어디에 쓸는지는 모르지만, 그것만 회수해 가면 자신들의 임무는 일단락되는 것이다. 그런데 그걸 귀영투 놈이 가로챘다.

'개 같은… 밤도적놈 하나가 사람을 피곤하게 만드는구나. 성질나는데 칼을 빼앗아서 확 도망가 버릴까 보다! 에휴! 관두자, 관둬.'

푸념 어린 속말을 삼키며 진삼의 몸도 마지막 계단을 차고 올랐다. 그 순간 아들을 생각했다. 생일 전날 집을 나왔으니 다시 들어가면 '아저씨 누구세요?' 라며 아들놈이 부어 터진 입술을 내밀 게 뻔했다. 하지만 어쩔 수 없는 일이었다. 그리고 거기서부터 진삼의 생각은 더 이상 이어지지 않았다.

피이잉!

광장으로 떠오르자마자 얼굴 앞으로 쏘아 들어오는 은빛 섬광에 진삼은 황급히 고개를 틀었다. 귀밑으로 지나가는 섬광이 소리를 질렀고, 또 다른 섬광들이 온몸으로 박혀들었다. 땅에 발을 디디지도 못한 진삼은 날아오는 그것들을 보며 십이절곤을 십자로 휘둘렀다.

타타타타타탕!

몸 앞에서 막을 형성한 십이절곤에 부딪친 빛살들이 쉿소리를 내고 튕기며 떨어져 나갔다. 호흡을 내뿜으며 착지한 진삼은 발 밑의 그것을 보며 미간을 곤두세웠다.

떨어진 은빛 섬광의 정체는 십자수리표였다. 네 개의 끝이 날카롭기가 빛나는 은빛만큼이나 등골 시리게 예리했고, 모양과 용도 자체로 쓰는 자들의 정체가 정상적인 무인이 아님을 짐작케 해주는 물건.

진삼의 눈이 빠르게 광장의 전경을 훑었다. 상황은 바로 파악되었다. 용문석굴 중 가장 큰 규모인 봉선사 석굴 앞의 광장에는 도망친 귀영투만 있는 게 아니었다.

눈만 내놓고 얼굴을 가려 버린 붉은 두건. 그 빛깔만큼이나 시뻘겋게 전신을 감싼 적의(赤衣). 손에 들린 기다랗고 날씬한, 그래서 더욱이나 시퍼런 날 빛으로 위험함을 물씬 보여주는 왜도.

그런 자들이 수십이다. 한결같이 붉은 적의에 붉은 두건, 보는 눈이 아프게 시린 왜도, 물큰 피어 나오는 가공할 살기, 그런 모습으로 적의인들은 봉선사의 입구를 중심으로 둥근 반원의 원진을 겹겹으로 취하고 있었다.

광장이라곤 하지만 산중턱의 꽤 너른 마당에 불과한 이곳에서 적의인들과 거리를 두고 대치한 다섯 명의 흑상귀들을 보며 진삼은 자신의 예상이 들어맞았음을 알았다.

귀영투 놈은 반전을 꾀했다. 하지만 지금 이 상황은 놈이 원하지 않던, 궁지에 몰린 어쩔 수 없는 상황이 만든 최후의 패가 분명했다. 그렇다면 상황은 더욱 심각했고 한층 더 위험할 것이 분명하다.

눈앞의 적의인들이 그 모든 것을 말해 주고 있다. 한낱 도적에 불과한 귀영투에게 저러한 비호 세력이 있을 리가 만무하다. 이건 뭔가 구린 냄새가 난다. 더군다나 적의인들의 행색은 동영의 인자들이 쓰는 십자수리표가 눈앞에 날아온 것보다도 더욱 확실한 말을 하고 있다.

'정말 좋지 않군.'

진삼은 겹겹이 막아선 수십의 적의인들의 너머로 입구를 살폈다. 석굴로 들어간 것인지 귀영투의 모습은 보이지 않는다. 다만 땅 끝과 중단으로 전방을 향하고 있는 적의인들의 시린 왜도만이 가득 보일 뿐이었다.

거기에다 더욱 꺼림칙한 것은 더 이상의 공격 없이 입구만 지키고 있는 그들의 눈에 결사의 의지가 보이고 있는 일이었다. 놈들은 최후의 한 놈이 모두 죽을 때까지 달려들어 귀영투의 뒤를 벌려는 속셈이 분명했다.

진삼은 진퇴를 결정해야 했다. 하지만 마음속의 갈등은 노야의 명령과 자신의 판단 사이에서 추처럼 흔들렸다. 그런데 그때, 때마침 그런 마음을 돕는 것처럼 뒤를 따르던 자들이 광장 위로 솟구쳤다.

"이노옴!"

탕!

솟구치며 휘두르는 사자철기대의 검을 발로 차내며 호통 치는 늙은 이의 신형이 더욱 높이 허공으로 솟아올랐다. 그런 모양을 보며 진삼은 자신 앞의 흑상귀들에게 소리쳤다.

“물러서!”

적의인들과 대치하던 오 인의 흑상귀들이 썰물처럼 신속하게 우측으로 물러났다. 진삼 역시도 소리침과 동시에 땅을 차며 미끄러지는 버들잎처럼 우측으로 몸을 옮겼다. 그렇게 비워진 자리로 사람들의 신형이 떨어져 내렸다.

“버릇없는 놈들!”

공중으로 솟구쳤던 늙은이가 흰색 도포 자락을 휘날리며 땅을 밟기가 무섭게 검을 휘둘렀다.

채채채채챙!

사자철기대 무사들의 거검과 삽시간에 어울린 늙은이의 삼 척 고검이 사방으로 불똥을 튀겼다. 그렇게 튀는 불똥처럼 건장한 사자새끼들이 움찔거리며 뒤로 물러났다.

사자들이 물러난 만큼 공간을 확보한 늙은이가 주위를 빠르게 둘러보며 미간을 찌푸렸다. 그의 눈은 봉선사 석굴의 입구를 겹겹의 반원진으로 막고 있는 적의인들과 반대쪽에서 속속들이 올라오는 젊은 사자들의 모습을 번갈아 보는 중이었다.

적의인들을 보며 미간만큼 일그러진 늙은이의 입이 거칠게 벌어졌다.

“대관절 이놈들은 또 무에야?”

혼잣소리에 대한 대답은 허공에서 들려왔다.

“비켜라! 아라라라라라랏!”

엄청난 목소리가 산을 허물듯이 울려 퍼졌다. 그 엄청난 소리를 반으로 가르며 은청의 거대한 반월 날끼이 광장의 중심으로 내리박혔다.

슈아아아아아악!

머리 위에서 내리찍히는 빛무리를 보자마자 고검을 든 늙은이, 청성의 공진자는 정신없이 몸을 피했다. 내리꽂히는 빛무리가 뭔지를 알기 때문이다.

빛무리의 시발인 허공의 한 점에서 도끼를 휘두르는 거인이 부신 악중산임은 보지 않아도 알 수 있다. 번개를 벼려 만든 것 같은 거대한 반월의 강기 날이, 바로 무식하고 흉포한 그의 절기 파풍혈인이기 때문이다.

쿠아아아아악!

공진자가 피한, 아니, 촌음 전까지 서 있던 자리를 중심으로 봉선사 석굴의 입구까지 정중앙에 일직선으로, 밭고랑처럼 암벽 바닥이 파이며 파풍혈인이 내리꽂혔다.

진행 방향인 석굴 앞에선 피가 튀며 생명이 스러졌다. 반원진을 이루던 적의인들의 한 중심에 섰던 자들의 몸이 토막으로 끊겨 버린 것이다. 그러나 죽은 자들의 수효는 불과 네댓 명. 피 뿌리며 절단난 자들의 자리를 남은 자들이 좁혀 메웠다.

눈빛조차 흔들리지 않는 적의인들의 전경을 보며 바닥에 내려선 부신의 입가가 씰룩일 때, 사자철기대의 머리 위를 뛰어넘어 허공에 보이던 그림자들이 속속 악중산의 곁으로 내려앉았다. 그 모습은 모두가 새털 같았다.

그중의 한 명, 궁신 김영주가 훤칠한 신형을 바로 세우며 공진자를 돌아보고 입을 열었다.

"괜찮으시오?"

도신과 궁신, 그리고 외팔이 법진, 곤제 이태와 권신 혁창해, 거기다

꼬장한 늙은이 독고지명의 얼굴을 차례로 본 공진자의 얼굴빛이 시퍼 랬다. 그 눈이 마지막으로 이른 곳은 자신에게 눈길조차 주고 있지 않 은 부신 악중산의 까치수염 얼굴이었다. 공진자는 청도깨비 같은 낯색 으로 이를 갈았다.

"이, 이, 이런……!"

그때 부신이 입을 열었다. 물론 성나 있는 공진자를 향해서가 아니 었다.

"이놈들! 도적놈과 한패인 모양인데 모조리 씨몰살을 하고 싶지 않 으면 어서 도적놈과 훔쳐 간 칼을 바쳐라!"

부신의 호통 소리에 역시 주변을 아랑곳 않는 독고지명이 토를 달았 다.

"저놈들 눈깔을 보고 그 딴 소리 해라, 자식아!"

"뭐요? 김새게?"

딴에는 무게 잡고 내뱉은 일성을 깔아뭉개자 악중산이 불만스럽게 퉁질렀다.

"뭐는 뭘 뭐야? 저놈들 눈깔이 죽겠다는 거시긴데 소리 질러봐야 네 놈 주둥아리님만 아프다는 말씀이지!"

"아니, 그래도 먼저 경고를 해봐서 항복하겠다는 놈이 있으면 받아 주고설랑……."

"놀고 있네! 그런 놈이 다짜고짜 도끼질해서 저렇게 죽여놨냐?"

악중산의 눈이 반원진을 두르고 왜도를 내밀고 있는 적의인들의 중 간, 발치를 보았다. 그곳에 파풍혈인을 피하지 못하고 동강난 시체들 이 바닥을 뒹굴었다.

악중산이 다시 독고지명을 돌아보며 변명의 입을 벌렸다.

"아니, 그거야……."

하지만 말은 채 이어지지 못했다. 끼어든 자가 있기 때문이다.

"역시 선배님들을 다시 뵙게 되었군요. 그런데 생각보다도 더 빠른 만남입니다."

여유롭고 잔잔한 목소리가 뒤로부터 들려왔다. 사자철기대의 중간을 좌우로 벌리고 잔잔한 미소를 물고 계단 위로 나타난 수려한 얼굴, 심학수다.

"저자들이 길을 막은 자들이로군요."

멍한 얼굴이다가 이내 마땅찮은 표정을 만든 악중산의 시선에도 불구하고 심학수가 부채로 가리킨 것은 적의인들이었다. 옆에는 악중산만큼이나 커 보이는 이백과 검은 얼굴의 조강이 함께였다. 그러나 상황은 종전과 달랐다.

무슨 생각인지 광장으로 오르는 계단을 가로막았던 사자철기대들이 심학수의 등장과 더불어 반으로 갈라져 길을 연 채 양쪽에 도열했다. 그 사이로 낯익은 얼굴들이 시선을 번득이며 속속 올라왔다.

나직이 도호를 외운 고운자와 고학자가 천천히 올라섰다. 그 뒤를 이어 이선경과 팽진성이 수십의 수행 무사들을 끌고서 모습을 드러냈다. 연이어 공동의 정양 진인과 천수비천 당무호가 홀로 발걸음을 내디뎠다.

무슨 일인지 묵호련의 검은 범들과 사대금강이 이끄는 목인방의 소림 승려들은 올라오지 않았다. 더 이상 얼굴을 내미는 무림인들도 없었다. 그 상태로 기묘한 대치가 이루어졌다.

석굴을 가로막은 적의인들, 광장의 중간에 선 삼신을 비롯한 늙은 괴물들, 그 좌측으로 서서 분기를 드러내고 있는 혼자 몸의 공진자, 우측에서 사태의 추이를 지켜보는 진삼의 흑상귀들, 계단을 등지고 선 사자철기맹의 무리들과 그 옆으로 비슷한 머리수를 보이고 있는 무극도문과 팽가 무사들, 그리고 그와는 또 떨어진 정양 진인과 당무호까지.

그런 모두들 중에 심학수를 향해 도신 최홍결이 말문을 열었다.

"어쩔 셈이냐?"

대답 대신 미소 짓는 심학수는 쥘부채를 소리나게 촤악 하고 펼쳤다. 여전히 여유로운 얼굴에 뒤늦은 대답이 천천히 흘러나왔다.

"아무런 생각도 가지고 있지 않습니다."

미소 지은 심학수가 천천히 사자의 무리들 앞으로 뒷걸음을 쳤다. 그 모습을 도신의 차갑게 번득이는 눈은 물론 독고지명과 권신 혁창해의 눈도 발걸음을 좇았다.

도신은 또 말했다. 그러나 그 눈이 향한 것은 심학수가 아니라 이선경과 팽진성에게였다.

"하고 싶은 말이 있나?"

무극도 이선경과 백일천승도 팽진성은 말을 걸어오는 도신의 손을 보았다. 그 손에 도신의 애병 거종도가 커다란 몸을 쓰지 못해 안타깝게 빛을 내고 있었다. 조금이라도 거슬리는 일이 있다면 저 칼이 불을 뿜을 것이다.

이건 시위고 도발이었다. 반발하는 자는 힘으로 억누를 테니 알아서 처신하라는 확연한 엄포였다. 일이 여기까지에 이르면 도신의 손에 사정이란 없다. 그것이 지난 세월 사람들의 기억 속에 남겨진 그의 모습이다. 그런 말뜻과 기세를 이제 광장 위에 있는 모든 사람이 알아들었다.

대답을 해야 한다. 요구하는 사람이 다름 아닌 도신 최홍결이기에 더욱 그러하다. 맞설 이유가 없다. 이건 승산없는 필패의 수다. 이 자리에 있는 누구라도 그걸 안다. 상대는 태산삼신이다. 거기에 권신과 곤제가 함께다. 그뿐만 아니라 소림 방장의 사제 외팔이 법진도 있다.

숫자가 문제가 아니다. 저들은 지금 한 동아리로 움직이는 것이다. 저런 구성은 이전에도 없었고 이후에도 가능치 않을 것이다. 또한 눈앞에 보이는 것이 전부가 아니다. 아래쪽 군웅들의 소요가 잦아드는 것은 분명, 묵호련의 젊은 호랑이들과 소림승들의 역할이 틀림없다.

이건 생각해 볼 필요도 없는 싸움이다. 다른 자들의 입장에서 지금 생각해 보면, 저들의 존재가 있는데 왜 이곳까지 왔는지조차 허무할 일이다. 더욱이나 자신들은 이 일에 끼어들 이유가 없다. 그저 결과만 지켜보면 될 일이다.

"특별히 드릴 말씀이 없소이다."

이선경이 차갑게 굳은 얼굴로 팽진성을 한 번 응시한 뒤, 고개를 돌려 도신을 향해 말했다. 하지만 그의 눈은 미동없이 서 있는 적의인들과 그 너머의 석굴을 향해 의미로움을 보였다. 그러나 그 눈빛의 의미를 본 자는 아무도 없었다. 왠지 그 눈빛은 팽진성도 같아 보였다.

"할 말이 있는 자는 지금 나서시오!"

다시 한 번 무겁게 말을 뱉은 도신의 눈은 공진자와 정양 진인, 그리고 당무호와 정체를 파악 못한 진삼의 일행에까지 차례로 돌았다. 그러나 대꾸하는 자는 아무도 없었다. 만약 이견을 가지고 맞서려는 자가 있다면, 그야말로 섶을 지고 불로 뛰어듦과 진배가 없는 일이었다.

이제 귀영투가 끼어들어 흩뜨려 놓은 일은 마무리를 보이고 있다. 귀신같은 도적놈이 칼을 훔친 일이 감탄스러웠고, 또 그로 인해 잠시의 틈과 기회가 보였던 일은 원점으로 돌아갈 순간인 것이다.

앞을 가로막은 적의인들이 어떤 무리인지, 또 귀영투와는 무슨 관계인지가 궁금하기도 하지만, 저들에게 이제 기회란 없는 것이다. 상대도 상대 나름. 삼제오신 중의 셋이 빠져 다섯이 뭉친 저들에게 맞설 힘이란 상상조차 할 수 없음이다.

어찌해서 묵호련이 저 무리에 끼어들게 되었는지는 모르지만, 사람들은 이제 이 일의 결과를 짐작한다. 이제 적의인들에게 남은 결과는 오직 하나, 파멸뿐이었다.

분을 참아내는 공진자의 독기 어린 얼굴을 마지막으로 모두에게서 시선을 거둔 도신 최홍결이 천천히 석굴을 향해, 왜도를 겨눈 적의인들을 향해 몸을 돌렸다. 손에 잡힌 거종도는 천천히 앞을 향했고, 말소리는 또렷이 울려 나왔다.

"다섯을 세마."

말을 던진 최홍결은 두 손으로 거종도를 움켜잡고 곧바로 숫자를 내뱉었다.

"하나."

소리가 들림과 동시에 악중산은 도끼를 치켜들었고 궁신은 철궁을 고쳐 잡았다. 옆에 선 권신은 두 주먹을 가슴 앞으로 서서히 모았고, 곤제 이태는 묵빛 철곤을 돌려 세웠다. 염주를 돌리는 법진의 옆에 선 독고지명만이 팔짱을 끼고 있을 뿐이었다. 도신의 음성은 또 들렸다.

"둘."

뒤쪽에서 바라보는 사람들은 이제 알았다, 다섯을 센다는 도신의 말이 무얼 의미하는지. 그건 투항의 마지막 권고임과 동시에 공격을 알리는 최후의 통첩이었다. 다섯의 숫자가 모두 세어지면, 지옥이 펼쳐질 것이다.

“셋.”

도신의 눈은 점점 시리게 변해갔고 적의인들은 미동이 없었다. 도신은 또 한 숫자를 내뱉었다.

“넷.”

그 순간, 변화가 시작됐다. 하지만 그 시작은 도신 일행이 아닌 적의인들의 무리가 먼저였다.

“이여어어어엇!”

반원진의 중앙 선두의 자리에 선 자 입에서 괴성이 터져 나왔다. 뜻밖이었다. 외양만 보아도 말을 잃은 것 같은 자들이 고함을, 아니, 기합을 터뜨린 것이다. 그 기합 소리가 전체로 번져 나가며 움직였다.

“이여어어어어!”

용문산 전체가 흔들리는 것 같았다. 그 흔들림 속에 적의인들의 신형이 전방으로 뛰쳐나왔다.

“이런 개잡놈들!”

욕설하며 도끼를 치켜든 것은 부신이 먼저였지만, 회청색의 칼질을 휘두른 것은 도신이 먼저였다.

쉬아아아악!

왜도를 들이대고 달려오던 적의인들의 정강이 쪽으로 회청색의 거대한 칼날이 도강을 뿌려 갈겼다. 그 모습이 마치 거대한 작두날을 수평으로 찍어 돌린 것 같았다. 그리고 결과는 참혹했다.

스퍼퍼퍼퍼퍼퍽!

쪼개진 장작 같은 기음을 내며 선두를 달려오던 십여 명의 적의인들이 앞으로 고꾸라졌다. 쓰러지는 그들의 하반신에는 피가 퍼져 올랐고, 잘려 버린 무처럼 다리통들이 사방에 튀어 흩어졌다.

예상대로 비명은 없었다. 쓰러지는 자들의 등을 밟으며 이선(二線)의 자들이 전방으로 탄시(彈矢)처럼 쇄도했다. 그런 적의인들의 눈엔 결사의 의지만 보일 뿐, 일말의 동요도 없어 보였다. 하지만 그렇게 튀어나와 거리를 좁힌 그들에게도 벼락이 떨어졌다.

"끼놈들!"

기합처럼 다시 소리친 악중산의 도끼가 거대한 반월의 그림자를 만들며 직선으로 내리찍혔다. 동시에 곤제 이태의 철곤이 묵빛 곤풍을 십자로 터뜨려 냈다. 그리고 권신 혁창해의 두 손은 녹색의 도깨비불처럼 물들며 파랗게 흔들리다가, 안개처럼 몽롱한 기운이 점점 짙어지며 두 주먹의 표면을 감싸고 공처럼 뭉쳐진 그것을 연속해서 쏘아 보냈다.

쿠아아아아아!

세 가지 절기가 한꺼번에 쏟아지며 기괴한 굉음을 만들어냈다. 무서웠다. 그중에서도 유독 푸른 구체(球體), 오늘의 권신을 있게 한 성명절기, 대륙의 기세를 담았다는 팔황권(八荒拳)의 정수, 그것이 공간을 박살 냈다. 그리고 그것을 알아본 뒤쪽의 철혈수 조강이 부지간에 소리쳤다.

"팔황추뢰(八荒追雷)다!"

선명한 결과가 눈앞에 장관처럼 펼쳐졌다. 삼 장여까지 접근했던 적의인들의 몸이 종이 인형처럼 터지며 흩어졌다. 그 참혹한 소리가 너무도 극명했다.

퍼퍼퍼퍼퍼퍼펑!

터지는 소리의 중심에 적의인들의 가슴과 몸통이 있었고, 그 한가운데 푸른 구체가 있었다. 하지만 터지는 몸뚱이들은 그걸로 끝나지 않았다. 그렇게 터지는 위로 반월의 강기 날이 내리박혔고 묵빛 십자곤풍이 온몸을 휘어 감았다.

예외도 없고 빈틈도 없었다. 요행히 권신의 권강(拳罡)을 피해 몸을 내치는 자에게는 곤제의 곤풍이 허리를 때렸고, 그마저도 허리 숙여 피한 자의 머리와 어깨에는 부신의 강기날이 쐐기처럼 틀어박혔다.

붉은 피가 광장의 중앙에서 사방으로 풍산(風散)하였다. 짧은 순간 피비린내가 장마전의 물 냄새처럼 허공에 가득 퍼졌다. 참혹했다. 하지만 적의(赤衣)로 몸을 감싼 그들에겐 피 빛깔이 보이지 않는지, 갈라지는 동료의 몸을 넘으며 계속해서 전진만을 했다. 어느새 적의인들의 수효는 손가락으로 셀 만큼만이 남아 있었다.

그들을 향해서 도신의 왜소한 체구가 커다란 칼을 들고 마주쳐 나갔다.

쉬, 쉬에엑!

달려가는 기세 그대로 내리긋고 다시 올려 그은 연속된 칼질에 두 놈의 몸통이 내민 왜도와 함께 사선으로 쪼개지며 좌우로 흩어졌다. 그 순간 갈라지는 제 동료의 등을 밟고 한 놈이 솟구치며 칼을 내리그을 때, 또 다른 놈이 갈라지는 놈의 피 안개 뒤쪽에서 칼을 쑤셔 박았다.

도신의 몸이 반원을 그리며 돌았다. 칼날이 아래로, 칼 손잡이를 하늘로 올려 잡은 칼을 몸통 앞으로 봉을 후려 비끼듯이 돌리며 다시 손목을 비틀어 바로 세웠다. 그사이에 가슴을 쑤시던 왜도가 퉁겨 나가고 머리를 쪼개던 칼날이 불꽃 속에 미끄러졌다.

캉! 카르르륵!

칼들이 퉁기고 비낄 때, 그 상태에서 제자리를 맴돌듯이 도신의 몸이 회전했다. 팽이 같은 그 회전 속에서 두 손에 잡힌 거종도의 날이 사방을 돌아 갈라 그었음은 말할 필요도 없었다. 그 수평 회전 속에서 칼을 쑤시던 놈의 목이 뛰어올라 머리를 쪼개 내리던 놈의 허리가 반 동강으로 잘려 버렸다.

푸아학!

머리 잘린 놈의 목에서 피 뿜어지는 소리가 섬뜩하고 요란했다. 땅에 떨어진 놈의 머리가 아직도 서서 경련하는 제 몸을 올려다보며 눈을 까뒤집었다. 허리 잘린 놈은 제 얼굴 앞에 포개진 하반신을 안고 몸통을 꿈틀댔다. 진득한 피가 허리 아래로 출렁댔다.

도신은 그런 광경에 일별도 주지 않은 채 남아 있는 세 명의 적의인들에게로 발을 옮겼다. 그렇게 달려들기는 최후까지 남은 삼 인의 적의인들도 마찬가지였다. 하지만 그 순간 들려온 커다란 웃음소리는 모두의 몸을 멈춰 세웠다.

"크하하하하하!"

웃음소리는 산의 머리 부분쯤에 뚫린 동혈에서 터져 나왔다. 소리를 좇아 모두의 시선이 그곳으로 향했다. 일촉즉발로 부딪쳐 가던 도신과 삼 인의 적의인들은 물론, 바라보며 손에 땀을 쥐던 뒤쪽의 모든 사람들도.

웃음으로 소리친 자는 귀영투였다. 검은색 야행복 그대로에 피걸레가 된 왼쪽 어깨 어림에서 오른쪽 옆구리로 기다란 보퉁이가 등에 달렸고, 하나뿐인 오른팔은 커다란 연(鳶)을 붙잡았다. 이상한 모습이었다.

"저건 비익연(飛翼鳶)이다!"

독고지명이 올려다보며 소리쳤다. 삼각의 가오리를 커다랗게 펼친 모양 같은 연은 검은 오죽(烏竹)으로 뼈대를 댔다. 그 중심에 사람의 몸을 끼워 넣듯이 고정하는 틀이 보였다. 그 속에 귀영투의 몸이 들어가 연을 등에 업듯이 잡고 있었다. 부신도 급하게 소리치며 되물었다.

"뭐, 뭐요? 그게 뭔데?"

"저놈이 저걸 타고 날아서 도망가려는 게야!"

"뭣이라고? 날아간다고?"

부신의 놀란 외침과 모두의 부릅떠진 시선 속에서 귀영투의 몸이 동혈 앞의 암반을 박찼다. 탁하게 갈라진 변색된 목소리가 그 순간에 울려 퍼졌다.

"잘들 있거라, 우매한 놈들아! 크하하하하하!"

때마침 불어온 바람이 산사면을 타고 오르며 놈의 연을 떠받치듯 밀어 올렸다. 그렇게 떠오른 연이 용문협곡의 강줄기를 보며 비행을 시작했다.

"엇! 저, 저, 저놈이 진짜로 날아가네!"

부신이 도끼를 붙잡고 소리쳤다. 하지만 유연하고 날씬한 매처럼 창공을 날아가는 그 모습에 발만 구를 뿐, 모두가 대안없이 쳐다만 보아야 했다. 그리고 모두가 하늘로 눈을 팔던 그 순간, 또 다른 일이 벌어졌다.

쉿, 식, 쉬엑!

날카롭게 무언가를 갈라대는 소리가 연속해서 들렸다. 소리의 근원은 도신과 격돌하려다 멈춘 삼 인의 적의인들이었다. 그들의 몸이 지금 쓰러지는 중이었다. 원인은 스스로의 목에 대고 그어 돌린 시퍼런 왜도였다.

핏줄기를 뿜어내던 몸들이 제 동료들의 시신 위로 처벅대며 넘어갔다. 손에는 아직도 힘을 못 이긴 왜도가 들려 푸들대며 흔들거렸다. 그 모양을 보던 모든 이들이 침을 삼킬 때, 바라보던 독고지명이 중얼댔다.

"배후가 어떤 놈들인지 지독한 놈들이로구나!"

바로 근접해 바라보던 도신은 그 모습에 미련을 버리듯 고개를 돌리고 하늘을 날아가는 귀영투의 비익연으로 시선을 꽂았다. 그런 그가 외마디 소리를 내뱉었다.

"셋째야! 떨어뜨려라!"

도신의 말에 무슨 이야기인가 어리둥절해하던 사람들은 미간을 곤두세운 궁신 김영주가 철궁을 세우는 것을 보았다. 그리고 그 철궁에 작은 창대만한 단철시가 재워지자 비로소 입을 벌리고 고개를 끄덕였다.

하늘을 향해 철궁을 당긴 궁신의 어깨가 활만큼이나 부풀었다. 곧추 세운 미간은 검만큼이나 예리했고 그 사이로 터지는 눈빛은 활대와 시위를 건너 허공의 한 점에 매섭게 꽂혀들었다. 그리고 그 순간 단철시가 시위를 떠났다.

퓨아아아아아앙!

활과 살이 내는 소리라곤 믿기지 않는 소리가 하늘을 뚫어버리는 것처럼 터져 나왔다. 마치 천둥 맞은 회오리 같은 그 소리를 달고 단철시는 공간을 갈라 파헤치며 고공으로 솟구쳐 올라갔다.

소리는 크고 길었지만 결과는 찰나였다. 날아가는 비익연과의 거리를 한순간에 뭉뚱그려 버린 것 같은 속도로 날아간 단철시가 하늘에 떠가는 작은 점으로 보이는 비익연을, 그걸 탄 귀영투를 관통하며 더욱 솟구쳤다.

퍼러럭! 소리는 들리지 않았지만, 한순간에 살 맞은 새가 된 비익연의 날개가 찢어지고 뼈대가 부서지며 맴돌이하는 수리의 몸통처럼 아래로 추락했다. 그렇게 떨어지는 하늘가에 점점이 붉은 피가 비처럼 뿌려 내렸다. 솟구치던 단철시도 힘을 잃고 그 뒤를 따랐다.

풍덩!

삼문협(三門峽)을 지향하고 강줄기의 역방향으로 날아가던 귀영투의 몸이 강바닥에 포말을 남기고 처박혔다. 사람들의 시선 속에 떠오르는 듯하던 귀영투의 몸이 물결 속에 먹히며 다시 잠겼다. 그럴 수밖에 없는 것이, 그곳은 모든 걸 갈가리 찢어버리는 용문협곡이었다.

비 개인 오늘따라 이궐용문의 물소리는 더욱이나 크고 우렁찼다. 더불어 산에 있던 사람들이 서둘러 하산하는 발소리가 협곡 가득 울려 퍼졌다.

9장 인파(因果)의 시작(始作)

인과(因果)의 시작(始作) 1

굽이치던 용문의 물결이 잦아들며 황하의 본류를 향해 달려가는 이수(伊水)의 아랫녘 들판은 구름 흩는 바람이 시원했다. 그곳에서 철수하는 소림승들과 묵호련의 호경대 무사들을 바라보는 진삼은 씹고 있던 풀잎을 뱉어 던졌다.

강안(江岸)에 퍼질러 앉은 그 모습 그대로, 낙양성을 우측으로 끼고 숭산을 동쪽으로 바라며 무리 지어가는 중들과 젊은 호랑이들을 보는 그는 허탈한 웃음을 웃었다.

"헤헤헤헤…… 결국은 아무 놈도 가지지 못하고 도적놈만 웃게 됐구나."

진삼의 혼잣소리에 소 치는 목동들처럼 모여 앉았던 흑상귀 중 일귀가 슬며시 말을 걸었다.

"진짜로 빠져나간 걸까요?"

시선을 뜨악하게 돌린 진삼이 말했다.

"그럼, 네 눈엔 지금 이 상황이 뭘로 보이냐?"

"궁신의 단철시(斷鐵矢)가 몸을 관통했는데, 거기다가 놈이 빠진 곳은 황소의 몸통도 갈아버리는 용문이 아닙니까? 그래도 살 수 있다면 그건 사람이 아니라……."

"집어치워, 이 자식아! 네 말대로라면 벌써 찢어진 놈의 몸뚱이가 이곳에 떠올라야 했다! 그랬다면 저 인간들도 지난 십수 일간의 헛지랄은 면했을 테지!"

면박을 주며 가리킨 진삼의 눈길 쪽에는 떠나는 자들의 뒷모습이 점점이 보였다. 그 모습들은, 마치 길었던 잔치가 파한 후에 적막한 집으로 다시 돌아가는 노인들처럼 맥없고 허탈해 보였다.

진삼은 갑자기 피식피식 웃었다. 느닷없이 솟구치는 웃음을 참을 길이 없었다. 그랬다. 이건 한바탕의 잔치였다. 그런데 잔칫집에 숨어든 도적놈이 모두가 먹기 위해 서로의 눈치를 보며 군침 흘리던 맛난 음식을 훔쳐 도망간 것이다.

이제 도적놈이 제가 훔친 음식을 처먹을지 버릴지, 또는 어딘가에서 침 흘리는 다른 놈에게 팔아버릴지 아무도 모르는 일이 되어버렸다.

"정말 웃기는 일이로구나…… 정말 웃겨."

자조처럼 말을 내뱉은 진삼은 하늘로 고개를 들고 또 지껄였다.

"웃기긴 한데, 이제 돌아가면 노야의 찻잔에 머리통 깨지는 일만 남았으니… 에효, 내 팔자도 더럽기는 누구 못지않구나."

그렇게 피실피실 웃다가 정신 나간 놈처럼 혼자 푸념을 늘어놓는 진삼을 보던 흑상귀 중 이번엔 이귀가 빼꼼이 물어왔다.

"그 누구가 누구를 말함입니까요?"

흰 구름이 두둥실 떠가는 푸른 하늘을 보던 진삼의 눈이 매섭게 돌아왔다.

"뭐?"

흘겨진 진삼의 눈이 퍼릇했다. 당연히 말투가 고울 리 없다.

"너, 지금 나한테 엉겨보자고 그 따위 소리 하는 거냐?"

잘못 건드렸다 생각하며 당황한 이귀가 황급히 변명을 했다.

"아니, 그게 아니고…… 저는 단지……."

농군 같은 특징없는 얼굴로 째진 눈을 만들고 노려보던 진삼은 갑자기 눈길을 꺾으며 맥없는 한숨을 내뿜었다.

"휘유우…… 그래, 너희 같은 놈들을 수하라고 부리고 있으니 내 팔자가 더럽지. 거기다가 한번 화나면 미친개 같은 영감탱이까지 있으니… 에고, 더러운 내 팔자야."

진하게 푸념질을 내뿜은 진삼이 문득 빼꼬롬이 곁눈질로 쳐다보고 있는 다섯 명의 흑상귀들에게로 상체를 들이밀며 은근히 말했다.

"여봐라. 어차피 일도 글렀는데 낙양 성내에서 놀다 가지 않을 테냐? 터질 때 터지더라도 말이다."

뜬금없는 이야기에 서로를 돌아보던 흑상귀들이 손사래를 치며 나앉았다. 일귀가 얘기했다.

"그냥 이 상태로 가서 온전히 노야 손에 죽을랍니다."

말도 안 되는 일이라는 듯 뻣뻣한 표정으로 말하는 일귀의 얼굴을 보고 진삼은 제 머리통을 긁었다.

"그래, 그래야겠지…… 에휴."

한숨 쉬는 진삼에게 일귀가 또 말을 걸었다. 그러나 이번엔 내용이 좀 달랐다.

"그런데 저들과 달리 진작에 철수한 사자철기맹의 동태가 이상하지 않습니까? 어쩐지 손 놓고 구경만 하는 듯한 태도였는데 말입니다."

머리 긁던 손을 내리고 힐끔 일귀에게 시선을 준 진삼은 마지막으로 강변을 떠나고 있는 팽가와 무극도문의 무리들에게로 시선을 꽂으며 대답했다.

"이상하지. 하지만 이상한 게 어디 그들뿐이더냐? 저기 저놈들도 이상하긴 매한가지다."

일귀와 함께 나머지의 시선도 진삼의 눈길을 좇았다. 일귀가 다시 얘기했다.

"왜도를 쓰던 적의인의 무리들은 아무래도 개봉성의 관묘에 출몰했던 그 집단이 틀림없지 싶습니다. 병기도 병기려니와 적의를 뒤집으면 흑의가 되는 특수한 복장 등 여러 가지가 보면 볼수록 더욱 확신이 갑니다."

"그래, 그 의심이 저들 무리에게 연결되는 것도 자꾸만 더 의심스럽지. 줄을 잡았더니 소가 끌려오는 것처럼 말이야. 우리가 저들에 대한 것을 너무 허술히 했어."

흐릿하던 안광을 파랗게 바꾼 진삼의 눈이 선두에서 걸음을 걷는 팽진성과 이선경의 모습을 바라보았다. 진삼은 혼잣말처럼 또 말했다.

"바야흐로 바람이 불겠구나. 혈룡도에 벽력문에 이놈저놈 편 짜는 무림인들에, 거기다 복수를 꿈꾸는 혈리표라니……. 어쩌면 이제껏 겪어보지 못한 거대한 태풍이 불어닥칠지도 모르겠구나."

진삼의 중얼거림 같은 말소리에 흑상귀들은 격랑을 보이는 이수를 내려다보며 낯빛을 굳혔다. 말은 몇 마디에 불과하지만 이 일의 심각성이 어떠한지는 그들 모두가 알고 있는 것이다.

노야는 그것을 내다본 것이 분명했다. 그렇기 때문에 상황을 알렸건만 정체가 드러날 것을 알면서도 개입을 명하였고 그것은 그만큼 당금의 일이 심각하고 중대하다는 것을 반증하는 것이기도 했다.

무림의 일은 언제나 세상에 영향을 미쳤다. 그것은 그들이 세상 밖에 사는 이들이 아닌 이상 당연했고, 특하나 명문세가와 거대 문파들의 경우에는 관련을 맺고 있는 중원 상계에 끼치는 영향이 지대했다.

상계는 그래서 항상 그들을 살펴야 했다. 멀리하고 싶지만 그럴 수도 없는 존재들이 바로 그들이다. 그들이 한번 기침을 할 때마다 허리를 조아리고, 길을 나설 때마다 신발에 묻은 먼지를 털어줘야 했다.

물은 위에서 아래로 흐른다. 결국은 그러한 유착과 폐해들이 밑바닥으로 내려오게 되는 것이다. 아래로 아래로 밟혀 내려와 결국은 헐벗고 굶주린 백성들의 살거죽을 벗겨내게 되는 것이다. 그것이 세상의 흐름이다.

그래서 생긴 것이 흑상련이다. 힘없는 자들이, 어두운 곳에 있을 수밖에 없는 자들이 뭉쳐서 살길을 도모해 보자고 만든 것이 흑상련인 것이다. 흑상련은 어둠 속에서만 존재했다. 하지만 이제는 백일하에 드러나게 되었다.

노야는 그것마저도 감수할 만큼 이번 일을 중요하게 보는 것이다. 그것은 이제 불어오는 바람을, 없는 자들의 싸리 담과 초가지붕을 걷어내는 세상의 바람을 조금이라도 막아보자는 의도인 것이다.

노야의 예상대로 이제 바람은 불었다. 그 바람이 그저 지나는 예사의 바람이 되기를, 그들은 빌고 또 분주히 움직여 막아야 하는 것이다.

"우리도 돌아가자꾸나. 가서 탁주든 청주든 한 사발 들이키고 잠부터 자야겠다."

엉덩이의 묻은 풀 자락을 털어내는 진삼의 황의가 강바람에 펄럭거렸다. 집을 생각하는 흑상귀들도 따라 일어섰고, 상념을 강 속에 던져버리듯 눈길을 거둔 진삼은 강 언덕길을 보며 돌아서 걸음을 옮겼다. 하지만 그의 걸음은 두 번을 채 옮기지 못했다.

"어? 이 자식! 야! 너 이리 와봐!"

상류 쪽 강 언덕길에서 걸어 내려오던 자가 진삼을 보고 소리 질렀다. 목소리는 머리를 흔드는 것처럼 커다랬고, 까딱대는 손가락은 어린애 팔뚝만이나 했다. 부신 악중산이다.

"야! 너, 처음에 쌈질하던 놈 맞지?"

진삼은 움직이지 않았다.

"어라? 이 자식아! 이리 오란 소리 안 들리냐? 엉?"

부신은 다시 소리 질렀고, 옆에선 괴물 늙은이들이 호기심 어린 눈으로 쳐다보았다. 하지만 진삼은 굳어진 얼굴로 역시 움직이지 않았다. 갑작스런 상황에 당황하기는 흑상귀들도 마찬가지였다.

진삼은 범 앞의 토끼처럼 굳어진 몸을 풀어 은근히 옆 걸음으로 몸을 움직였다. 그리고 속으로 생각했다. 마지막에 똥 밟았다고. 왜 갈 때를 넘긴 늙은이들이 죽지도 않고 설쳐 대냐고. 그리고 그건 노야도 마찬가지라고.

"야, 임마! 이리 오라니까 왜 게걸음이야!"

걸어오며 호통 치는 부신의 얼굴에서 반대쪽으로 시선을 돌린 진삼은 커다란 소리를 흑상귀들에게 남겼다. 그리고 귀신처럼 뛰기 시작했다.

"튀어!"

불을 본 강아지들처럼 주춤대던 흑상귀들이 미친 듯이 그 뒤를 따랐음은 두말할 필요도 없었다. 그 꼴을 보고 악중산은 멍한 얼굴로 손가락질을 했다.

"어랍쇼? 뭐, 저런 자식들이 다 있어? 왜 도망을 가?"

부신의 물음에 답을 해준 이는 역시 더 늙은 괴물 독고지명이었다.

"세상에 언 놈이 네가 오란다고 오겠냐? 오는 놈이 미친놈이지. 안 그러냐, 얘들아? 어이, 기분도 드러운데 어디 가서 술이라도 한사발하자!"

뜨악한 눈길로 엉겨 붙으려던 부신이 술 소리에 화색을 돋운 것은 당연한 일이었다. 하지만 그런 그들의 자취도 굽이치는 강 소리에 흩어져 가고, 사람들이 뒤지던 강가에는 흰 도포의 늙은이 하나만이 남아서 강물을 내려다보았다.

한숨 속에 강물만 바라보며 움직이지 않는 그 늙은이는 삼 척 고검을 등에 비끄러맨 청성의 늙은이, 공진자였다.

강바람이 계속 불어 공진자의 도포 자락과 검끝의 수술을 흔들었다. 그 모습은 마치 너도 가라고 밀어대는 것만 같았다. 하지만 욕심을 강물 속에 담아버린 공진자는 돌아서는 법을 잃어버린 사람처럼 강물만 바라보았다.

＊　　　＊　　　＊

"시체조차 떠오르지 않았단 말인가?"

묻는 황보장청의 후덕한 얼굴에는 특유의 여유와 인자함이 없었다.

"지난 보름간 우리뿐 아니라 용문의 강줄기를 뒤진 타 문파의 사람들에게서도 시선을 떼지 않았습니다만 흔적이 나오지 않았습니다."

말하는 팽진성의 얼굴은 돌처럼 굳어 있었다. 옆에 앉아 말없이 차가운 기운만을 뿌리는 이선경의 얼굴을 일별한 황보장청이 다시 말했다.

"이것을 어찌 해석해야 하는가? 죽었다면 시체라도 떠올라야 하지 않는가? 하다못해 팔 한쪽이라도 말일세. 그것이 용문의 물살 아니던가?"

답답한 표정을 감추지 않는 황보장청을 보며 팽진성은 고개를 수그렸다.

"모든 게 일을 매끄럽게 처리하지 못한 제 불찰입니다. 형님의 노여움에 뭐라 드릴 말씀이 없습니다."

깊숙이 내려지는 팽진성의 고개를 보던 황보장청의 시선이 허탈하게 돌아갔다. 때마침 불어온 바람이 정자 건너의 죽림을 흔들었다. 더위를 머금고 불어 다니는 바람은 시간의 흐름을 말해 주었다. 계절의 느낌이 변해감을 아는 정자 위의 세 사람은 그래서 더욱 심난했다.

"시체가 없다면 죽지 않았을 테고, 죽지 않고 도주했다면…… 결국 우리의 뒤를 친 셈이로군."

허허로운 음성으로 황보장청이 말했다. 흔들리는 죽림을 향해 돌아간 그 시선을 보며 팽진성은 이를 갈듯이 날 선 음성을 내뱉었다.

"그놈을 꼭 잡겠습니다! 잡아서 뼈를 갈아 마시겠습니다!"

죽림 앞의 연못에서 물을 차는 잉어의 꼬리를 보던 황보장청은 팽진성의 격노한 얼굴에 다시 시선을 돌리며 차분하게 말을 꺼냈다.

"우리들 자신을 너무 과신했네. 애초부터 도적에 불과한 자와의 약속을 믿고 대비를 소홀히 한 우리에게 잘못이 있네. 귀영투라는 그 이름이 주는 명성에 눌렸던 것이지. 그자는 그것을 이용했네. 그렇게 계약을 위반하고 명성을 저버린 대가로 혈룡도를 차지한 것이지."

꿈틀대는 팽진성의 미간을 보며 황보장청은 담담히 다시 이야기했다.

"나 같아도 그리했을 게야."

팽진성은 어금니를 물며 다시 시선을 내려뜨렸다. 세 사람은 모두 말을 잃었다. 그렇게 어색한 침묵 속에서 정자는 바람에 몸을 씻었다.

그러기를 잠시, 이렇다 할 한마디의 말도 없이 차가운 얼굴만을 보이던 이선경이 문득 말을 꺼냈다.

"값없이 희생된 이번 일로 인해 적혈단 아이들의 사기가 말이 아닙니다."

감정없이 차분한 신색인 이선경의 눈을 응시하며 황보장청이 입을 열었다.

"그럴 테지. 자신들의 장기를 발휘해 보지도 못하고 청천백일하(靑天白日下)에서 시간 끌기용으로 버려지는 사석처럼 쓰러져 버렸으니까."

씁쓸한 표정인 황보장청은 의미없이 빈손만 조막거렸다. 이선경은 차가운 얼굴로 또 말했다.

"아이들의 사기도 사기려니와 이번 일로 부분적이나마 정체를 드러낸 것이 마음에 걸립니다. 강호의 눈은 결코 호락호락하지 않으니까요. 더군다나 사자철기맹의 심학수는… 자꾸만 되새겨 생각이 납니다."

"그렇습니다. 묵호련이야 삼신, 소림 등과 잠시 어울릴 수 있다 치지만 사자철기맹의 방임하는 듯한 행태는 이해하기 어려웠습니다."

팽진성이 여전히 굳은 얼굴로 덧붙여 말했다. 황보장청은 가만히 고개를 끄덕이며 자신의 생각을 말했다.

"사생결단을 각오했다면 우리뿐 아니라 사자철기맹도 그 늙은 괴물들과 일전을 결할 수는 있었겠지. 하지만 우리처럼 움직이지 않은 건, 그들 나름대로의 계산이 있었다고 여겨지네. 더군다나 상대는 무중신안이 아닌가 말일세."

"보도가 하늘로 날아가는 마당에, 그리고 결국은 물속에 잠겨 행적이 없어진 마당에 그들이 염두에 둔 계산은 과연 무엇일까요?"

이선경의 날 선 물음에 황보장청은 또다시 빈주먹을 주억댔다.

"글쎄, 그것이 과연 무얼까?"

공허한 자문을 하던 황보장청은 주억대던 빈주먹을 갑자기 꾸욱 움켜쥐었다. 씁쓸해하고 허탈해하던 시선은 평소의 그것으로 점점 변해갔다. 곧 이어 힘이 깃든 음성으로 천천히 입을 벌렸다.

"어쨌든 이제는 시기가 무르익었음이네. 혈룡도뿐 아니라 혈리표의 출현과 언제일지 모를 벽력문의 준동까지! 우리는 이때를 놓쳐서는 결코 안 되네. 만일 그렇게 된다면 두고두고 한이 될 것이네!"

말하는 황보장청에게서 전염이 된 듯, 보는 이선경과 팽진성의 눈 속에서 힘이 꿈틀거렸다. 그 눈들을 바라보며 황보장청은 얘기를 이어 나갔다.

"꼬리를 한 번 드러냈으니 이제는 다시 감추도록 하세나. 그리고 계획한 일들을 점검하고 각자가 맡은 일들을 완비해 놓는 데 박차를 가하도록 하지."

"알겠습니다. 얼마 안 있어 남궁 가주의 수연(壽宴)도 있을 예정이니, 저는 돌아가 그들의 결속과 단속에 힘쓰겠습니다."

"저는 예정대로 왜인들을 만나 물품을 건네받고 아이들이 숙련되게 사용할 수 있도록 만전을 기하겠습니다.”

팽진성과 이선경의 대답을 차례로 들은 황보장청은 예의 인자하고 후덕한 웃음을 입에 물었다. 하지만 입가가 살짝 비틀린 그 웃음은 어딘가 모르게 음침한 구석이 엿보였다.

“그래. 칼의 행방은 언제고 다시 드러날 일. 내 것이 안 되면 부수면 될 일이지!”

눈빛마저 평소와 달리 이상한 빛을 보이는 황보장청은 낮게 뇌까리듯이 또 얘기했다.

“그런데 사자철기맹과 겨루었다는 몇 놈의 정체가 자꾸만 신경을 거스르는군. 진작에 사라져 버린 철비철각호 놈도 그렇고 말이야.”

여운 어린 황보장청의 말소리처럼 옅은 바람이 또 정자를 휘감았다. 그 속에서 움직이는 건 세 사람의 날 선 눈동자뿐이었다.

*　　　*　　　*

어느새 생겨난 것인지 주변을 맴도는 무수한 날벌레들의 맴돌이 소리가 귀에 거슬리도록 성화를 부려대는 날씨였다.

바람도 죽어버린 한낮의 뜨거운 해는 여름이 닥쳐옴을 알리듯이 신경질을 내고 있었고, 비를 기다리는 길가의 꽃과 초목들은 해님의 앙탈이 부담스러운 듯 팔다리와 머리채 등을 흐느적이며 늘어뜨리고 있었다.

그런 풍경을 옆으로 달고 먼지를 피워대며 굴러가는 마차의 앞으로는 고풍(古風)이 찬연한 거대한 장원이 세월의 때처럼 벌려 앉은 모습이 장엄했다.

열려진 정문의 안쪽으론 두 명의 장년 남자가 다가오는 마차를 보며 서 있었다. 드넓은 안쪽에는 오직 그들만이 보일 뿐, 다른 누구의 모습도 보이지 않았다.

마차는 정문을 지나 돌을 깔아 마감질을 한 장원의 안마당에 멈춰 섰다. 마차를 몰던 사내는 내려섬과 동시에 두 남자를 향해 깊숙이 허리를 숙여 보였다. 그리곤 아무 말 없이 사내들의 시선을 이끌며 마차의 뒷문을 개봉하였다.

마차 안에는 주칠(朱漆)이 되어 있는 기다란 목관(木棺)이 놓여 있었다. 목관을 바라보는 두 명의 장년 사내들은 한동안 말이 없었다. 중천에 지른 것처럼 높이 솟은 햇살은 여전히 눈부시게 따가웠고, 백열을 되쏘는 듯한 마당석들은 허옇게 빛을 내는 한낮이었다.

그렇게 어지러운 초하(初夏)의 열기를 뚫고 콧속을 들쑤시는 듯한 지독스런 악취가 공기 중을 날아다녔다. 냄새는 골까지 쑤시는 두통을 동반할 정도로 강렬한 욕지기를 불러내었다. 마치 불로 달군 젓가락으로 머리 속을 헤집는 것 같았다.

냄새는 마차 안에서 풍겨 나왔다. 정확히 그 안의 주칠된 붉은 목관으로부터 흘러나왔다. 악취로 전체를 휘감은 목관은 크고 두터웠다. 커다랗고 붉은 칠한 겉모습은 음울한 귀기(鬼氣)와 부정 어린 사기(邪氣)로 혼몽해 보였다.

두 명의 장년 사내 중 앞선 남자의 발길이 마차를 향해 천천히 다가들었다. 사내의 거북하게 올라간 손이 두터운 목관의 뚜껑을 밀어내었다.

끼이이이.

나무끼리의 마찰을 듣기 싫은 소리로 질러대며 관의 윗면이 개봉되었다. 처음부터 골을 흔들어대던 지독스런 냄새는 끓어오르는 음식물의 허연 증기처럼 비할 수 없이 강하고 진하게 팽창하듯 풍겨 나왔다.

하지만 허리 높이의 마차에 붙어 서서 열려진 관을 향해 상체를 들이밀고 있는 장년의 남자는 아무런 불쾌한 제약도 없는 듯이 관 속을 향해 목을 디밀고 하염없이 바라만 보았다.

그러나 미동없이 등을 보이고 있던 남자의 어깨가 조금씩 떨리며 흔들렸다. 떨림은 격통처럼 커지며 팔을 지나 손에 이르렀고, 굴곡진 윤곽을 보이는 두 손은 두꺼운 나무 관에 손자국을 깊게 내며 박혀들었다.

뒤에 서 있던 또 한 남자가 다가들었다. 남자는 목관에 손자국을 내고 있는 앞선 남자의 손을 감싸듯 제 손을 얹어 포개었다. 떨림으로 표출된 주체 못할 격동이 손을 타고 흘러들었다. 뒤에 선 사내는 고개를 숙여 격동하는 남자의 얼굴을 바라보았다.

앞선 사내가 울고 있었다. 연륜에 걸맞는 탐스런 검은 수염과 무리를 이끄는 수장으로서의 경륜한 얼굴이, 지금 이 순간 진창처럼 일그러지며 참담함을 눈물로써 떨구어내고 있는 것이다.

눈물은 소리없이 굵은 궤적으로 흘러내렸다. 그리고 수염을 적시며 관 속으로 떨어져 내렸다. 그 눈물을 죽은 자의 얼굴이 비처럼 받아들였다.

관 속의 시신은 생선처럼 썩어가는 중이었다. 이미 육탈이 시작된 핏기 걷힌 하얀 얼굴에 거친 아마포로 감싼 몸은 변색이 되어 흉측했다.

피에 절고 흙에 전 찢어진 옷가지들은 죽음의 참상을 증언하고 있는 듯했다. 뿌리를 쳐낸 것처럼 팔이 잘려 나간 왼 어깨에서는 홍건한 진물이 흘렀다. 무릎과 허벅지께에 겨우 붙여놓은 것 같은 양다리는 기괴하게 비틀려 부서졌다.

팔 없이 허전한 왼 옆구리 어림의 하복부는 무엇인가 커다랗고 날카로운 것이 뚫고 지나가며 시커먼 구멍을 내어놓았다. 등 쪽까지 맞창이 난 그 구멍은 어른의 주먹이 드나들 만큼 커다랗고 흉악했다.

가슴의 갈비뼈는 제 살을 뚫고 나와 꺾어진 날카로움을 내비쳤다. 온통 갈라지고 찢어진 전신의 살결들은 붉지 않고 검누스르했다. 그 사이사이에는 썩어가는 육신의 자양이, 새 생명을 돕는 대지처럼 쟁기질한 살결 속에 수많은 움직임으로 쉼없이 꼬물락거리고 있었다.

그 위를 어디선가 날아온 파리 떼들이 왜앵거리는 날갯짓으로 정신을 빼며 구역질나게 소리 질렀다.

"승종아… 승운이가 돌아왔구나."

갑작스레 들려 나온 탄식 같은 말소리에 뒤에 선 남자 제갈승종(諸葛昇宗)은 고개를 퍼뜩 치켜세웠다. 후드득, 얼굴로부터 이탈되어 나가는 굵은 물덩이들을 보며 어느새 자신도 형님처럼 울고 있었음을 알았다.

형님, 제갈승만(諸葛昇萬)의 얼굴은 여전히 관 속의 동생을 향하고 있는 채였다. 하지만 맑은 물덩이를 흘리며 자신에게 이르는 떨리는 음성의 얼굴 모습은 가문을 대표하며 지난 세월 보여주던 철한(鐵漢)의 굳음이 아니었다.

그것은 꾸지람받고 서러움에 목을 걸떡이는 동생들을 보듬고 아우르던 어렸을 적 맏이의 그 얼굴이었다.

"많이 아팠겠구나……."

"형님……."

"저놈이… 나한테 맺힌 것이 많은 놈이었는데…… 결국은 나 때문에… 아니, 내가 죽이고야 말았구나."

관 속의 시신, 제갈가의 삼 형제 중 막내 제갈승운의 얼굴을 쓰다듬으며 제갈승만은 맑은 눈물을 이슬처럼 흘렸다. 온기가 사라진 죽은 자의 얼굴에 흐르는 눈물은 혈육의 정을 담은 마지막 이별의 전서처럼 자국을 남기며 소리없이 죽은 자의 얼굴로 스며들었다. 그런 형제의 눈물을 받은 제갈승운의 얼굴은 아무렇게나 보아도 고통스런 모습은 찾을 수 없었다.

어쩐지… 웃고 있는 것만 같았다.

제갈승만은 죽은 동생의 얼굴을 재차 쓰다듬었다. 흉측하고 처참스런 몸과 달리 동생의 얼굴은 평온했다. 마치 집에 돌아온 것을 알기라도 하고, 먼 길의 피로함을 형제의 손이 어루만지는 것을 느끼는 것 같았다. 그렇게 쓰다듬으며 제갈승만은 얘기했다.

"머리만 있고 힘이 없다 천시받던 가문을 일으킨다는 미명으로… 너를 내가 천하에 다시없을 도적으로 만들었구나……. 결국은 이런 일이 있을 줄을 알면서도 말이다. 용서해라……."

시신이 되어 돌아온 동생에게 제갈승만은 용서를 빌었다. 하지만 죽은 자는 여전히 말이 없었고 산 자의 오열만 더욱 깊어갔다. 그렇게 오열하던 제갈승만은 불현듯 고개를 쳐들었다. 젖은 눈은 여전히 관 속을 향한 채로였다.

그 눈길이 죽은 자, 제갈승운의 오른손으로 향했다. 고깃덩이처럼 처참한 시신에 오직 하나 온전한 모습인 오른손. 그 손과 팔이 옆구리에 끌어 붙이듯이 꼬옥 쥐고 있는 두 가지 물건.

하나는 기다란 보퉁이였고 또 하나는 유지와 밀랍으로 둘러싸인 납작한 사각 형태의 봉투 같은 물건이었다. 제갈승만은 그것을 살며시 집어 올렸다. 그러자 이제껏 붙잡고 있던 시신, 제갈승운의 손이 슬며시 풀어졌다. 이상한 일이었다.

"지난 세월 너를 귀영투란 이름으로 가문에조차 들지 못하게 하고서…… 이제 이 물건과 네 목숨을 맞바꾸었다. 하지만 후회하지 않으마!"

감정의 격류를 탄 듯, 갑자기 제갈승만은 밀랍이 봉해진 유지를 거칠게 잡아 찢었다.

찌이이익!

거칠게 찢어지는 소리와 함께 속에 든 사각의 책자가 뜨거운 마당으로 떨어져 내렸다. 떨어진 책자는 누렇게 변색한 책표지의 정중앙에 세 글자를 하늘로 보이고 있었다. 신풍류라는 세 글자를.

제갈승만은 떨어진 책에는 시선도 주지 않았다. 그의 붉어진 눈은 눈물 자국이 여전한 채 보퉁이만을 바라보았고, 손은 할퀴듯이 기다란 보퉁이의 겉을 둘러싼 보자기를 거칠게 잡아뜯었다.

보퉁이가 찢겨 나가고 그 속의 물건이 속살을 드러냈다. 그것은 칼이었다. 그것도 그냥 칼이 아니라 강호의 모든 무인들이 꿈에서조차 그려 마지않는 절세의 신병, 혈룡도였다. 그 황홀한 붉은 빛이 산 자와 죽은 자의 얼굴을 모두 비쳤다.

"네 죽음과 맞바꾼 이 칼로 구대문파는 물론, 친구인 척 손 내밀며 뒤에선 멸시하는 황보가와 팽가, 무극도문의 무리들… 그리고 세상의 모든 이들에게 제갈세가의 위대함을 뼈저리게 느끼게 해주마!"

붉은 칼날을 하늘로 치켜든 제갈승만의 얼굴에선 굳고 오래된 결의가 엿보였다. 칼날의 붉은 빛을 받은 그 얼굴이 다시 죽은 동생 제갈승운, 귀영투의 얼굴을 내려다보며 처연하게, 그러나 뜨거운 숨을 주체 못하는 음성으로 다시 말을 걸었다.

"도둑의 이름으로 죽었으니 얼마나 원통할 것이더냐……. 기다려

라…… 너의 목숨 값은 가문의 이름으로… 피를 나누어준 세가의 이름
으로 가족들이 거두어들일 것이다! 단 한 방울의 값어치까지 말이다!"

칼 잡은 손을 거두어들이고 한 걸음 물러서는 제갈승만의 얼굴에서
는 진저리 처지게 한이 밴 눈빛이 새어 나왔다. 그 눈길을 보는 제갈승
종의 발길도 관으로부터, 갈라진 동생의 시신으로부터 떨어져 나왔다.

동생의 시신을 보며 형님의 한이 밴 음성을 듣던 제갈승종은 오금에
힘이 새어지고 타는 듯한 목젖의 아래로 흉부의 깊숙한 곳을 시뻘건 인
두로 무두질을 해대는 것만 같았다. 숨이 가빠지고 눈앞이 흐려졌다.

자신의 형제들 중 셋째가, 기억 속의 거의 전부를 차지하는 형제들
중의 하나가 이젠 늙은이의 회고처럼 말뿐인 기억만으로 남겨진 채 그
들의 곁에서 사라져 간 것이다. 옛말처럼 이름만을 남겨둔 채로.

그러나 죽음은 거짓처럼 모호하게, 그리고 진실을 알리는 명확한 시
신의 모습으로 지금 눈앞에 실존해 있었다.

아우의 시신 앞에서 맹세를 부르짖던 두 형의 몸이 돌아섰다. 하지
만 두 사람의 신형은 또 굳어졌다.

돌아선 두 사람의 눈앞으로, 흰 빛을 대듯이 늘어진 마당석의 끝 쪽
에서 계단석을 붙잡고 토악질을 하는 젊은 청년의 휘청거림이 보였다.

청년의 입에서 쏟아지는 것들은 온통 검붉은 핏덩어리들이었다. 그
것들이 하얀 계단을 붉게 물들였다. 마치 단청을 칠하는 물감처럼.

몸을 가누지 못하고 피를 토하던 청년의 고개가 들려 세워졌다. 그 앞
에는 마주 보이는 두 명의 장년인이 서 있었다. 그러나 청년의 눈이 바
라보는 것은 그보다 뒤쪽이었다. 그 끝은 썩은 내를 풍겨대는 붉은 목관
이 자리한 마차였다. 청년의 눈 끝이 째지며 붉은 피눈물이 흘러내렸다.

뜯어진 눈으로 마차를 보다 고개를 떨군 청년은 기침처럼 토악질을

하고 눈물을 내쏟았다. 그렇게 피로써 오열하는 청년의 이름을 사람들은 제갈성혁(諸葛星赫)이라 불렀다.

제갈성혁은 제갈가 장주의 삼 형제 중 셋째, 제갈승운의 아들 이름이기도 했다. 그리고 지금 계단에 기대 피를 토하는 자의 이름이었다.

청년 제갈성혁의 머리 위 뒤쪽엔 신기제갈(神機諸葛)의 자색 현판이 불을 머금은 듯 검푸레하게 빛을 보이고 있었다. 그것은 마치, 오래전에 쏟은 피가 굳어진 빛깔 같았다.

제갈가의 장례는 숨죽인 고요 속에 치러졌다. 가문의 사람들은 소리 내지 않았다. 다만 억눌린 곡(哭)을 할 뿐이었다.

장례의 절차도 그러했다. 망자(亡子)의 몸을 씻기고 수의(壽衣)를 갈아 입히는 전복인을 청하지 아니 하였고, 그 일을 가주인 제갈승만이 직접 수발하였다.

썩어버린 피와 고름으로 떨어져 나가는 살덩이들을 수습해 더럽혀진 몸뚱이를 세심히 닦아내었다. 부서지고 뒤틀린 두 발과 몸통을 꿰어 맞춰 수의를 곱고 정갈히 갈아 입혔으며, 핏기없이 죽어버린 회청색의 얼굴 표면에 분을 발라 화색을 돋워내었다.

입에는 붉은 실로 꿰어낸 진주, 돈, 찻잎을 넣어서 저승길의 노자로 삼게 하였고, 머리맡 탁자엔 등을 밝혀 황천길을 밝히도록 세심한 정성을 기울였다. 아울러 등 옆에는 사잣밥을 놓고 젓가락을 꽂아 망자의 저승원행에 시장기를 달래도록 하였다.

초상났음을 알리게 하는 보상도 하지 않았다. 때문에 종이돈, 향, 점심 등의 예물을 들고 조문하는 친지와 조문객들의 적상도 볼 수 없었다. 다만 시집간 제갈승운의 두 딸을 불러들여 마을 입구에서부터 곡을 하게 하였고 세가의 남자들은 모두가 관의 옆에서 엎드려 곡을 하였으며, 여자들은 대문에서부터 곡을 시작하였다.

곡소리가 끊이지 않은 지 사흘, 대개의 관례로 보면 제갈가와 같은 명문세가에서의 장례 일정은 닷새나 이레에 이를 것이지만, 드러낼 수 없는 흉상인지라 일반인들의 범례로 삼 일 만에 서둘러 입관하였다.

관 바닥에 붉은 천과 동전을 깔고 사자(死者)의 장자(長子)인 제갈성혁이 시신의 머리를 들었다. 그에 맞춰 팔과 다리를 조심스럽게 들린 제갈승운의 시신을 관 안에 안치하고, 망자가 아끼던 물건들과 외손에 손수건과 은전을 쥐어 주었다.

마지막으로 제갈성혁이 젖은 솜을 젓가락으로 들어 망자의 눈과 귀, 입을 닦아내고 백면으로 얼굴을 덮었다. 그리고 목수는 관의 뚜껑을 덮고 세 개의 대못을 박았다. 이때, 자손 된 자는 곡을 내어야 하나 제갈성혁은 첫날처럼 피를 토해내었다.

숨죽였던 장례와 장지에 흙을 뿌림으로 시작한 송장(送葬)의 절차가 다 끝난 다음날, 제갈성혁이 세가에서 자취를 감춘 일과 어둠을 틈타 몇몇의 사람들이 세가의 문을 통해 각지로 흩어져 나갔음을 아는 사람은 아무도 없었다.

사람들은 그저, 젊은 시절 제갈가의 이름을 저버리고 가문을 등졌던 제갈 가주의 형제 중 제갈승운이 객사해 시체로 돌아온 일과 소리없이 장례를 치러 버린 제갈가의 사람들에 대해 조심스럽게 이야기할 뿐이었다.

인과(因果)의 시작(始作) 2

하북성(河北省) 창주(滄州)의 동남(東南)에 위치한 남궁세가의 고택(古宅) 앞에는 언제나 그렇듯이 사람들의 발길로 북적거렸다. 특히나 남궁가의 가주인 유검(儒劍) 남궁일교(南宮一敎)의 회갑연(回甲宴)인 오늘은 찾아오는 내방객들의 발길로 유난히 분주해 보였다.

이미 해가 기울어 벌그스름한 노을만을 남긴 천색(天色)이 무색하게 정문 안쪽에서 손님을 맞이하는 남궁가의 집사 오자호(吳紫浩)는 손님맞이에 진땀을 흘리는 중이었다. 하지만 언제나 그렇듯이, 이십 년 세월을 한결같이 봉사해 온 노회한 이력은 시종일관 얼굴에서 부드러운 미소를 잃지 않고 여유로웠다.

어느덧 해가 까뭇이 넘어가 버린 서산을 보며 오자호는 주변의 하인 종두에게 등을 밝히도록 일렀다.

"종두야, 해가 넘어가니 등에 불을 놓아라."

"예, 집사어르신."

대답하기 무섭게 정문 앞에 걸린 오색등에 부시를 놓던 종두가 오자호를 돌아보며 말을 걸었다.

"그런데 객들이 이리 많으니 묵어가시는 분들에겐 방이 모자라겠는뎁쇼?"

"그렇구나. 벌써 해가 넘어가는데 아직도 손님들이 오고 있으니, 내원(內院)의 일이 걱정스럽기도 하구나. 하지만 이렇게 많은 손님들이 가주의 수연을 축하하기 위해 찾아주는 것은 어찌 보면 우리 남궁가의 자랑이 아니겠느냐?"

"그렇긴합니다요. 벌써 사대세가를 비롯한 무림의 각대문파에서 그 먼 거리를 마다 않고 찾아주셨으니, 근래에 보기 드문 커다란 잔치가 틀림없습니다요. 덕분에 저도 뱃속의 때를 벗기게 됐습니다요. 헤헤헤!"

"이놈이! 염불에는 마음이 없고 젯밥에만 신경을 쓰는구나."

잔치 음식에 기대를 품는 하인 종두를 보며 집사 오자호는 짐짓 눈썹을 곤두세웠다. 그러나 이내 얼굴을 풀어내며 온화한 미소로써 다독거렸다.

"그래, 하기야 오늘 같은 날이 매일처럼 있는 것도 아니고 당연히 축하하고 기뻐해야 할 날이니 오늘은 마음껏 먹고 마셔라. 단, 손님들의 접대와 장원의 단속에는 허투른 일이 없어야 할 것이다. 알겠느냐?"

"여부가 있겠습니까요? 소인들이 맡은 소임은 충실히 이행할 것이니 걱정일랑 붙들어 매두십시오."

자신의 기세에 목을 움찔하였다가 곧바로 호기롭게 장담을 놓는 종두를 보며 오자호는 흐뭇한 기운에 잠겨들었다.

어느새 가난에 쫓겨 코흘리개 어린 몸으로 세가에 들어와 자신을 보필하며 종복으로 일을 한 지 십오 년을 넘어서는 종두였다. 빈약한 영양으로 콧물을 흘리던 얼굴은 장부로 변해 버렸고, 피골이 상접했던 허약한 몸은 당당한 남자로서 자라나 있었다. 이제는 장가를 들일 때가 된 것이었다.

"종두, 네가 올해 스물일곱이더냐?"

"예. 열두 살 되던 해 세가에 몸을 들였으니, 올해가 그렇게 되는굽쇼."

"이번 가주님의 생신이 지나고 나면… 내원의 무령이와 성혼을 시켜주마."

오자호의 뜻밖의 말에, 놀란 강아지 얼굴이 된 종두는 말의 진위를 살피기 위해 더듬거렸다.

"진정… 이십니까요… 집사어른?"

"내가 네놈에게 식은 소리를 할 까닭이 어디에 있느냐? 오래전부터 너와 무령이가 정을 주고 있다는 것은 세가 안에 모르는 사람이 없는 터인데. 심지어 가주님께서도 알고 계심이다, 이놈아."

"아이고, 집사어르신! 그리만 해주신다면 소인 원이 없겠습니다! 제발 그리되도록 힘을 좀 써주십시오. 정말 감사드립니다. 감사드립니다요. 집사어른!"

연신 고개를 조아리며 기쁨을 감추지 못하는 종두를 보고 오자호는 흐뭇한 웃음을 얼굴에 만들었다. 축하객들도 기대 이상의 만원이었고 세가의 사람들도 기꺼운 마음으로 젖어드는 풍요로운 저녁이었다.

그사이 얼추 찾아올 손님들도 다 들어온 듯, 어느새 하늘은 거뭇해진 색깔로 물들었다. 이제는 내원으로 들어가 본격적인 잔치 준비를 서둘러야 했다. 오자호의 마음은 그렇게 이미 내원의 담을 넘고 있었다.

그런데 그때, 정문의 밖에 나가 있던 세가의 하인 병삼이가 서둘러 문을 넘어 들어오며 소리를 질렀다.

"집사어른! 집사어른!"

다급하게 자신을 부르며 들어오는 병삼이를 보고 오자호는 가볍게 눈살을 찌푸렸다.

"웬 호들갑이냐? 경망스럽게!"

"소, 손님들이 오셨는데요. 노, 노, 녹림연합(綠林聯合)에서 오신 분들이랍니다!"

"뭐라? 녹림연합!"

하인 병삼의 말을 되내뱉는 오자호의 두 눈이 한껏 치켜 올라갔다.

"무, 무슨 소리냐, 녹림연합이라니?"

새처럼 놀란 얼굴로 진위를 되묻는 오자호의 눈앞으로, 병삼의 등 뒤로 정문을 넘어서는 일단의 사람들이 때마침 보였다.

무사들을 거느리고 들어서는 사람들은 일견하기에도 평범치 않아 보이는 두 명의 사내들이 선두였다.

녹림연합.

중원의 산을 지배하는 도적들의 무리. 십 년 전 사자신군 정천휘의 손에 녹림왕 임홍빈의 목이 떨어지기 전까지 구대문파의 아성까지도 넘보던 유례없는 초도적들의 집단. 십 년간이나 말없이 잠들어 있던 산주인들.

'저, 저들이 왜……? 남쪽 끝 광동(廣東)의 십만대산(十萬大山)에 있는 자들이 무엇 하러 여기까지…… 아니다, 그렇지도 않구나. 중원의

모든 산이 저들의 땅이거늘…….'

오자호의 생각은 이어지지 않았다. 선두에 선 두 사내 중의 감색 무복을 걸친 늘씬한 사내가 시원하고 수려한 조각 같은 얼굴로 웃으며 인사를 건넨 때문이다.

"늦은 시간에 문을 두드리게 되어 송구스럽소이다. 본인은 녹림연합의 총순찰을 맡고 있는 화령검(火靈劍) 유성(柳星)이라고 하오. 가주의 생신을 축하드리고자 찾아왔소이다."

"아! 예, 예. 어서, 어서 오십시오."

녹림연합의 총순찰이라 자신을 밝힌 삼십 대 초반의 미모수려한 사내를 보며 오자호는 당황한 기색을 감추지 못했다. 자신의 짐작이 틀리지 않다면 눈앞의 온화한 미소를 뿌리는 저자는 녹림연합의 이인자다.

'총순찰이라면 녹림왕의 아래 일인지하 만인지상의 자리에 있는 자다. 하지만 이자는 너무 젊지 않은가?'

사내의 허리춤에 패검처럼 걸린 석 자 길이의 장검에는 불꽃의 문양이 검갑(劍匣)에 새겨져 있었다. 흔들리는 그 문양에 시선을 사로잡힌 오자호의 머리 속은 그것만큼이나 혼란스럽고 어지럽기 그지없었다.

'녹림왕의 사후(死後) 녹림의 주인이 바뀐 것은 풍문으로 돌았다. 하지만 누가 그 자리를 차지했는지는 아무도 모른다. 그런데 이렇게 근본을 짐작할 수 없는 자들이라니…….'

오자호의 상념은 또 끊어졌다.

"너무 늦어버린 것이 아닌가 모르겠소. 결례가 됐다면 용서를 바라오. 본인은 총순찰을 모시는 귀신검(鬼神劍) 왕중(王中)이오. 귀 가(貴家)의 경사를 축하드리오."

음산한 살기를 머금은, 마치 한 마리 갈범을 연상시키는 장발의 사내가 흘러내린 머릿결의 사이로 바라보며 말했다. 오자호는 정신이 없었다. 면전에 선 자, 지금 말하는 자가 누구인지를 알았기 때문이다.

'무림삼기!'

오자호는 신음이 절로 목구멍을 넘어갔다. 장발 속으로 제 별호처럼 귀신 같은 눈길을 보이고 있는 사내는 무림칠대도객에 비견되는 무림삼기 중의 일 인, 그것도 검에 관한 한 석년의 검제에 비견된다는 귀신검왕중인 것이다. 다만 너무도 악랄한 검끝이 귀신같다고 불려지는…….

"가주에게 감축드리는 인사를 여쭙고 싶소만, 안내를 부탁해도 되겠소?"

경황없는 모습을 보이고 있던 오자호는 거듭 입을 벌린 왕중의 조용한 음성에 퍼뜩 정신을 차렸다. 그리고 그때까지 허둥대는 목소리로 길을 잡았다.

"이, 이런 제가 손님들을 세워놓고 결례를 범했습니다. 이, 이쪽으로……."

말끝에 오자호는 길을 앞서며 허둥대는 걸음으로 내원을 향해 인도했다. 그 뒤를 따라 녹림연합의 도적들이, 아니, 무사들이 걸음을 옮겨놓았다. 그리고 그들의 발걸음이 내원의 문을 넘은 지 바로 얼마 후였다.

진한 청색의 무복을 받쳐 입은 한 사내가 어슴하게 어두워져 가는 남궁가의 정문 앞으로 걸어왔다. 어둠과 등불빛이 교차하는 낯색이 창백해 보이는 사내였다. 걸음을 멈춘 사내는 남궁가의 편액을 올려다보았다.

"어서 오십시오, 손님! 곧 잔치가 시작되니 얼른 안으로 드시지요!"

사내에게 다가선 종두가 두 손을 맞잡고 활기 차게 얘기했다. 병삼도 웃는 얼굴로 고개를 조아렸다. 그 순간 사내의 시선이 내려와 종두에게로 꽂혔다. 사내가 말을 했다.

"이곳이 남궁 씨를 쓰는 잡종들이 사는 곳이 맞느냐?"

웃던 종두의 얼굴이 굳어졌다. 사내의 음성은 얼음 동굴에서 새 나오는 서리 바람처럼 차고, 습하고, 또 예리했다. 바라보는 눈빛은 마치 뱀의 그것처럼 희뜩거렸다.

그 얼굴과 목소리를 대하며 종두의 몸이 굳어버렸다. 그리고 뭔가 잘못되고 있다는 것을 느끼고 병삼에게로 뒷걸음을 할 때, 사내가 다시 말을 했다.

"하긴 틀릴 일이 없겠지."

사내가 말을 마치는 순간 종두는 볼 수 있었다. 오른쪽 허리 뒤춤에서 삐죽이 고개를 내밀고 있던 칼 손잡이에 사내의 오른손이 얹히는 것을.

피잇!

은빛이 눈앞에서 명멸한 순간 목구멍에 따끔한 기운이 지나갔다. 꼭 가시가 걸린 느낌이었다. 하지만 그 순간 종두는 알 수 있었다, 자신이 죽는다는 것을.

휘이익.

바람이 귓가에 소리를 치고 천지가 빙글빙글 돌았다. 그 속에서 소리 지르는 병삼의 얼굴이 보였다. 하지만 그 가슴에 박힌 칼날은 더욱 선명하게 보였다.

얼굴이 땅에 닿았다. 눈이 감겨왔다. 많이 보던 목 없는 사람이 옆으로 쓰러졌다. 꼭 나 같았다. 병삼이도 쓰러졌다. 칼질한 사내가 문 안으로 넘어간다. 무령이 얼굴이 떠올랐다. 수문위사들도 없이 힘들지 않겠느냐고 걱정하던 얼굴이…….

잘린 종두의 머리가 경련했다. 부르르르 입가가 비틀리는 그 모습은 꼭 누구를 부르는 것만 같았다. 하지만 소리는 나오지 않고 핏방울만 땅으로 흘러내렸다.

"만장하신 무림동도 여러분! 부족한 이 몸이 세상에 태어난 부끄러운 이날을 맞이하여 이렇듯 원로(遠路)를 마다 않고 찾아주신 노고에 대해 다시 한 번 감사의 말씀을 올립니다!"

남궁가의 가주, 남궁일교의 밝은 목소리가 내원의 정원 안에 울려 퍼졌다. 비단옷에 화색이 감도는 육십 줄의 얼굴은 흐뭇해 보였고, 이어서 나오는 목소리는 즐거움이 가득해 보였다.

"아울러 무림의 변방을 차지하고 못난 이름이나마 세상에 알리게 된 것은 누대를 이어 내려온 조상님들의 음덕(陰德)과 더불어 무림동도 여러분들의 혈족과 같은 보살핌의 은덕에 힘입은 바 크다 하겠습니다!"

말을 이어 나가는 남궁일교는 제 앞의 술잔을 호기롭게 들었다. 흥겨운 눈은 자신을 바라보고 있는 중인(衆人)들을 향했고, 남겨뒀던 말은 얼굴 앞으로 들려지는 술잔 뒤에서 흘러나왔다.

"본인 남궁일교는 앞으로 남은 인생 미력이나마 무림의 발전을 위해 힘쓸 것을 약속드리며, 내방해 주신 동도 여러분들께 자축의 잔을 올립니다! 자, 여러분! 흥겹게 즐기시고 마음껏 드시길 바랍니다! 건배!"

"와아아! 건배!"

사람들의 기쁜 함성 소리가 드넓은 내원의 정원 안에 울려 퍼졌다.

본전 전각 계단의 바로 앞에, 가로로 길게 놓여진 상석의 중앙에 일어서서 자축의 술잔을 올리는 유검 남궁일교의 얼굴은 시종 행복해 보였다.

뒤에 서서 웃는 얼굴로 상석에 앉은 손님들의 잔에 일일이 잔을 부딪치며 권주하는 동생 남궁일력(南宮一力)도 흥겨운 얼굴이긴 매한가지였다.

그 옆으론 가주 남궁일교의 두 아들인 남궁대원(南宮大原)과 남궁대근(南宮大根)이 정원 안을 빽빽이 들어찬 축하객들에게 건배를 외쳐 댔다.

사람들은 상석을 향해 호성을 지르며 술잔을 비워냈다. 빈 잔을 내리고 사방을 향해 포권을 지어 보이는 남궁일교의 얼굴에는 웃음이 가득했다. 그런 그의 바로 옆에는 가사를 걸친 늙은 승려가 앉아 있었고, 또 그 반대 편엔 비슷한 연배의 늙수그레한 도사가 자리를 차지하고 있었다.

늙은이들은 소림의 법향과 무당의 고학자였다. 달포 전 숭산에서 마지막으로 본 그들이 또 한자리에 있는 것이다. 하지만 그들의 곁에는 동행하던 사형제들이 없었다.

그렇게 앉아 있기로는 그들의 좌우로 앉아 있는 다른 이들도 마찬가지였다. 점창, 공동, 종남 등을 비롯해서 숭산지회에 얼굴을 보이지 않았던 화산의 장로 경운자(曝雲子)까지도 우측 편의 자리에 얼굴이 보였다.

좌측으로는 사대세가의 사람들이 보였다. 팽가의 가주 팽진성이 장남 팽수와 함께 앉았고, 바로 옆에는 황보장청을 대신해 참석한 황보가의 차남 황보석정(皇甫石井)과 여식 황보숙정이 얼굴을 보였다. 또 그 옆으로는 제갈가의 이가주 제갈승종이 보였고, 마지막으로 천수비천 당무호의 얼굴이 웃고 있었다.

그렇게 각대문파의 사람들과 나머지 사대세가의 사람들이 즐거이 웃으며 배석한 상석의 자리였다. 외양으론 모두가 진심 어린 축하의 모습이었지만, 속으론 무슨 생각들을 가지고 있는지 아무도 알지 못했다. 또 그러한 생각들을 서로의 얼굴에서 읽으려, 그리고 감추려고 시종 웃는 얼굴들이었다.

하지만 장내에 빽빽하게 들어찬 사람들은 이렇게 한자리에 모인 사람들의 면면을 반가워하고 또한 힘든 회동을 즐거워하며 술잔을 기울이고 기꺼워하였다. 바야흐로 잔치는 이제 본격적인 시작이었다.

"허허허! 가주, 경하(慶賀)드리오."

"생신을 감축드리오, 가주."

조용히 웃으며 축하의 말을 건네는 소림 방장의 사제 법향(法香) 대사와 그 뒤를 잇는 무당의 장로 고학자(孤鶴子)의 치사를 들으며 남궁일교는 겸사를 늘어놓았다.

"부끄럽소이다. 세상에 태어나 이루어놓은 것 없이 이렇듯 나이만 먹어버렸으니, 그저 못난 놈의 청을 마다하지 않으시고 찾아주신 깊은 아량에 감사드릴 따름입니다."

"허허. 그 무슨 당치않은 말씀이시오. 세상의 누구라도 잡고 물어보시오. 남궁 가문의 가주 유검 남궁일교가 그저 나이만 먹은 중노인이라면, 아마 모르긴 몰라도 물정 모르는 무식쟁이라며 소매를 걷어붙일 거요. 안 그렇소이까, 고학 도우?"

"헐헐헐! 겸양이 지나치면 폐가 되는 법이오. 가주가 무림에 끼친 공로가 어디 한둘로써 헤아려지는 것이겠소? 이는 세상 사람이라면 모두가 아는 일이라. 그런 공덕을 쌓아 오늘날 이렇듯 세가의 이름을 만

천하에 빛내고 저렇게 범 같고 용 같은 헌앙한 아들들을 둘씩이나 슬하(膝下)에 두지 않았소? 어쩐지 나이만 먹었다 함은 우리 같은 늙은이를 두고 이르는 말씀 같소이다그려.”

“어허, 아니올시다! 그런 뜻으로 드린 말씀이 아니오라…….”

이름자 하나만으로도 마주 대하기가 어려운 소림의 법향과 무당 고학자의 축하의 말을 덮어쓴 가벼운 농에 남궁일교는 평소에 어울리지 않는 어려운 얼굴을 만들었다. 하지만 이전과 다르게, 주고받는 대화 속에서 껄끄러움을 보이는 두 늙은이의 관계를 그는 알지 못했다.

다만 숭산에서 마주쳤던 자들만이 보이지 않는 냉소를 속으로 삼켰다. 그리고 그런 모두의 계면쩍음을 한 사내가 일어서며 거들어주었다.

“가주! 다시 한 번 회갑연을 감축드리오이다! 불초, 제갈승종이 석 잔의 술로써 축하를 올리고자 하오! 자, 동도 여러분! 잔을 듭시다!”

제갈승만을 대신해 참례한 제갈세가의 이가주 제갈승종이 오랫동안 강호에 모습을 보이지 않던 제갈가의 잠든 시간을 털어버리 듯이 호기롭게 일어서며 장내를 향해 잔을 들었다. 객사해 돌아온 형제의 장례를 치른 지 얼마 되지 않은 그의 얼굴에 슬픔 따윈 없어 보였다.

때마침 한 그의 행동에 송구한 얼굴을 하던 남궁일교도 잔을 들며 일어섰고, 농을 주던 늙은 승려와 도인도 웃으며 잔을 들었다. 그들의 웃는 얼굴 앞에서 제갈승종은 연거푸 세 잔의 술잔을 비워 버렸다.

호기로운 그 모습에 모여든 무림인들은 환호를 내지르며 술잔을 털어내었다. 연이어 팽가와 황보세가, 그리고 당가(唐家)의 문인들도 기껍게 술잔을 올리고 비워냈다.

장내의 사람들은 아는 면면(面面)들을 찾아 서로 간의 안부를 물으며 술을 권했고, 손님맞이에 여념이 없는 남궁가의 식솔들은 분주히 발걸음을 옮겨대며 시중을 들었다. 잔치의 주흥은 점점 무르익어 갔다.

"가주, 듣자 하니 이번 생신을 맞아 누추한 저희들의 손(手)과는 달리 아주 진기한 귀보(貴寶)를 얻으셨다 하던데, 미맹(迷盲)한 눈들을 밝힐 기회를 주시겠소이까? 사실, 종전부터 내도록 궁금하여 좀이 쑤시는구려."

당가의 대표로 멀리 사천을 떠나온 당무호가 청하는 입을 열었다. 숭산에도 모습을 보였던 그가 사천을 떠나온 진정한 목적이 무엇인지는 모르지만, 사람들은 자신들의 마음속에 있는 것과 별반 다르지 않을 것이라 생각했다.

그의 옆에는 두 명의 젊은이가 단정한 자세로 착석해 있었다. 눈썹이 굵고 두터운 턱을 가진 호목의 젊은이는 당가주의 조카이자 말을 하는 당무호의 아들 당정(唐晶)이었고 그 옆의 수려한 미청년은 당가주의 둘째 아들인 당현우(唐絢宇)였다.

그들이 앉은 맞은편에는 남궁가와 달리 실질적인 하북의 주인, 팽가의 가주 팽진성이 앉았다. 이제껏 말없이 조용한 웃음만 보이던 그가 특유의 묵직한 음성으로 당무호의 궁금함에 자신의 의견을 보태며 입을 열었다.

"그렇소이다, 남궁 가주. 천수비천의 말씀대로 이 사람 역시도 궁금증을 금할 수가 없습니다. 풍문으로는 예사롭지 않은 내력을 지닌 불상을 얻으셨다 하던데…… 사실이오이까?"

잔잔하게 물어오는 목소리에 남궁일교의 미소 띤 얼굴이 돌았다. 그리고 그 사이로 칼칼한 목소리가 또 튀어나왔다.

"어서 보따리를 풀어놓으시오. 조갈(燥渴)이 들린 것처럼 궁금함에 목이 말라 견딜 수가 없구려. 커흠!"

　재촉하는 청성파(靑城派)의 공진자는 급한 성격처럼 말을 끝냄과 동시에 술잔을 들이켰다. 그리고 정말로 목이 마른 것처럼 빈 잔에 술을 거듭 채워 넣었다. 그 모습에 몇몇의 사람들은 용문의 물가를 떠올렸다. 탐욕에 겨워 안타까이 물만을 바라보던 흰 도포의 늙은이를.

　"허허허! 이거야 원, 축방(祝訪)은 핑계에 불과하고 모두가 본인이 가지고 있는 쓸모없는 물건에 관심들을 두고 있었구려? 허허허허!"

　중후한 너털웃음을 흘려대는 남궁일교는 호기심으로 바짝 물들이 오른 사람들의 눈길을 모으며, 귀중한 선물 꾸러미를 꼭꼭 쟁여놓은 어린아이마냥 작금의 상황을 은근히 즐기는 듯했다.

　"가주, 어떤 내력을 가진 물건인지는 모르겠으나 모두들 저렇게 궁금해하고 빈승 또한 호기심을 참아내기 힘들구려. 폐가 되지 않는다면 안계(眼界)를 넓힐 기회를 주시겠소?"

　"빈도 또한 궁금하기 짝이 없구려. 평생을 궁벽한 산속에서 산을 벗삼아 지내다 보니 기진이보(奇眞異寶)라 하는 것들의 모양새를 구경해본 적이 없는 터인데, 오늘 가주의 생신을 맞아 묵혀진 원을 한번 풀어봅시다."

　법향이 간지러운 곳을 긁어주듯 은근히 보채자 고학자도 예의를 차리듯 한마디 거들었다. 남궁일교는 너털웃음을 터뜨리며 좋아했다.

　"하하하! 별스런 물건도 아닌 것을, 괜스레 여러분들의 눈을 어지럽히는 것은 아닌지 모르겠습니다그려."

　무시할 수 없는 두 노인네의 청을 진정으로 받아들인 남궁일교는 더이상 좌중의 상황을 즐길 수가 없었다. 이제 뺄 만큼 뺀 것이다. 가벼이 웃어 보이며 뒤를 향한 그가 두 아들에게 명을 내렸다.

"대원아, 대근아, 물건을 내오너라!"

남궁일교의 뒤에 시립해 있던 삼십 대 후반의 두 아들 남궁대원과 남궁대근은 아비의 명을 받들어 내원전각으로 모습을 감추었다. 담소를 나누던 사람들이 두 잔의 술을 비웠을 무렵, 비단 포단 위에 놓여진 적갈색의 사각 목궤를 조심스레 받쳐 들고 두 사람이 다시 나타났다.

두 아들은 양쪽에서 받쳐 든 높이 두 자, 폭 한 자가량의 정사각형 목궤를 아비 남궁일교의 좌탁 앞에 공손히 내려놓았다. 그리고 처음 자리로 말없이 손을 모은 채 조용히 뒤로 시립했다.

목궤를 대견한 듯이 내려다보던 남궁일교가 천천히 좌중을 향해 고개를 들었다. 그리고 입을 열었다.

"무림동도 여러분! 본인 남궁일교가 성명무기로 삼은 한 자루의 검 이외에 평생을 심취한 것이 있다면 옛 성현의 학문이올시다. 그 때문에 유검이라는 과만한 별호도 갖게 되었지요. 부끄럽게도 천지간의 도리와 인간사를 논할 정도는 되지 못하나, 그 욕심만큼은 남다른 이가 바로 이 사람이올시다."

바라보고 듣는 장내의 사람들은 모두 고개를 끄덕거렸다. 무림세가이긴 하나 그 지닌 바 학문의 깊이와 저변으로 더욱 유명한 곳이 바로 남궁세가이기 때문이다.

"그 때문에 천하의 이학(異學)이나 기학(奇學)으로 소문난 것들을 접하게 되면 앞뒤 안 가리고 취하고자 해왔소이다. 마치 미녀를 보면 품고 싶은 사내의 마음과 같았지요. 그런 마음을 하늘이 헤아렸음인지 뜻밖의 인연으로 아주 귀한 불경이 세공된 불상을 손에 넣게 되었습니다."

장내를 주욱 둘러보는 남궁일교의 눈에서는 별빛 같은 반짝임이 새어 나왔다.

"이에, 만장하신 여러분들께 이 자리를 빌어 선을 보이고자 하오니, 탐욕한 필부의 욕심이라 여기지 마시고 아름다이 보아주시길 바라오이다."

내원의 마당에 가득히 들어앉아 술잔을 내려놓은 채 자신의 입만을 바라보는 무림인들을 보며 남궁일교는 가볍게 포권을 지어 보였다. 그리고 목궤로 손을 내렸다.

손을 대고 목궤의 윗면을 들어 올리는 순간, 남궁일교의 동생인 남궁일력이 다급한 얼굴로 다가섰다. 그의 뒤로는 언제 온 것인지 모르게 집사인 오자호가 똑같은 표정으로 손을 모은 채 서 있었다.

다가선 남궁일력은 사람들의 시선도 무시한 채 남궁일교의 귀에 대고 무언가를 속삭였다. 귓속말을 듣는 남궁일교의 미간이 급격하게 내천 자를 그었다. 그리고 그의 시선은 때마침 내원의 월동문을 들어서는 한 무리의 사람들에게 꽂혀들었다.

남궁일교의 시선을 받으며 들어서는 사내들의 발걸음은 거침이 없었다. 모두가 같은 진한 감색의 무복들은 은은한 패기를 뿜고 있었고, 하나같이 날을 세운 검 같은 눈빛을 보이는 무사들은 내딛는 걸음걸음마다 몸에 배인 절도가 보였다.

그들의 왼쪽 가슴에는 수를 놓은 것으로 보이는 두 글자가 보였다. 진한 녹색의 수실로 정교하게 수놓아진 글자는 너무도 선명했다. 마치 푸른 물이 뚝뚝 떨어지는 것 같은 두 글자는 사람들의 시야를 어지럽혔다.

녹림(綠林)·

사내들의 가슴에 수놓아진 글자는 녹림이었다. 그러한 자들 삼십여 명이 사람들의 시야를 스쳐 지나갔다.

"노, 녹림!"

"녹림연합이다!"

"뭐야? 그자들은 망했잖아?"

"그게 아니었던 모양인데! 저들을 보라고!"

"어떻게 된 거야? 저들이 왜 여길 왔어?"

잔치를 즐기던 군웅들은 의문스런 탄성을 울렸다. 그렇게 술렁거리는 장내를 가로질러 녹림연합의 방문객들은 남궁일교 등이 앉아 있는 상석으로 발길을 옮겨 다가왔다.

모든 이들의 시선은 십여 년 전 최강의 시절을 구가하다 강북무림의 패자이며 살아 있는 전설인 사자철기맹의 깃발 아래 산속으로 움츠러 졌던 그들의 발길을 좇았다.

상석으로 다가온 사내들 중 장발사내와 함께 훤칠한 외모의 사내가 앞으로 한 발을 더 나섰다. 곧 이어 그 사내가 호탕하게 입을 열었다.

"가주! 수연을 축하드립니다! 녹림연합을 대표해 감축드리고자 찾아온 본 연합의 총순찰 화령검 유성입니다!"

"축하드리오이다! 귀신검 왕중이오!"

뒤따른 장발사내까지 말을 끝내자 장내는 또 한 번 물결처럼 술렁거렸다. 그럴 수밖에 없는 것이, 장발사내의 정체가 확인된 때문이었다. 더더군다나 그 사내가 젊은 사내의 호위역인 것이 분명해 보였기 때문이기도 했다.

무리를 이끌고 면전에 다가와 두 손을 모으고 인사하는 수려한 외모의 젊은 사내를 보며 남궁일교는 자신도 모르게 침을 삼켰다.

'녹림연합 총순찰! 무림삼기 중의 귀신검 왕중! 이들이 왜? 그것도 오늘 같은 날…….'

혼란스러웠다. 이미 대강의 말은 들었지만, 눈앞의 상대는 중원의 전 지역에 거미줄처럼 퍼진 녹림연합의 이인자, 잠들었던 산사람들의 대표로 세상을 다시 찾은 도적들의 수괴였다. 그자가 지금 눈앞에서 말을 하고 있다. 그것도 자신의 회갑일에.

"축하를 드리는 의미로 현 녹림왕께서 가주께 보내는 친필 서한과 생신 축하 선물입니다. 불청객이 드리는 누추한 것이라 뿌리치지 마시고 거두어주십시오."

화령검 유성이 말했다. 그때까지 혼란한 눈길로 유성을 바라보던 남궁일교는 귀신검 왕중이 뒤쪽의 수하로부터 건네받은 붉은 비단 보자기를 좌탁 앞으로 내놓는 것을 보며 정신을 깨었다.

"허, 허허! 이렇게 누추한 곳에 원로를 내달아 찾아주시니 감읍할 따름입니다. 대, 대원아, 대근아, 손님들께 자리를 마련해 드려라!"

허둥대는 자신의 모양을 추스르며 남궁일교는 주위에 소리쳤다. 그러나 맞아들이는 주인의 모양도 찾아와 준 손님의 기색도, 어딘가 모르게 꺼내지 못하는 심정들을 얼굴 한쪽에 담고 있는 듯 어색해 보였다.

모든 이들의 시선을 모으며 흡사 잔치의 주인처럼 상석의 앞쪽에 급조된 자리에 차례로 앉는 녹림연합의 무사들을 보고 사람들은 제각기 술렁대며 쑥덕거렸다. 이 잔치에 저들이 왜, 그것도 십 년 세월 동안 숨조차 크게 쉬지 않고 숨었던 자들이 다시 나타난 이유를 알 수 없었기 때문이다.

더불어 새로운 녹림왕이 누구인지도 그들은 알지 못했다. 또한 어떠한 인물인지 물어볼 수도 없는 일이었다.

한동안의 놀람과 소란 끝에 무리 지어 자리를 잡는 녹림연합 일행을 보는 중인들의 틈바구니 속에서 조용히 대화를 주고받는 사람들이 있었다.

점점이 밝혀진 내원 안의 수많은 오색 등불 아래 군웅들의 한쪽, 담장의 바로 앞에 조용하게 자리를 차지한 사람들은 세 사람이었다.

허름한 무명장삼에 장사꾼처럼 계산 빠른 얼굴을 보이는 중년의 사내와 단정한 용모를 지닌 이십 대 초반의 앳된 청년, 그리고 그 앞에 마주 앉은 텁석부리수염을 한 굵고 각진 턱의 커다란 장년인이 그들이었다.

"희한한 일이군. 망해 버린 줄 알았던 산도적의 무리들이 새 수뇌부를 내세워 세상에 얼굴을 디밀다니…… 거기다 총순찰이라면 이인자의 자리인데 저토록 젊은 자라…… 귀신검 왕중까지 달고서? 이상해, 정말 이상해."

장사꾼의 얼굴을 한 무명장삼의 중년인이 각기 젊고 나이 든 두 명의 인물에게 소곤거렸다. 그 얼굴을 보고 텁석부리수염의 사내가 퉁명스레 대꾸했다.

"이상하긴 뭐가 이상해? 쉴 만큼 쉬었으니 다시 세상에 나오자는 수작이겠지. 더군다나 요사이 강호에 부는 소란의 조짐도 파악하고 가능하면 한몫해 보겠다는 생각인 거지. 그런 와중에 남궁가의 잔치가 있으니 자신들의 건재를 알리고 물정을 파악하는 호기로 삼기 위해 온 것이란 게 바로 보이는구만 뭘."

텁석부리의 장년인을 돌아보는 무명장삼의 중년인은 고개를 가로저었다.

"아니오. 형님 말이 맞기는 하지만 결코 그런 것만이 아닐 것이오. 형님은 동북의 구석에 처박혀 있어서 무림의 물정에 어두워 그런 소리를 하는 게요. 저들이 어떤 자들인지 알고 있소? 사자신군과의 단독 비무에 멍청하게 응한 녹림왕 임홍빈이 죽기 전까지 구대문파의 힘을 넘보던 자들이었소. 그런 자들이 다시 나타난 것이오. 저렇게 당당하게 말이오. 이건 뭔가 노림수가 있소."

눈을 가늘게 뜬 무명장삼사내는 제 턱을 어루만지며 혼잣소리처럼 중얼거렸다.

"분명히 뭔가 께름칙한 것이 있어……. 그러나… 그러나 과연 그것이 무엇일까?"

자신의 의견을 묵살하며 눈빛을 반짝거리고 상석을 주시하던 중년인을 보며 텁석부리수염의 거한은 가볍게 눈살을 찌푸렸다.

"구석에 처박혀 살았다라…… 자네가 발이 넓은 것은 알지만 촌에 살았다고 사람을 너무 무시하는군. 자네 역시 그곳 출신이 아닌가 말이야. 개구리도 올챙이 시절이 있기 마련이거늘, 유세하는 꼴이라니……."

꿈틀거리는 장년 거한의 미간을 보며 무명장삼의 사내가 마주 퉁을 놓았다.

"기분 상했소? 허, 내가 틀린 말 한 게 하나 없구만 그래. 송화장의 장주 패력도 고건성이 언제부터 저런 좀생이가 되었누?"

"뭐라! 이누무시키가 좋은 말로 보자 보자 하니 정말 뵈는 게 없는 모양이구나!"

"아아! 왜들 이러세요? 견문을 넓혀주겠다고 장원에서 데리고 나오신 분들이 매양 이렇게 다투기만 하시니 어린 제가 마음 놓고 따르겠습니까? 그만 고정들 하시고 여흥이나 즐기세요."

청년의 만류에 뒷간에서나 나오는 힘쓰는 소리를 내면서 억지로 얼굴을 돌리는 두 사람을 보며 청년은 웃음 지을 수밖에 없었다.

자신의 숙부인 송화장주 패력도 고건성은 스무 살이 되어 성년을 맞이한 자신에게 세상 공부를 위해서라며 중원행을 강요했다. 거기에 물정 어두운 자신을 위해 오랜 벗이자 의형제의 연을 맺은 동북삼보(東北三寶) 고민석(高珉石) 아저씨를 안내자로 앞세웠다.

고건성은 무슨 생각에선지 당신 역시 장원의 경영을 총관 심만섭에게 맡겨 버리고는 길을 나선 것이다. 하지만 길을 나선 이래 내도록 쉬지 않는 두 사람의 의견 대립과 충돌에 자신을 돌봐줘야 할 두 사람을 오히려 돌보는 격이 되고 있었던 것이다.

"저것 보세요! 아까 말한 그 불상을 이제 선보일 모양이에요."

집을 떠나온 청년 고연호의 나직한 가리킴에 고개를 외로 돌렸던 두 사람은 남궁일교를 향해 시선을 돌렸다. 돌아간 그들의 눈에 보인 것은 밝은 빛이었다.

비죽이 틈을 보이며 열려진 목궤의 안으로부터 영롱한 광채가 쏟아져 나왔다. 노랗고 밝게 서광처럼 쏟아져 나오는 보기(寶氣)는 목곽 앞에 선 남궁일교의 얼굴을 상서롭게 물들였다. 그 모습이 마치 금 칠한 불상처럼 이물스러웠다.

바라보는 사람들이 금빛 서광에 혼을 팔린 동안, 진중하고 조심스럽게 목궤 안의 물건을 꺼내는 남궁일교의 손이 마침내 목궤의 바같으로 선을 보였다.

손에 들려 나온 물건은 은은하면서도 강렬한 금광을 주변에 퍼뜨리는, 한 자가 조금 넘어 보이는 성스러운 신형(身形)을 가진 불상이었다.
아니, 불상과는 좀 달랐다.

머리에는 작고 간소한 삼면관을 썼고 얼굴은 풍만하며 눈을 반쯤 뜬
입가에는 자비로운 미소가 맺혀 있다. 날씬한 몸매에 기다란 팔다리로
무릎 높이의 좌대에 한 다리를 포개고 앉아, 손으론 턱을 받치고 깊고
깊은 생각에 잠긴 모습이 전율스럽도록 섬세하고 아름답다.

한눈에도 범상치 않은 광채가 서리서리 전신에서 뻗치고 머리끝부
터 발끝까지 인간이 가진 공예 기술의 최정수를 보여주듯 유려하고 안
정된 곡선으로 옷자락 하나까지 세심하게 조각된 금불상은, 보는 이들
의 눈을 아프게 하며 사로잡았다. 그 불상이 앉은 좌대의 표면에 작고
깨알 같은 문자들이 가득하게 음각되어 있는 것이 보였다.

서기가 감돌아 마치 이세계(異世界)의 물건 같은 그 불상을 바라보며
숨 쉬는 것조차 잊은 것 같은 사람들 사이에서 그제야 탄성이 흘러나
왔다.

"아미타불! 선재로다, 선재로다!"

급한 숨처럼 불호를 내뱉은 법향이 제일 먼저 말을 했다.

"가주! 진정 보배를 얻으셨구려! 본승의 눈이 틀리지 않는다면 이것
은 해동에서 오직 두 개의 상(像)만이 만들어졌다는 금동미륵보살 반가
사유상이오! 이토록 귀한 것을 어찌 얻으셨소이까? 정녕 천복이로소이
다!"

흥분을 감추지 못하는 법향의 눈은 보살상에서 떨어질 줄을 몰랐다.
그렇기로는 무당의 고학자도 마찬가지였다.

"원시천존! 정녕 상서로운 기운이 맴도는 이 모습은 인간의 손으로
빚었다 믿기 어렵소이다. 보는 것만으로도 신성한 기운이 몸 안에 감

도는 것 같소이다. 가주는 결단코 세상에 다시없을 지보를 얻으셨구려."

남궁일교는 만면에 흡족한 미소를 보이며 화답의 말을 꺼냈다.

"맞습니다, 여러분! 이 신성한 불상의 이름은 법향 대사께서 말씀하신 것처럼 금동미륵보살상이오이다. 이적을 만들어내는 해동의 신장(神匠)들이 만든 물건이지요. 결코 가치를 따질 수 없는 물건이 바로 이것이지요."

이야기하는 남궁일교의 입가엔 충만한 미소가 가실 줄을 모르고 있었다. 사람들의 눈가엔 몽롱한 감탄 속에 스멀스멀 탐욕이 어리고 있었고, 그런 몽환적인 상태로 서로서로 고개를 모으고 웅성거리기 시작했다.

그 외중에도 시선들은 금동보살상에 몰려 있었고 어색한 몸짓과 표정을 보이며 군웅들을 살피는 구대문파의 사람들과 사대세가의 사람들 역시도 시선은 상서로운 기운을 뿌리는 보살상에서 떠나지 못했다.

"세상에! 저런 귀물이, 아니, 성스러운 보살상이 남궁일교 따위에게……! 형님, 보이시오? 저게 바로 금동미륵보살 반가사유상이라는구려."

동북삼보 고민석은 패력도 고건성을 돌아보며 감탄스런 입을 열었다. 잠시 전에 투닥대던 일마저 잊은 고건성도 굳어진 얼굴로 뜨거운 숨결 같은 대답을 내뱉었다.

"그래, 나도 들었다!"

그런 두 사람의 얼굴과 상석에서 빛나는 보살상을 번갈아 보던 고민석이 질문을 던졌다.

"대관절 저 보살상이 어떤 가치와 내력이 있는 물건이길래 사람들이 이리도 놀라워하는 겁니까?"

보살상에서 눈을 떼지 못하고 쳐다보던 고민석이 고연호의 얼굴을 돌아보았다. 곧 이어 신중한 얼굴로 천천히 입을 열었다.

"흔히들 알기를 중원의 사람들은 자신들이 세상의 중심이고 그곳에서 스스로 빛난다고 생각하지. 하지만 그건 정말 오산이다. 그것은 우물 속에서 하늘만이 전부라 알고 살아가는 개구리와도 같은 소견이지."

뜻밖의 소리인 듯 의아한 얼굴을 만드는 고연호에게 고민석은 다시 말을 이었다.

"중원 땅만 해도 아득한 옛적에는 해동의 사람들, 즉 우리가 동이(東夷)라고 낮춰 부르는 신령한 사람들이 다스리던 땅이었다. 그들에게는 우리네에게서 찾아볼 수 없는 조화롭고도 신비스런 능력이 있지."

말하는 고민석의 눈이 빛나는 것만큼이나 듣고 있는 고연호의 눈빛도 밝게 빛을 냈다. 고민석은 말을 이었다.

"같은 그릇을 구워도 그들의 손이 닿으면 신자(神瓷)가 되고, 백 보 나갈 활을 그들이 만들면 천 보를 나아간다. 황무지를 개간하여 오곡백과를 일궈내고 사람과 천지자연을 친애하는 신령함으로 온갖 학문에 능통한 성인들이 그 땅에서 태어난다. 그런 사람들이 만든 물건이 바로 저것인 거야. 지금 우리가 보고 있는 바로 저 신령한 보살상……"

고민석의 나직해진 목소리가 고연호의 귀를 간질이며 파고들었다. 그 말소리에 홀린 것처럼 알 듯 모를 듯한 얼굴로 고연호는 보살상을 바라보았다. 그 옆에서 말없는 고건성은 한결같은 얼굴로 남궁일교 등이 앉아 있는 상석과 보살상만을 쳐다보았다.

그럴 즈음 모여 있는 군웅들 모두 홀렸던 정신이 돌아오고, 이제는 각자의 호기심과 궁금함으로 남궁가가 보살상을 습득하게 된 경위를 놓고 크고 작은 목소리로 의견을 주고받았다.

그렇게 들떴던 분위기가 차분하게 잦아들던 그때, 급작스레 모든 사람들의 귀청을 찢어발기는 소름 끼치는 소리가 남궁세가의 장원 위를 쥐어 흔들어놓았다.

끼이이이이이이이!

흡사 귀신이 울부짖는 듯한 소름이 돋는 소리에 놀란 얼굴이 된 사람들의 시선이 허공으로 향했다. 장원의 불빛을 받은 금빛의 비행 물체가 사람들의 머리 위를 지나 남궁가의 내전 전각 앞으로 날아들었다.

눈으로 식별 못할 빠르기로 날아든 비행 물체는 보살상을 앞에 두고 서 있던 남궁일교 앞의 좌탁과 보살상, 그리고 그의 몸을 한꺼번에 스치며 솟아올랐다.

씨융!

솟아오른 비행체는 내원전각의 중앙에 붙어 있는 현판, 남궁무궁(南宮無窮)의 용사비등한 글씨가 꿈틀거리는 적향목판(赤香木板)의 가운데를 스며들듯 지나며 계속 솟구쳤다.

연이어 기와를 뚫고 지붕 한쪽을 부수며 솟아오른 그대로의 뇌전 같은 속도로, 날아온 곳을 찾아올 때처럼 소리 지르며 사라져 가버렸다.

키이이이이이이이!

귀를 막는 사람들의 시선이 난데없는 소리와 빛의 공격으로 우왕좌왕할 때 남궁가의 적향목판이 요란한 소리와 함께 두 조각으로 떨어져 내렸다.

그러나 둘로 갈라져 떨어진 적향목 현판보다 더욱 사람들을 놀래킨 것은 회갑연을 맞아 사람들의 축하 속에 잔치를 벌이던 남궁가의 주인 남궁일교가 현판처럼 둘로 갈라진 좌탁의 뒤에서 둘로 갈라진 보살상과 같이 갈라지고 있는 것이었다.

좌우로 갈라진 보살상을 안듯이 받아 든 그 모습 그대로, 금빛이 솟구치며 스쳐 간 그 화려한 궤적 속에서 가슴부터 머리끝까지 둘로 쪼개진 기괴한 형상으로 남궁일교의 몸이 좌우로 쓰러져 내렸다.

뒤늦게 터져 오른 피가 하늘로 솟구치고, 좌우로 멀어지는 두 눈은 아직도 보살상을 보고 있었다. 그 옆에서 피를 뒤집어쓴 주변의 사람들은 남궁일교의 두 아들과 함께 경악에 찬 외침들을 질러댔다.

“아버님!”

“남궁 가주!”

“형님!”

충격에 찬 외침들이 동시에 터져 나왔다. 그리고 곧바로 참담한 모습으로 죽어버린 남궁일교의 시신을 본 군중들이 술잔을 던지며 소리를 질렀다.

“적도(敵徒)다!”

“유검 남궁일교가 암살당했다!”

“남궁 가주가 죽었다!”

무리의 혼란 속에 제일 먼저 행동을 취한 것은 녹림연합의 무사들이었다. 마치 짜여진 군진(軍陣)처럼 남궁일교가 죽어 자빠진 상석 앞에서 검과 도를 뽑고 원진을 만든 그들은 엄밀한 막으로 화령검 유성을 보호했다.

“아버님! 이, 이게… 도대체…….”

“아버님!”

이미 사람의 모습이 아닌 남궁일교의 시신을 끌어안고 슬픔조차 느끼지 못하는 두 아들은 혼이 빠진 것 같았다.

"무량수불! 무량수불! 광명한 날에 어찌 이런 일이……!"

"빌어먹을! 대관절 이게 무슨 날벼락인가!"

법향이 안타까이 불호를 외웠고 공진자가 거친 목소리로 주검의 현장을 말했다. 그렇게 상석에 앉았던 자들은 느닷없는 죽음에 서로 얼굴을 마주 보며 경황들을 찾지 못했다. 하지만 강호의 풍파를 타고 사는 무림인들인만큼 그들은 빠르게 냉정을 찾아갔다.

오직 한 사람, 소림의 법향 대사만이 온몸을 떨며 식은땀을 흘려댔다. 그 모습은 사흘 거리라 일컫는 학질 걸린 병자의 모습에 다름 아니었다. 그리고 그 와중에 누군가의 목소리가 쩌렁하게 터져 나왔다.

"세가의 문도들은 들으라! 세가의 모든 출입구와 주변을 엄밀히 봉쇄하고 단 한 사람의 인원도 들고남이 없도록 목숨을 바쳐 막아라!"

남궁일교의 동생 남궁일력의 울분에 찬 목소리가 남궁가의 장원으로 퍼져 나갔다. 그 소리에 맞춰 내외원의 곳곳에 잠겨 있던 식솔들과 문도들이 칼과 검을 빼 들고 남궁가의 울타리를 에워싸 갔다.

군웅들 역시 휴대한 무기를 빼 들며 종잡을 수 없는 사태와 각자의 안전을 위해 눈들을 부릅떴다.

"경황이 없는 줄은 알지만, 암기의 일종 같은데, 견해를 여쭤봐도 되겠소이까?"

남궁일교의 시신 곁으로 다가온 팽가의 가주 백일천승도 팽진성이 시신을 가르고 간 결을 유심히 살펴보는 천수비천 당무호에게 질문을 던졌다. 당무호의 고개가 무언가에 들켜 놀란 사람처럼 퍼뜩 들리며 팽진성의 눈을 바라보았다.

"이건… 잘 모르겠소."

무언가를 말할 듯하던 당무호가 말을 흐리며 집어 삼켰다. 그 모양을 본 팽진성의 눈이 반짝 빛났다.

"하지만 분명히 무언가가 날아와서 이 지경이 된 것 아니겠소? 이보시오, 천수비천. 짐작되는 바를 말씀해 보시오. 당신이 아니고서야 그런 걸 누가 알아보겠소?"

제갈세가의 제갈승종이 의분에 찬 모든 이들의 의문을 대신해서 재차 물었다. 하지만 당무호는 대답하지 않았고 다른 자가 의견을 말했다.

"분명히 던지는 암기나 무기의 일종인 듯했소! 그러나 현 무림에 사람의 몸을 이 지경으로 만드는 암기가 있다는 것은 금시초문이오만……."

화산파의 장로 경운자가 끼어들며 다른 사람들처럼 당무호를 바라보고 입을 연 것이다. 그러나 은연중에 암기와 관련된 의문을 둘러싼 미묘한 눈총을 받는 듯한 당무호는 흔들리는 눈빛만을 보여줄 뿐 무거운 얼굴 속에 아무런 말이 없었다.

그때 상석의 바로 아래에서 원진에 둘러싸여 있던 녹림연합의 총순찰 화령검 유성이 입을 열어 사람들의 시선을 모았다.

"의문을 풀어줄 자가 나타난 것 같군요!"

유성의 시선을 좇아간 사람들은 내원과 외원을 구분 짓는 담장의 솟을대문 지붕 위에 초점을 모았다. 그곳에서 기와를 밟고 선 채 오연히 사위를 둘러보는 한 사내를 발견할 수 있었다.

짙은 청색의 장삼을 입은 사내는 청년과 중년의 얼굴을 합쳐 놓은 것 같은 모호한 얼굴에 흰 분칠을 한 것 같은 안면 위로 붉은 입술을 그어 미소를 그렸다.

가늘게 떠진 뱀의 미목(眉目) 같은 차가운 미간엔 파충류의 눈알 같은 점액질의 눈동자가 번질거렸고, 뒤허리로 늘어뜨린 한 자루 직배도의 앞으로 내민 두 손에는 금빛의 윤을 내는 원반이 각각 들려 있었다. 사내는 군웅들의 시선을 받으며 더욱더 희게 이빨을 보았다.

"저놈이다! 가주를 암살한 자가 저기에 있다! 세가의 식솔들은 저놈을 잡아 천참만륙하라!"

원흉을 발견한 남궁일력이 장원이 떠나가도록 울부짖는 듯한 외침을 남기며 제 형의 시체 곁을 박차고 사내를 향해 날아올랐다. 그러나 그의 발이 갈라진 탁자를 밟고 떠올라 녹림연합 무사들의 머리 위를 날아오른 순간 담장 위의 사내가 한 손을 앞으로 내뿌렸다.

끼이이이이이이!

귀신 같은 소리를 달고 금빛이 번쩍거렸다. 그리고 빛은 호등도약(虎 登跳躍)으로 군웅들의 머리 위로 검과 함께 날아오른 남궁일력의 몸뚱이를 뚫고서 지나가 버렸다.

남궁일력의 몸은 빛이 지나간 허리를 기점으로 반으로 분할되듯 찢어지며 떨어져 내렸다. 추락한 몸은 피의 비를 뿌려대며 군웅들의 머리 위로 쏟아져 내렸다. 땅에 떨어짐과 동시에 흩어진 장기가 잔치 음식 위로 포개져 내렸다. 처벅처벅 소리를 내면서.

숨이 다하지 않은 남궁일력의 얼굴은 눈앞에 떨어져 바르락대며 경련을 일으키고 있는 자신의 하반신을 보면서 눈깔을 뒤집었다. 허옇게 핏발 가득히.

사람들은 짧은 시간 동안 벌어진 두 개의 주검을 바라보며 공포를 느꼈다. 공포의 대상은 사자철기맹의 사자신군 정천휘도 아니었고 묵호련주 흑호왕 이한동도 아니었다. 그저 한 명의 젊은 남자… 담장 위

에 서서 뱀 같은 눈으로 사위를 내려다보는 한 사내와 그의 손이 들려
질 때마다 소리 지르며 날아오르는 귀신의 발톱 같은 금빛의 원반, 바
로 그것이었다.

  그리고 그런 사내를 바라보며 다른 이들보다 더욱더 극도의 공포를
보이는 이들이 있었으니, 다름 아닌 소림의 법향과 텁석부리수염의 사
내, 패력도 고건성이었다.

인과(因果)의 시작(始作) 3

키이이이이이!

"크아아아악!"

비명이 천둥처럼 남궁가의 장원을 휩쓸었다. 그 모든 소리와 피의 장면을 연출하는 한 사내는 두 손만을 휘둘렀다. 그 손으로부터 비극이 시작됐다.

사내는 말이 없었다. 얼굴에 뱀처럼 차가운 미소만을 만든 채 금빛의 암기를 날려댈 뿐이었다. 한번 날아오른 이빨 뒤로 또 하나의 발톱이 날아들었고 주인의 손에 인사를 한 귀신의 금빛 암기는 곧바로 또다시 비상했다.

마치 선을 긋듯이 사람들 사이를 누비고 다니는 두 개의 원반은 호곡성을 매달고 지나간 금빛의 선 안에서 사람들의 몸뚱이를 무차별로 갈라내고 조각내었다.

팔과 다리가 잘라지고 가슴과 머리가 갈라져 사방으로 비산했다. 온
사방으로 터져 흩어지는 피는 누구의 피인지 모르게 똑같은 선홍색이
었으며, 흡사 비를 머금은 폭풍우처럼 남궁가의 마당 안을 검붉게 물들
이며 흩어져 내렸다.

원반을 피하려 비명을 지르는 군웅들은 도망갈 곳이 없었다. 병기를
뽑아 휘둘러도 소용이 없었다. 눈앞에 걸리는 모든 것을 가르고 지나
가는 유령의 원반은 검이든, 사람이든, 나무든, 바위든 간에 모조리 반
으로 쪼개내며 폐허를 만들어갔다.

남궁가의 장원은 인간 도축장으로 변해가고 있었다.

"녹수영(綠手影)들은 총순찰을 보호하라!"

피를 뒤집어쓴 귀신검 왕중의 커다랗고 화급한 목소리가 터져 나왔
다. 그 목소리에 맞춰 삼십 명에서 절반의 인원으로 줄어버린 녹림연
합의 무사들이 원진의 빈 곳을 좁히며 이중으로 막을 쌓았다. 그 진세
안에서 화령검 유성과 귀신검 왕중이 눈을 부릅뜨고 전방을 바라보았
다. 그리고 원진이 진형을 갖춘 그 순간, 악마의 암기가 곧바로 그들에
게 날아들었다.

"막아라!"

왕중이 장발을 흔들며 격렬하게 소리쳤다. 목소리와 동시에 원형으
로 둘러쌌던 녹수영 무사들의 검과 도들이 전방을 보며 한 군데로 모
이고, 한쪽 어깨를 내밀어 검력을 집중하는 앞 사람의 틈 사이로 뒷사
람의 도가 더해져 공력을 한곳으로 집중시켰다. 마치 한 점을 향해 칼
과 검을 꽂는 듯한 그 집점에 지옥의 암기가 날아와 충돌을 했다.

쾌앙!

엄청난 폭음과 함께 산산이 조각나 부서지는 검편과 도편의 은빛 빛

가루 속에 붉게 터지는 녹수영 대원들의 몸은 걸레처럼 찢어지며 튕겨
져 나갔다.

쿠아아아!

키이이이이이!

뭔가를 부숴대는 귀신 소리가 살아남은 자들의 머리 위에서 들렸다.
인의 장막을 만들었던 녹수영 무사들의 몸을 헤집고 튕겨 올라간 금빛
이 전각의 처마 한쪽을 들쑤시고 날아가는 소리였다.

유성의 몸 앞에서 애검을 세우고 폭산하는 검도편(劍刀片)을 막아낸
귀신검 왕중은 치를 떨었다. 얼굴을 스치고 팔뚝과 몸통에 박힌 조각
들을 따라 피가 흐르고 있었지만, 자신의 눈앞에서 걸레처럼 터져 나간
녹수영 대원들을 보며 이를 악물었다.

수족처럼 아끼던 대원들이 마치 유부에서 온 귀신같은 알 수 없는
무기에 의해 단 하나의 생존자도 없이 모두가 죽어간 것이다. 검을 잡
고 무림의 숲에 발을 들여놓은 이래 목전의 지옥 같은 상황은 그로서
도 처음이었다.

도대체 저 물건이 무엇이길래 피와 땀으로 생사를 넘나들며 고련을
거친 자신의 수하들과 칼 산과 검의 바다를 살아가는 거친 무인들을
저리도 속절없이 죽여내는 것인지 당황스럽고 충격스럽기만 했다.

왕중의 부릅떠진 눈이 째지며 눈가로 피가 흘러내렸다. 검을 잡은
손에 힘이 들어가고 어금니가 악물렸다. 큰 숨을 들이마시며 부하들의
죽음 앞으로 발을 내디뎠다. 그러나 그 순간 유성의 팔이 그의 어깨를
잡아당겼다.

"물러서게, 부순찰! 마음을 가라앉히고 내원전각으로 후퇴하시게!"

지옥의 암기는 계속해서 장원 안의 사람들을 도륙하고 있었다. 왕중

은 그걸 보며 한 걸음 더 내디뎠다. 그러나 유성의 손은 굳어진 어깨를 더욱 거세게 잡아당겼다.

"물러서! 어서!"

귀신검 왕중이 그렇게 치욕의 뒷걸음질을 할 때, 우왕좌왕 금빛을 피해 날뛰며 살길을 도모하던 군웅들은 모두가 죽어가는 중이었다. 상황은 고수와 하수의 차이 없이 모두가 똑같았고 그 속에 예외란 있지 않았다.

무너진 상석 앞에 엎드려 하늘을 쳐다보는 명문대파의 사람들도 상황은 같았다. 도를 뽑아 든 팽진성은 팽수, 황보석정과 함께 겁에 질린 황보숙정을 앞세워 전각으로 후퇴하기 위해 애를 썼다.

공동의 정양 진인과 청성의 공진자는 뒹굴다시피 뒷걸음을 쳤다. 그 곁을 점창과 종남의 두 늙은이가 꼬리처럼 뒤따랐다. 당무호와 당정, 당현우는 죽음을 피하는 외중에도 유성(流星)을 보는 아이들처럼 눈을 빛냈다.

그런 모두의 머리 위로 하늘을 찢어발기는 소리와 빛이 날아다녔다. 그것을 피하기 위해서 필사적으로 몸들을 제치고 뛰고 엎드리며 구르고 있는 것이었다. 그들의 눈 속에는 금빛의 정체가 무엇인지 이제는 알음 된 것 같았다.

단 한 사람, 자신과 주변 사람들의 보호를 위해 매화 문양의 보검을 휘둘러 대던 화산의 장로 경운자만을 제외하고.

"네 이놈! 그만두지 못할까! 이, 이 무슨 천인공노할! 정녕 지옥의 악마 같은 놈이로구나!"

두 개의 비상하는 무기로 도살을 벌이고 있는 사내를 향해 경운자의 분노에 찬 목소리가 터져 나왔다. 분노한 목소리를 좇아 하늘색 푸른 도포 자락이 부풀어 올랐고, 땅을 짚고 선 두 발은 바닥을 파고들며 격노를 표출했다.

소리를 들은 뱀눈의 사내가 경운자를 바라보았다. 그 순간 두 개의 원반은 사내의 손 안으로 얌전히 스며들었다. 빛나는 사내의 눈이 가늘게 조여지며 빛을 보였다.

남궁가의 장원은 조용했다.

언제 그리된 것인지, 아비규환 속에 죽음을 피하려 울부짖던 사람들은 모두가 시신이 되어 바닥을 굴렀고, 남궁가의 식솔들을 포함하여 잔치에 찾아온 모든 군웅들까지 조각되어 땅에 널렸다.

살아남은 사람들의 수효는 채 삼십여 명이 되지 않았다. 하루 내 찾아왔던 손님들의 숫자가 이백을 넘어섰으니, 물경 이백을 훨씬 상회하는 사람들이 남궁가의 등불 아래 목숨을 잃은 것이다. 그것도 한 식경이 채 지나기도 전에…….

장원 내의 풍경을 보며 서고 앉고 자빠져 있는 사람들은 이성을 망각했다. 코를 찌르는 피비린내 속에서 산 자들이 맞고 있는 이 밤은 정녕코 인세(人世)의 밤이 아니었다. 이건 악몽보다도 더 무서운, 지옥 그 자체였다.

원반을 매만지며 담장 위에 서서 경운자를 바라보던 사내가 이윽고 입을 열었다.

"천인공노할 일이라고? 너희 놈들은 하나같이 그 따위 말투로구나."

나직하지만 또렷이 들려오는 사내의 목소리는 시린 한기가 돌았다. 그렇게 열린 사내의 입은 끊어지는 듯하던 목소리를 다시 이어내었다.

"제놈들이 저지른 일은 열에 아홉도 잘못을 따지지 않고 그저 남의 허물에는 하나에 백을 더해 세상에 다시없을 죄인으로 몰아세우는 놈들! 개만도 못한 놈들!"

사내의 가늘었던 눈이 거칠게 뜨여졌다. 시린 목소리는 더 거칠게 튀어나왔다.

"두고 보아라! 이제 시작이다! 석년의 태실봉 참사에 관여했던 너희 놈들의 죗값은, 나! 염차수가 이제부터 차근차근 받아낼 터이다! 도망갈 자는 도망을 가라! 지옥까지라도 쫓아갈 것이다! 크하하하하!"

염차수라고 이름을 밝힌 살인자의 뼈에 사무친 듯한 목소리에 살아남은 사람들은 소름을 떨어내며 치를 떨었다. 그리고 사내의 알 수 없는 곡절이 담긴 것 같은 말속에서 다가올 피바람을 예상하며 더욱더 몸을 떨었다.

"아미타불! 아미타불! 세존이시여……."

떨리는 손으로 염주를 잡고 불호를 연발한 법향 대사는 염차수의 눈길이 돌아오자 고개를 떨구었다. 염차수는 그 모양을 보며 하얗게 웃음 지었다.

"얼굴이 기억나는군. 죽음이 두려운가, 소림의 땡중? 걱정하지 말아라. 살려주지. 대신 너희 소림의 잡놈들은 한날한시에 한자리에서 모조리 죽여줄 테다! 으드득!"

염차수는 법향을 보며 한기를 내뿜는 말과 함께 소리나게 이를 갈아붙였다. 그런 염차수를 향해 경운자가 다시 입을 열었다.

"이노옴! 대관절 무슨 은원과 원한이 있는지는 알 길이 없으나 무고한 사람들을 도륙한 죗값을 어찌 감당하려 이런 참극을 저지르는 것이냐? 진정 하늘이 무섭지 않단 말이냐? 내 오늘 네놈을 묵과하지 않으리라!"

주변의 참혹한 정경과 금빛의 암기가 주는 가공할 위력이 공포스럽지도 않은 듯, 홀로 몸을 세운 경운자의 얼굴에는 분노한 기색이 서리 서리 뻗쳤다. 그 손에 잡힌 늘씬한 보검이 파랗게 색깔을 변화시키며 뭉클대는 기운을 검 표면에 머금었다.

바라보는 염차수의 눈에 이채로운 빛이 번득였다. 그 순간에도 검을 타고 도는 푸른 기운은 더욱 짙어졌고, 굵은 뱀처럼 세 가닥 형체를 잡은 기운들이 검끝에서 꼬여지며 한 자가 넘게 튀어나왔다.

"저, 저건 매화삼수지강(梅花三繡之罡)!"

뒤쪽에서 바라보던 공동의 정양 진인이 소리를 질렀다. 나머지 사람들도 경운자의 검끝에 맺힌 기운이 무엇인지를 알아보고 헛바람을 삼켰다.

매화삼수지강. 화산의 비기였다. 삼백 년도 훨씬 더 전의 옛적에, 검성(劍聖)으로 추앙받던 일지검(一支劍) 송하자(松下子)의 절기. 검 대신 소나무 가지 하나로 천지를 가르던 신인(神人). 그가 선보인 세 가닥 검강(劍罡)의 수(繡).

살아남아 바라보는 자들은 어째서 화산이 세상의 격랑 속에 이제야 얼굴을 보인 것이지 헤아림 되었다. 그들은 그동안 잃었던 선대의 절기를 복원해 낸 것이다. 그리고 그것을 갖고 세상에 나온 것이다.

하지만 그 모습을 바라보는 염차수의 얼굴에는 아직도 차가운 뱀의 미소만이 감돌았다. 나지막하고 비릿한 음성과 함께.

"매화삼수지강이라고? 웃기는구나. 비럭질이나 할 늙다리 도사 놈이……!"

염차수의 비웃음 소리와 함께 땅을 파고들던 경운자의 오른발이 앞으로 길게 바닥을 파헤치며 걸음을 내디뎠다. 그와 함께 검끝에 모여 있던 푸른 세 개의 강기덩이가 꼬여진 몸통을 꿈틀거렸다.

바닥을 헤치고 나가던 오른발이 깊숙이 멈춘 순간, 빙글 손목을 타고 돌아 머리 위로 들려진 검이 모아 쥔 두 손의 힘을 합해서 힘차게 내리그어졌다. 그 힘의 방향을 따라 매화 꽃잎 문양으로 꼬인 세 줄기 강기가 환상처럼 터져 나갔다.

쉬아아아앙!

같은 순간, 염차수의 손 안에서 놀아나던 두 개의 원반도 매화를 수놓으려 쏘아져 오는 세 가닥 푸른 줄기를 향해 이빨을 드러내고 날아올랐다.

키이이이이이!

쿠아아앙!

충돌과 빛의 폭발은 순간이었다. 폭풍 같은 거센 힘이 서 있는 모든 자들의 몸을 휩쓸어 버렸다. 죽은 자들의 팔과 다리들이 사방으로 휘날렸고, 남궁가의 불을 밝히던 석등과 지등들이 모두가 산산이 가루져 허공에 흩날렸다.

그 힘을 받고 낙엽처럼 휘돌며 날아오른 한 사람의 몸이 남궁가의 전각을 뚫고 포환처럼 처박혀 들어갔다. 날아가는 그의 두 팔은 형체를 알아볼 수 없는 피 범벅이었고 손에 쥐었던 매화 문양 보검은 자루조차 없었다.

엄청난 힘이 거짓말처럼 지나갔다. 그 순간이 지나자 낙하물 속에 정적이 찾아왔다. 찰나간에 일었던 폭풍의 기세는 남궁가의 모든 것을 휩쓸고 사라졌다. 그리고 깨어 있는 사람들은 아무도 없었다.

다만 죽은 자들의 시신만이 두 눈을 부릅뜨고 있을 뿐이었다.

"내 생전… 그것을 다시 보게 되다니……."

힘이 새는 흐릿한 목소리에 살아남은 자들의 모든 시선이 한 군데로 모여들었다.

말을 꺼낸 자는 사각의 두터운 턱에 얼굴 가득 수염이 덮인 큰 체구의 장년 사내였다. 그의 손은 고통으로 인상을 찡그리는 젊은 청년의 팔을 목면으로 감싸는 중이었다.

일행으로 보이는 중년의 사내는 말을 내뱉은 자신의 일행을 바라보며 영문을 알 수 없는 궁금한 얼굴로 바라보았다. 나머지 사람들도 같은 얼굴을 만들며 쳐다보았다. 그중의 누군가가 입을 벌렸다.

"그것을… 이전에 그것을 본 적이 있단 말이오? 그대는 뉘시오? 그리고 그런 사실을 어찌 알고 계시는지 말씀해 주시겠소?"

가쁜 숨을 몰아쉬는 경운자의 뭉개진 두 손을 동여매던 고학자가 물었다. 시선을 돌린 고학자의 눈은 도인의 체모를 잃은 붉은 핏발이 서 있었고, 그렇기는 살아남은 나머지 역시 마찬가지였다.

고학자의 무릎 아래 누워 있는 경운자의 몰골은 참혹했다. 그리고 지옥의 야차가 휩쓸고 간 남궁가는 더도 덜도 아닌 폐허에 다름 아니었다.

남궁가의 식솔들은 대부분 목숨을 잃었고 살아남은 남궁일교의 두 아들만이 혼이 빠진 사람들처럼 주변을 우두망찰하고 있었다. 내원의 전각 속에서 숨을 죽이던 팽가의 여인들은 간장을 끊는 통곡을 빚었고, 그중엔 집사 오자호의 시신 옆에 무참히 잘린 한 남자의 머리를 안고 서럽도록 오열하는 여인도 있었다.

그녀의 이름을 통곡하던 누군가가 무령이라고 했었다.

"말해 보시오! 그런 것들을 어떻게 알고 있냔 말이오?"

이번엔 청성의 공진자가 카랑하게 소리쳤다. 그리고 그런 그들을 주시하며 눈을 빛내는 자들이 여럿이었다.

화령검 유성과 귀신검 왕중이 상처를 돌보며 건너다보았고, 당무호와 두 청년은 칼날 같은 눈길을 보냈다. 그 옆쪽으로 떨어져 앉은 제갈승운의 눈은 무심한 듯 간간이 번득거렸고, 팽진성의 굳어진 눈은 무서울 정도였다.

살아남은 모두의 눈이 각각의 색깔로 협박하듯 밀려오자 고건성은 입을 열었다.

"자세한 내막은 저기 소림의 대사님에게 여쭈어들 보시구려. 나도 아는 게 없어 말해 드릴 것이 없소이다."

무감정한 고건성의 음성과 그가 지칭한 법향을 바라보며 사람들은 한 가지 사실을 떠올릴 수가 있었다. 바로 원흉이 지목했던 소림의 이름과 법향에게 이르던 그의 한이 담긴 음성. 그리고 숭산에서 밝혀졌던 혈리표에 얽힌 내용.

사람들의 시선이 이번에는 법향에게로 모여들었다. 모두가 강호에 퍼진 내용이었지만 지금의 이 상황은 무언가 밝혀지지 않은 것이 있는 듯했다.

"아미타불! 아미타불! 나무관자재보살……."

피칠갑이 된 모습으로 염주를 굴리는 법향의 모습과 그런 그의 입만을 바라보는 생존자들을 뒤로하고 고건성은 고연호를 부축해 일어섰다.

그 순간 모두의 눈길이 다시 몰려들었지만 고건성은 걸음을 떼어 옮겼다. 유난히도 따갑게 걸음을 제지하는 눈빛들이 뒤통수에 박혀들었다. 하지만 모든 걸 무시한 그의 발길은 어느덧 내원을 지나 남궁가의 정문을 보며 걸어갔다.

그 뒤를 고민석이 어미를 좇는 강아지처럼 졸랑거리며 따라붙었다.

시체들의 숲을 지나 어떻게 나왔는지도 모르게 정문을 나서 뒤를 돌아본 남궁가의 담장에는 불 꺼진 적막함만이 감돌았다. 하룻밤이 채 지나기도 전에 수많은 생명들이 벌레처럼, 아니, 짐승처럼 스러져 간 곳. 주인조차 생명을 보존치 못하고 자신이 태어난 날 처참히 죽어간 곳. 이곳에 과연 사람의 온기가 다시 깃들 것인지……

고건성은 고개를 돌리고 발길을 재촉하며 앞서 나갔다. 그 뒤에서 고민석의 음성이 드디어 딴지를 들이밀었다.

"형님! 나한테 털어놔 보시오. 어디까지, 아니, 뭘 알고 계신 거요?"

창주 성내로 이르는 관도를 따라 걸음을 옮기는 고건성은 말이 없었다. 굳어진 얼굴에선 이전에 볼 수 없던 침중함이 흘렀고 가끔씩 들려진 고개에선 달을 보며 내뿜는 가볍지 않은 한숨이 새어 나왔다.

고건성을 주시하며 걸음을 옮기던 동북삼보 고민석은 자신의 별호가 가지는 세 가지 장기 중 넓은 식견에 차가운 독설, 그리고 빠른 다리와 전광 같은 쾌검 중 지금 이 순간에 드러내야 할 것은 길을 안내하는 빠른 다리임을 깨달았다. 궁금함은 시간이 해결해 줄 것이었다.

"형님, 길을 잘못 잡았소. 대방산(大房山)으로 들어가 오늘 밤은 야숙을 합시다. 모르긴 몰라도 형님의 입을 통해 얻어낼 것이 있다고 생각하는 자들이 발길을 좇을 것이오. 말해 줄 것이 없다면 귀찮은 일은 일단 피해야 하지 않겠소? 다행히 연호의 상세가 가볍긴 하지만 그 또한 돌봐야 하고."

앞서서 걸음을 걷던 고건성이 넓은 등을 멈춰 세웠다. 잠시간 말없이 서 있던 그가 돌아서며 고민석에게 입을 열었다.

"앞장서라."

"……."

　고건성의 얼굴을 물끄러미 바라보던 고민석이 이윽고 발길을 돌려 앞서 나가기 시작했다. 그 뒤를 창백한 안색의 고연호와 그의 숙부 패력도 고건성이 말없이 좇아갔다. 그러나 고민석의 예상처럼 그들의 뒤를 은밀히 밟는 사람들이 이미 있다는 것을 그들은 알지 못했다.

　어둠 속에서 얼굴을 드러내는 자들은 한 명의 중늙은이와 두 명의 청년이었다. 그들의 허리에는 사슴의 가죽으로 만든 주머니가 달려 있었다.

　"혈리표를 아는 자라…… 금검장의 생존자인 선우담의 여식밖에 보지 못한 혈리표를 이미 보았던 자란 말이지……."

　중늙은이는 대방산을 향해 어둠 속으로 사라져 가는 고건성의 일행을 보며 낮은 목소리로 중얼거렸다. 옆에 선 청년 중의 하나는 조심스럽게 입을 벌렸다.

　"아버님, 그 암기의 정체가 어쩐지 전대 가주님 때 제작에 실패했다는 비반(飛盤)의 형태와 유사한 것 같습니다."

　"맞습니다. 그리고 본 가에서 제작에 실패한 그것이 강호에 출몰해 엄청난 살상을 일으킨 적이 있다 하던데, 혹여라도 관계가 있지 않을까 싶습니다만."

　중늙은이를 향해 말을 꺼낸 청년들은 중늙은이 천수비천의 아들 당정과 당가주 당대영의 둘째 아들 당현우였다. 과연 암기와 독으로 수백 년 세월을 이어 내려온 집안의 혈손들답게 그들은 혈리표의 내력을 짐작해 내고 있었다.

　"그렇다. 저것이 무림에 출몰한 적이 있었다. 그리고 그것의 이빨 아래 반년이 채 안 되는 시간 동안 수백의 사람들이 목숨을 잃었지. 진정 끔찍한 일이었다고 전해 들었다. 이미 나는 소림에서 대강의 사연과 숨은 이야기를 들었다만, 저것을 너희들과 함께 보게 될 줄은 몰랐구나."

사라져 간 사람들의 어둠 속을 주시하는 당무호의 눈빛이 매섭게 반짝거렸다. 당정과 당현우도 무언가를 깨달은 듯 고개를 끄덕거렸다.

"본 가에 알려야 하지 않겠습니까?"

당현우가 진중한 음색으로 입을 열었다.

"그래, 알려야지. 정이, 너는 이곳의 흑점(黑點)에 알려 본 가에 전서를 띄우도록 일러라. 그리고 나와 현우는 저들의 뒤를 쫓는다. 암표(暗標)를 남길 터이니 조속히 합류하도록 하고, 저들은 우리가 알지 못하는 다른 것들을 알고 있을 것이야. 그걸 알아내야 한다!"

음산히 눈을 빛내던 세 사람은 눈길을 한곳에서 마주치며 속내를 주고받았다. 직후에 당무호와 당현우가 눈을 돌리기 무섭게 고건성 등이 사라져 간 어두운 길 속으로 모습을 감추었다. 곧 이어 혼자 남아 두 사람의 뒷모습을 보던 당정 역시 맡은 바 소임을 위해 사라져 갔다.

사람들이 사라진 남궁가의 하늘 위로는 은은한 여인들의 곡성이 끊어지듯 이어져 나왔고 달빛을 받아 희끔한 담장의 안쪽은 어쩐지 요사로운 피안개가 뭉클대는 것처럼 보였다.

그 속에선 이승을 떠나지 못한 원혼들이 여인들의 곡소리에 맞춰 너울대는 것 같았다. 이제 남궁가는 귀신들이 사는 집으로 변해 버린 것이다.

*   *   *

산 자체보다 사찰의 이름이 더욱 유명한 벽운사(碧雲寺)로 오르는 대 방산의 길목에 버려지고 허물어진 관제묘에서 불빛이 어른거리며 새어 나왔다.

야색(夜色)이 스며드는 뚫린 지붕 안쪽에는 노랗게 불길이 오르는 모닥불이 타고 있었고, 그 앞에는 이야기를 주고받는 세 남자의 그림자 가 바닥에 모습을 그리고 유령처럼 춤을 추며 흔들거렸다.

달빛은 괴괴히 내리비쳤고 인적이 없던 관제묘에서 들리는 때 아닌 사람들의 말소리는 정적을 좀먹으며, 거처를 빌리던 산짐승들의 발길 을 돌리게 하는 그런 밤이었다.

"그러니까, 십오 년 전에 송화강변의 외진 대장간에서 그런 일이 있 었단 말이오? 형님은 그걸 다 지켜보았고?"

얼굴을 바짝 들이밀고 거듭 물어오는 고민석의 얼굴을 보며 고건성 의 미간이 차츰 좁아지고 눈썹이 곤두서 갔다. 고민석은 또 말했다.

"그런데 그때 구해준 소림의 법성과 법진 대사가 철저히 함구해 줄 것을 당부했단 말이지요?"

어느새 내천 자가 굵게 그어진 숙부 고건성의 얼굴을 보며 고연호는 내심 조바심을 느꼈다. 그러나 고민석의 얼굴은 자신의 궁금증에 취해 아무것도 신경 쓰고 있는 모양이 아니었다.

"오늘 본 것이 진정 꿈이 아니었구나! 소림의 사대금강을 단숨에 도 륙 내고 법현 방장의 사형제인 법성과 법진의 팔을 끊어 물러서게 만 들었다니…… 허어 참!"

허공에 눈길을 둔 고민석은 혼자서 계속 지껄였다.

"하기는 오늘 일은 더욱 대단하지! 수도 없이 죽은 사람들은 둘째 치 고 몇백 년 만에 복원된 화산의 매화삼수지강을 펼친 경운자가 피떡이

되었으니, 사람들이 이 소식을 들으면 어떤 얼굴들을 만들려나……."

혼자서 감탄하고 제 혼자 경악하던 고민석의 얼굴을 보며 고건성은 고개를 돌려 버렸고, 고연호는 말없이 웃었다. 하지만 태어나 처음으로 겪은 무참한 참사를 다시 떠올리자 그의 얼굴은 이내 창백해져만 갔다.

오늘따라 주변을 살피지 못하는 고민석은 궁금한 입을 다시 열어젖혔다.

"그건 그렇고 형님, 그 대장장이의 아들이 무언가, 그러니까 혈리표에 관한 비밀을 알고 있는 듯하다 하셨는데, 형님에게 털어놓은 것이 있소? 가령… 형님도 혈리표의 비방 같은 걸 알고 계시난 말요?"

모닥불을 응시하던 고건성의 얼굴이 들려지며 기어코 큰 소리가 터져 나오고야 말았다.

"내가 그런 걸 알 턱이 있다고 생각하느냐? 그랬다면 진작에 만들어 가졌겠지! 네놈은 궁금한 것이 그리 많은데 어찌 참아내느냐? 수십 년을 보아왔지만 참으로 대단한 입심이로구나, 이놈아!"

고성(高聲)을 내는 고건성을 보며 고민석의 어깨가 움찔 움츠러들었다. 하지만 다시 눈빛을 빛내며 언제나 그렇듯 특유의 입심으로 재차 입을 열었다.

"형님, 그리 화만 내실 일이 아니오. 오늘의 일과 형님의 말대로라면 염차수란 그놈이 이제부터 피를 몰고 올 것인데 그걸 막을 방도가 없지 않소? 뭐, 우리가 신경 쓸 일이 아니라면 그만이지만, 그렇다 해도 수많은 사람들의 목숨이 걸린 일인데 강호의 밥을 먹는 사람들로서 그냥 지나쳐 버릴 일이 아닌 듯하오."

안 어울리게 진지해진 고민석의 말을 들으며 흥분했던 고건성의 얼굴이 차분해져 갔다.

고건성은 생각했다. 옆에서 말을 건네는 의제의 말은 한 군데도 틀린 곳이 없었다. 모른 척하고 돌아가면 그만이지만 그것은 어디까지나 단편적인 그들만의 생각이었고, 숭산 태실봉의 참사가 어떤 것이었는지는 알 길이 없지만 십오 년 전의 참극에는 자신 역시 깊숙이 개입되어 있는 것이 사실이었다. 그리고 오늘 밤에 있었던 남궁가의 혈사에까지도.

"그자를, 아니, 혈리표를 막을 방도가 없을까요? 하루 저녁도 안 되는 짧은 시간에 수많은 사람의 목숨을 앗아간 물건인데, 그것이 또다시 사람들을 해친다면…… 아아! 정녕 두렵고 무서운 일입니다."

불가에 비친 고연호의 창백한 얼굴이 꺼내놓는 말과 함께 해쓱하게 질려들었다. 그 모양을 보는 고건성의 마음은 납덩이가 들어앉은 것처럼 무거워져 갔다.

세상 구경을 시켜주기 위해 장원의 문을 나서게 한 조카를, 하나뿐인 형님의 혈손을 크고 강하게 키워주려던 자신의 의도가 뜻하지 않게 예전의 기억과 맞물린 엄청난 참극을 보여주고 만 것이었다. 결코 이런 걸 겪게 해주려고 데려 나온 것이 아니었는데.

침중해진 고건성은 백지장 같은 고연호의 얼굴을 바라보다 무거운 입을 열었다.

"예전에도 나는 보았지만 그것을 막을 방법은 없다. 너희들도 본 것처럼 그 지옥의 물건은 모든 물상(物像)을 가리지 않고 갈라 버리는 악마의 병기다. 그것을 막을 만한 것이 있다면 오직 하나…… 바로 그것과 똑같은 혈리표뿐이야."

호목을 움찔거리며 이야기하는 고건성의 눈은 모닥불빛의 너머, 고민석의 얼굴을 지나 지향없이 반대쪽 어둠 속을 바라다보았다. 그 안엔 십오 년 전의 기억이 아슴하게 넘겨지고 있었다.

"하지만 그런 물건을 만들 방도가 없질 않소? 형님 말대로 있다면야 진작에 만들어 가졌겠지."

고민석의 물음에 기억 속을 헤매던 고건성의 얼굴이 깨어났다. 시선은 마주 앉은 고연호와 고민석을 뚫어지게 응시하였다.

"내가 거두어들였던 대장장이의 아들… 오 년 후 떠나갈 때까지 지켜보았지만 아무것도 알 수 없었지. 그 아이가 떠난 후 동북의 철점(鐵店)들 사이에 소문이 돌았다. 값비싼 한철과 현철, 그리고 운철을 구하는 낯선 소년이 있다고 말이야. 대가로는 금강석을 지불한다고 했다더군. 그 아이가 떠나갈 때 나는 세 조각의 금강석을 주었었다."

간간이 끊어지는 듯한 고건성의 음성을 들은 고민석과 고연호의 얼굴이 새로운 사실에 놀라며 소리나게 침을 삼켰다.

"그, 그러면 그 소년이 혈리표의 제작 방법을 알고 있다는 말이 아니오? 그때가 십 년 전이니 지금이면 만들고도 남았을 시간인데…… 허어!"

고민석이 감탄성을 내뱉었다. 그런데 그때, 놀람으로 물들며 세월을 헤아려 보던 고민석의 얼굴이 급작스레 굳어들었다. 시선은 흔들리는 모닥불빛을 받아 윤곽이 이지러지는 고건성을 바라보고 있었지만, 손길은 옆에 놓인 삼척장검을 소리없이 잡아가고 있었다.

고민석을 바라보는 고건성의 얼굴도 평온을 가장한 긴장 속에 두터운 날의 박도로 조심스레 손을 움직였다. 갑작스런 두 사람의 행동에 영문을 알 수 없는 고연호의 얼굴이 의문을 만들 때, 허물어진 관제묘의 지붕 위에서 느닷없는 사람의 목소리가 울려 나왔다.

"켈켈켈켈켈! 아주 좋은 얘기들을 들려주는구나!"

녹슨 쇠를 긁어대는 것 같은 웃음소리에 고연호는 욕지기를 느끼며 인상을 찡그렸다. 그리고 목소리와 함께 유령처럼 면전에 나타난 사람을 보며 다시 한 번 놀랄 수밖에 없었다.

귀신처럼 눈앞에 나타난 사람은 영락없는 귀신의 몰골이었다. 하얗게 머리를 덮은 백발은 불꽃처럼 하늘로 솟구쳐 올라 군데군데 뭉친 모습이 창날 같았고, 나이를 짐작키 어려운 창백한 얼굴엔 붉은빛이 번질거리는 두 개의 눈동자가 짙게 타올랐다.

헐렁하게 온몸을 뒤덮은 검은 피풍은 기다란 흰머리와 대조되어 사이함이 감돌았다. 슬쩍 나온 검은 장갑 낀 두 손은 저승차사의 그것처럼 검고 어두웠다. 그 손에 들린 것은 흰털이 가득 보이는 한 마리 토끼였다. 이미 죽어버린 듯 늘어진 토끼를 괴인은 입가로 가져가 물어뜯었다.

피를 빠는 듯, 목덜미를 입에 문 괴인의 입이 첩첩 소리를 냈다. 토끼의 몸통에 가려 보이지 않는 턱 아래로 붉은 피가 떨어져 내렸다. 그 모습에 세 사람은 미간을 거칠게 찌푸렸다.

"제기랄! 피가 벌써 식어서 굳어버렸구만!"

핏물에 젖은 흰 토끼의 몸통을 괴인이 사정없이 집어 던졌다. 쿠탕탕, 하고 관제묘의 한쪽 구석에서 소리가 들릴 때 고건성이 입을 벌렸다.

"뉘시오?"

경계함이 가득 들어찬 목소리였다. 그런 목소리는 또 나왔다.

"주인 없는 곳이니 쉬어가고자 함이라면 막지 않겠으나, 다른 의도를 가지고 우리를 핍박하고자 하는 것이라면 좌시하지 않겠소!"

　동북삼보 고민석도 발검(拔劍)의 자세를 취하며 긴장한 얼굴로 괴인을 향해 경고를 보냈다.

　"다른 의도? 핍박? 좌시하지 않겠다? 켈켈켈켈켈! 내, 강호를 종횡한 지 반백 년 만에 면전에서 그 따위 소리를 들어보기는 처음이로구나! 처음이야! 크켈켈켈켈켈!"

　불그렇게 뭉실거리는 눈으로 고민석 등을 바라보던 괴인이 예의 쉿소리와 같은 웃음소리를 커다랗게 내며 한 걸음 앞으로 다가들었다. 소름 끼치는 음산한 목소리는 장단을 맞추듯 뒤를 이어 나왔다.

　"확실히 다른 의도가 있지! 거두절미하고 묻겠다. 네놈들 이야기 속에 나온 어린 놈의 행방을 대라! 그리고 오늘 본 혈리표! 그것에 관해서도 아는 것이 있다면 숨김없이 말해라! 이것이 나의 의도다! 그 대답 여하에 따라 네놈들이 말한 핍박이란 것이 어떤 것인지 알게 해주마!"

　짐승과 사람의 눈을 합쳐 놓은 것 같은 괴인의 붉은 눈이 젊은 고연호부터 장년의 고건성까지 차례로 훑어보며 차가운 기운을 서리서리 뿌려댔다. 하지만 예상치 못했던 사태와 괴인의 입을 통해 나온 혈리표에 내용이 더해져, 세 사람은 무거운 긴장과 함께 어지러운 혼란을 느꼈다.

　"그대가 누구인지는 모르겠으나, 이미 파렴치하게 엿들은 내용이 내가 아는 전부요. 설령 그 이상의 것을 안다고 하더라도 당신 같은 자에게 말해 줄 의무 또한 우리에겐 없소이다."

　고건성의 차분하고 굵은 목소리가 괴인을 향해 당당하고 서슴없이 흘러나왔다. 그러나 그 모양을 보는 괴인의 눈가는 꿈틀하는 경련과 함께 사이한 붉은빛으로 더욱 번져 갔다.

　"네놈들이 정녕 벌주를 마실 모양인 게냐? 남궁가에서 살아남은 자들은 서른 놈이 되지 않는다. 그중에 그 귀신같은 암기를 알아본 놈은 너! 네놈 하나뿐이었어!"

괴인의 호통에 젊은 고연호의 눈이 움찔거렸다.

"난 네놈들이 남궁가를 벗어나면서부터 줄곧 뒤를 따랐다! 궁금한 점이 많았지만 아직 핵심은 듣지 못했지! 만일 내가 원하는 것을 말하지 않는다면 네놈들은 살아서 이 자리를 벗어날 수 없을 것이다!"

붉은빛으로 번진 눈을 부라리는 괴인의 행태는 마치 우물에서 숭늉을 찾는 식의 협박이었다. 그런 막무가내에 고건성 등은 답답함과 함께 분노를 느끼고 있었다. 그리고 그때 고민석이 눈을 빛내며 입을 열었다.

"이제야 당신이 누군지 알 것 같군. 붉은 눈알에 하얗게 창백한 피부, 흰머리와 피를 빼는 죽은 자의 얼굴…… 당신은 백발귀(白髮鬼)로군!"

고민석이 알아본 괴인, 백발귀가 입가를 실룩거렸다. 그리고 더욱더 괴기스럽고 살기 어린 음성으로 고민석을 향해 입을 열었다.

"주둥이가 매운 놈이로구나. 날 알아봤으니 어찌 처신해야 하는지도 답을 알겠지? 실망스럽게 한다면 네놈들에게 돌아갈 건 죽음뿐이다!"

마지막 다짐을 놓듯 낮게 으르렁대는 괴인 백발귀를 보며 고민석은 눈알을 굴렸다. 죽음의 협박을 늘어놓는 저놈은 무림삼기의 일 인이다. 살성으로 불리지는 않지만, 자신이 원하는 바를 위해서라면 수백 수천의 목숨도 개의치 않고 해칠 수 있는 냉혈의 괴인이었다.

나이도 적지 않았다. 지닌 바 성명절기인 백발기공(白髮氣功)으로 온 전신의 털이 흰빛으로 변했고, 손에 낀 검은 장갑을 통해 펼치는 백호조(白虎爪)는 이미 오래전부터 무림의 일절이었다. 거기에 같은 무림삼기라도, 이자는 세인들의 평가나 성향도 모든 것이 나머지 두 사람과 판이하게 달랐다.

고민석은 고연호를 돌아보았다. 창백한 얼굴은 아직도 부상의 후유 증을 보이고 있었고 굳게 다문 입술은 제 숙부를 빼어 닮은 의지를 보이고 있었다. 그러나 역시 아직은 여물지 않은 이삭이었다.

고건성의 얼굴도 돌아보았다. 차분한 표정과 달리 눈 속엔 분노의 일렁임이 가득했고, 손에 들린 박도는 두터운 날을 드러내길 기다리는 것처럼 주인의 손에 굳게 잡혀 꿈틀거렸다.

고민석은 생각했다. 고건성의 패력도가 아무리 동북의 일절이라고는 하나 자신을 포함해 둘이 달려든다고 해도 승부를 장담하기에는 요원한 상대가 백발귀였다. 그렇다면 역시 다른 손을 빌려야만 할 것이었다.

"혈리표에 관한 것은 우리도 더 이상 아는 바가 없소. 그 일에 관한 것이라면 소림에 가서 직접 물어보는 게 좋을 듯하오. 아니면 그대처럼 궁금함을 가지고 찾아오신 분들이 또 있는 듯하니, 모두가 함께 서로가 가진 정보를 나누는 것도 좋을 것 같소만……."

본말을 교묘히 흐리는 고민석의 의견에 백발귀의 눈빛이 잠시간 생각하는 모양으로 붉은빛을 일렁거렸다. 그러길 잠시 후, 흉측한 입으로부터 사이한 음성이 다시 흘러나왔다.

"다른 자들이란 말이지? 그것도 그렇군. 자, 모두들 들었겠지? 쥐새끼처럼 숨어 있지 말고 모두 모습을 보여라!"

백발귀의 음성이 울부짖는 까마귀처럼 관제묘를 울려 나갔다. 그리고 그에 호응이라도 하는 것처럼 칼칼한 목소리와 함께 한 인물이 장내에 모습을 드러냈다.

"짐승의 피나 빠는 더러운 흰머리 짐승이 아직도 세상을 돌아다니고 있구나! 허울 좋은 무림삼기의 허명을 뒤집어쓰고 아이들이나 겁주는 놈이 말이야! 케험!"

한 자루 고검을 등에 메고 도관도 없이 맨상투로 나타난 자는 늙은
도인 공진자였다. 그는 자신의 말에 얼굴 근육을 경련하는 백발귀를
외면하고 밖을 향해 소리 질렀다.

"이보시게, 천수비천! 그만 나오시게나! 여기 불기운이 따듯하니 밤
이슬을 피하고 머리 흰 짐승의 피라도 뿌린다면 산신에게 구복하여 제
를 올리기에는 제격일 게야! 크흠!"

흥분한 백발귀의 붉은 눈빛이 뭉클 피어오를 때, 늙은 도인의 말을
잡고 어둠 속에서 또 다른 사람들이 종적을 밝히고 나타났다.

"말씀대로 따르자면 젯술이라도 한 동이 있어야 하지 않겠습니까,
공진자 어르신?"

늙은 도인을 공진자라 칭하며 나타난 자는 천수비천 당무호였다. 그
뒤에는 두 명의 젊은이 당정과 당현우가 한 몸처럼 따라붙어 나타났다.
그들의 출현을 짐작 못한 고연호만이 당황한 얼굴일 뿐 고건성과 고민
석은 어느새 긴장을 감춘 태연한 얼굴이었다.

거기에 반해 자신이 모습을 드러낼 진작부터 기척을 흘리던 인물들
이 뜻밖의 거물들임에 놀란 백발귀는 붉은 눈빛을 빛내며 장내의 인물
들을 노려보았다.

"어, 눈길 한번 재수없구만 그래. 내가 청성에 몸담고 적지 않은 세
월 귀신을 쫓아봤지만 저렇게 재수 옴 붙은 얼굴은 처음일세그려. 꼭
굶어 죽은 아귀의 눈빛이로구만. 안 그런가, 천수비천?"

공진자의 이죽거림에 창백한 얼굴을 꿈틀거리는 백발귀의 눈이 시
뻘건 불을 토했다.

"죽고 싶으냐, 공진자?"

"허! 제놈이 생사판관이라도 되는 줄 아는 모양이로나! 한낱 짐승의

핏물이나 빨아먹고 연명하는 시체 같은 놈이 말이야!"

"이런 빌어먹을 도사 놈이!"

급기야 참지 못한 백발귀가 검은 장갑 낀 양손을 피풍 밖으로 내놓으며 다가들었다. 그러나 때마침 한 당무호의 개입은 두 사람의 사이를 다시 벌려놓았다.

"알고자 하는 것은 따로 있지 않소이까? 지금은 다툴 때가 아닌 것 같소이다."

교활하게 둘을 갈라놓은 당무호의 시선이 가는 곳은 고건성의 일행이었다. 일촉즉발이던 백발귀와 공진자의 시선도 그들에게 모여들었다.

"이미 숨어서 우리의 얘기를 다 들었을 터인데 무엇이 더 궁금들 하시오? 그리고 그대 같은 자들이 숨어서 남의 뒤를 쫓아 이런 행태를 보이는 걸 세상이 안다면 비웃지 않겠소이까? 스스로의 체통들을 지키시오!"

명예를 지목하여 화살을 돌리는 고민석의 힐난에 당무호와 공진자는 눈빛을 주고받은 후 나직하게 입을 열었다.

"우리가 원하는 것은 그대들이 알고 있는 약간의 이야기일 뿐이오. 그것에 대해 의견을 나누고자 찾아왔을 뿐, 저자와 같이 핍박을 하고자 하는 의도는 없소이다. 그저 우린……."

"개소리를 지껄이고 있구나! 앞에선 군자연하고 뒤로는 온갖 패악과 협잡을 일삼는 무리들이 그 따위 소리를 하다니! 정녕 쥐 오줌 같은 소리로구나!"

당무호의 말을 자르고 백발귀가 소리쳤다. 당무호는 미간을 깊게 찌푸리며 한 발 뒤로 물러섰다. 두 손은 아무도 모르게 양 소매 속으로 들어갔다.

백발귀의 눈에 다시 불이 붙으며 고건성의 일행으로 쏘아져 나왔다.

"좋아! 어찌 됐든 저놈들이 수작을 부리기 전에 내게 말하지 않겠다면, 너희들은 나와 같이 가줘야겠다!"

말을 내뱉음과 동시에 백발귀의 몸이 움직였다. 느닷없이 늑대처럼 덮쳐 오는 백발귀를 보며 고건성의 박도가 도갑을 빠져나왔다. 그리고 아래로부터 위를 향해 횡격의 빛을 그어 올렸다.

키앙!

검은 암흑처럼 다가온 백발귀의 두 손과 부딪친 박도가 비명을 질렀다. 그때 귀신처럼 비껴 나간 백발귀의 끔찍한 손이 고연호의 팔을 붙잡아갔다. 그러나 전광같이 뻗친 두 자루 검날이 검은 피풍의 가슴과 등을 파고들었다.

타탕!

동시에 연속적인 금속음 뒤로 백발귀의 몸이 회전하며 바람처럼 물러났다. 접근하는 모습도 귀신같은 빠르기였지만 물러나는 모습 또한 그에 못지않았다.

그의 시선이 가는 곳에는 검을 빼 든 공진자와 고연호를 뒤로 감싼 고민석이 보이고 있었다. 그 옆에는 처음에 칼을 그은 고건성이 호목을 부릅뜨고 백발귀를 노려보았다.

"분칠한 흰머리 짐승 놈아! 욕심을 버리고 물러서거라!"

공진자가 욕설하자 백발귀가 이를 갈았다.

"말코! 네놈이 정녕 내 손을 막겠다는 말이지!"

서로를 노려보는 두 사람의 눈에선 불꽃이 피어났다. 그러나 잠시 후 격렬한 불길을 피워 올리던 백발귀의 두 눈이 붉은 광채를 뭉클 터뜨렸을 때, 피풍에 가려진 두 발이 땅을 박차고 튀어나왔다.

공진자의 검 또한 시린 빛을 머금었다. 시린 검날은 허공을 찌르며 앞으로 나아갔고, 곧바로 검은 장갑과 시린 검빛이 어우러졌다.

쉬피피피핑!

백발귀의 검은 장갑 긴 백호조가 공간을 찢는 소리와 그 사이를 파고드는 검날의 예리함이 모든 사람들의 시선을 붙잡았다. 서로를 해치려는 의지를 담은 손과 검이 부딪칠 듯 스쳐 가며 스걱거렸고 격렬한 몸짓을 담은 두 발은 눈에 보이지 않게 움직였다.

그러나 한순간, 온통 검은 수영(手影)만을 보이는 백발귀의 두 손이 빛처럼 움직이는 공진자의 검날을 따라붙더니 엄청난 속도의 연타로 검날을 튕겨내었다.

타다다다당!

튕겨진 검날이 허공에 힘을 뿌리고 들어오기도 전, 마지막 백발귀의 발톱이 검을 쥔 공진자의 어깨를 긁고서 지나갔다.

"윽!"

짧은 신음과 함께 빠르게 뒤로 물러나는 공진자의 신형을 백발귀의 시커먼 발톱이 꺾어진 낫처럼 찍어 들어왔다. 공진자의 눈이 다급함으로 좁혀들었다. 그러나 그때, 물러서 있던 천수비천 당무호의 손이 허공을 향해 수를 그렸다.

일수에 천 개의 손을 하늘로 날린다는 천수비천(千手飛天).

투골정(投骨釘) 수십여 개가 공진자의 목을 뜯으려는 백발귀의 몸통으로 뇌전같이 날아들었다.

쉬에에에에!

까맣게 덮어오는 투골정은 백발귀의 몸통을 찾아 쐐기처럼 꽂혀들었고, 공진자의 몸을 공격하던 백발귀의 몸이 태풍처럼 갑작스레 회전을 했다. 그리고 검은 장막처럼 시끄름한 소용돌이 속에서 공진자의 검을 쳐내던 때와 마찬가지로 수많은 금속음이 퍼져 나왔다.

티티티티티팅!

소리의 끝에 천수비천 당무호의 투골정이 사방으로 튕겨져 나갔다.

눈을 빛내던 당무호의 손이 회전을 멈춘 백발귀를 향해 다시 움직였다. 그러나 백발귀의 눈은 당무호 자신을 보지 않고 어딘가를 다급하게 쫓고 있었다. 당무호의 시선도 쫓아갔다. 그의 시선이 가는 곳에는 불가에 앉아 있던 세 사람, 혈리표의 단서를 쥔 일행이 달리고 있었다. 관제묘의 무너진 벽을 사이로.

"쫓아라!"

당정과 당현우를 향해 소리친 당무호는 그들을 향해 움직이려는 백발귀를 향해 손을 뿌렸다. 어둠 속을 반짝이며 쏟아지는 비[雨]처럼 수없이 퍼져 나가는 그것은, 새털 같은 굵기의 연미비침(燕尾飛針)이었다.

날아오는 비침을 보는 백발귀의 눈이 흉측하게 일그러졌다. 그 반대편에서 당정과 당현우의 꼬리를 달고 도망치는 세 사람은 달빛조차 숨어버린 산길을 산짐승처럼 내달려 나갔다.

산과 밤은, 도망치는 그들 앞에 내도록 짙은 어둠만을 내어주고 있었다.

『혈리표』 4권에 계속…